KB105428

관종의 순례

장편소설 ― 우원재

YANG 양문 MOON

관종의 순례

Contents

6 프롤로그

10 자칭 인플루언서

23 배낭을 메다

29 비행기

35 아저씨

49 피레네

60 인종차별

71 커뮤니케이션

80 카사 라이츄

95 엄마의 카톡

98 펠리자의 집

115 딥스테이트

137 플렉시테리언

154 안나 관찰기

165 인간의 향기

176 페로

194 박튜브

222 메세타

239 미하일

261 꼬뮨

285 돌을 두고 가다

293 폰페라다의 만찬

316 초코파이와 양초

329 사리아의 순례자들

338 옳고 그름에 관한 이야기

344 마지막 밤

357 여행의 끝

367 에필로그

카미노 데 산티아고라는 게 있다. 스페인어로 '산티아고로 가는 길'을 뜻한다. 스페인 갈리시아 주에 있는 산티아고 데 콤포스텔라라는 도시로 가는 게 목적인 순렛길이다. 그 곳의 대성당에는 예수 그리스도의 열두 제자 중 하나인 야고보가 잠들어 있다고 한다. 종교 이야기는 잘 모르지만, 아무튼 대단한 사람이긴 한 모양이다. 열 두 명이나 되는 그의 제자 중 하나가 묻힌 곳이라는 이유만으로 천국에 가고자 노력하는 모든 신실한 신도의 '죽기 전 꼭 가봐야 할 여행지' 리스트의 맨 위에 오를 정도다.

그렇게 중세시대 때부터 순례자들이 이 길을 찾았다고 한다. 험준한 산맥을 넘어, 광활한 평원을 건너, 푹푹 찌는 더위나 살을 찢는 추위를 견디며, 그렇게 산티아고로 향했다. 몇 달, 때로는 몇 해나 되는 여정 동안 길 위에서 지내며, 굶어 죽거나, 병들어 죽기도 하고, 도적을 만나거나, 짐승에게 습격을 당하는 일도 있었다. 실로 목숨을 건 여정이었다. 당시 순례를 떠나겠다고 결심한 사람들은 어떻게 주위를 설득했을까.

"여보, 아무래도 산티아고로 가야겠소. 역시 주님의 가르침을 따르는 사람은 순례 한 번쯤은 하고 죽어야 당당히 천국

문을 두드릴 수 있지 않겠소."

진지한 얼굴로 말하는 남편을 보며 아내는 뭐라고 그랬을까.

"이 놈팡이 같은 놈이, 순례라고? 마을 거지한테 빵 한 쪽 줘본 적 없는 주제에 순례는 무슨 놈의 순례야! 가기만 해봐, 내가 쫓아가서 직접 예수님 곁으로 보내줄 테니까."

모르긴 몰라도 순례자들은 인생 모든 걸 내던지는 마음으로 그 길에 올랐을 것이다.

오늘날 이 길은 전 세계에서 찾는 일종의 관광 명소가 되었다. 매해 30만 명이나 되는 사람이 몰려들어 순례를 한다고 한다. 가장 인기있는 길이 프랑스의 국경 도시 생 장 피에드포르에서 출발해 피레네 산맥을 넘어 스페인으로 들어간 후 약 800km를 걸어 산티아고로 향하는 '프랑스 길'이다. 서울에서 부산까지 고속 열차로 두 시간 반이면 도착하는 이 시대에, 군이 도보로 매일 20~30km를 한 달 넘게 걷는다고들 한다. 인물 유형도 다양하다. 기독교인 뿐만 아니라, 무슬림도, 불교도도, 심지어 무신론자들도 이 길을 걷는다. 넘치는 혈기를 주체 못하는 10대부터 곧 신의 실존 여부를 깨닫게 될 노인에 이르기까지. 말 그대로 남녀노소 국적 종교 직업 불문 모두가 이 길을 찾는다.

이 글을 읽는 여러분은 이쯤 되면 의문이 생길 것이다. 이 놈은 갑자기 왜 순렛길 이야기를 이리 길게 하는가. 혹시 전도라도 하려는 게 아닐까. 순렛길을 걷다 신을 만나 세상의 진리에 눈을 떴다는둥 하면서 달관한 듯한 거만한 얼굴로 인생을 이리 살아라 저리 살아라 가르치려 드는 게 아닐까. 걱정마시라. 나는 남의 인생에 대해 논하기는커녕 당장 하루하루 무계획하게 허비되고 있는 청춘을 애써 외면하며 살아가고 있는 삶에 무책임한 소시민일 뿐이니.

지금부터 하려는 이 이야기는 고상한 카페 같은 데서 볼 수 있는 유기농 비건 글루텐-프리 웰빙 샐러드 같은 게 아니다. 어느 날 소파 틈새에서 나온 수상한 과자 같은 거다. 일과를 마치고 TV를 보며 맥주를 마시는 그런 일상 속에서 나도 모르게 흘린 과자. 냄새를 맡아보니 먹어도 죽지는 않겠다 싶어서 약간의 기대감과 자괴감으로 씹어 삼키는 그런 이야기다.

노골적으로 달고, 맵고, 짠 이 이야기는 스페인 시골길에서 약 한 달 반 동안 발 냄새와 물집으로, 땀과 눈물로, 온갖 기인들의 인생사와 희노애락으로 시즈닝되었다. 특별했고, 괴상했고, 더러웠고, 냄새났고, 웃겼고, 슬펐고, 행복했던 우리 삼총사의 이 순례 이야기는, 분명 당신의 텁텁한 삶에 약간의 입가심이 될 것이다.

　도대체 어쩌다가 그런 모험을 떠나게 된 거냐고?

　순례 같은 거창한 일은 여유가 넘치다 못해 심심한 인간들이나 하는 거라고 비웃곤 하던 내가 그런 힙스터스러운 여행에 나서게 된 건, 어느 날 우연히 본 유튜브 영상 때문이었다.

"최용석 씨, 군대 전역하고 나서 10년 동안 경력이 '인플루언서'라고 돼 있네요. 무슨 일을 한 건가요?"

"사람들에게 인플루언스를 주는 일을 했습니다."

"그 인플루언스라는 게 뭡니까?"

"영향력이죠."

"그러니까 그 영향력이라는 게 뭐냐고요?"

"질문이 너무 철학적인데요."

잠깐 침묵. 면접관의 얼굴에는 뭐 이런 놈이 다 있나 하는 듯한 표정이 떠올랐다. 그는 헛기침을 하며 다시 물었다.

"그러니까 소셜미디어를 통해서 영향력을 행사하는 걸 직업으로 삼았다는 겁니까?"

"예."

"팔로워나 구독자 수가 얼마나 되십니까?"

"다 합치면 2만 명쯤 됩니다."

"아, 예. 연락드리겠습니다."

그 날 오후 한 인터넷 광고 회사에서의 면접은 이렇게 끝이 났다. 인플루언서라는 말에 관심으로 반짝이던 면접관의 눈빛은 금세 그럼 그렇지 하는 반응과 함께 싸늘하게 식어버렸다. 유감스럽게도 연락드리겠다는 말을 한 사람 중 실제로 연락을 한 사람은 아무도 없었다. 친구에게 사정사정해서 한 소개팅에서 만났던 민선 씨를 포함해서.

딱히 거짓말은 아니었다. 인플루언서라는 소개말이다. 실제로 군대에서 전역하고 나이 서른넷이 될 때까지 한 건 그것뿐이다. 온라인 커뮤니티에 심심풀이로 썼던 웃긴 이야기에 수만 회의 조회수가 찍히는 걸 계기로 시작했다. 하루에도 수천, 수만 개씩 올라오는 게시글 사이에서 유독 내 게시글이 주목을 받았고, 댓글난에는 수많은 키읔과 히읗이 가득했다. 내 이야기가 그렇게 많은 네티즌으로부터 반응을 끌어낸 것이다. 네티즌이 어떤 생물인가? 일상의 스트레스를 타인에 대한 무례나 조롱으로 풀고자 하는 무시무시한 놈들이다. 그런 그들이 내 글에서 순수하게 재미를 느끼고 이를 주위에 기꺼이 추천했다는 것. 이게 영향력이 아니면 뭐란 말인가?

그렇게 나는 인플루언서의 세계에 빠져들었다. 처음에는 그저 사람들의 반응이 좋았다. 인기를 끄는 게시글도 있고, 묻히는 게시글도 있었지만, 거기에 댓글이 달리고 추천수가 올라갈 때마다 묘한 만족감을 느꼈다. 나와 아무 관계도 없는 불특정 다수의 타인들이 내 이야기에 반응한다는 건 즐거운 일이다. 내 일상에 관심이 있는 사람은 퇴근하고 집에 와서 저녁

밥을 차리며 뻔한 내 하루에 대해 물어보는 엄마뿐인 지루한 삶이었건만, 어느새 나는 얼굴도 모르는 컴퓨터 화면 속 동지들과 함께 내 가장 속 깊은 이야기를 나누게 되었다. 얼마 지나지 않아 내 글을 기다렸다는 사람들이 몇 명인가 생겼고 그때쯤 블로그를 시작했다.

블로그질이 돈이 될 수 있다는 걸 알게 된 건 김치 광고 덕분이었다. 블로그 이웃이 2,000명 가량 되었을 때 쪽지가 왔는데, 광고 제안이었다. 본인 회사가 파는 김치를 홍보해서 팔아주면 8%의 커미션을 주겠다는 내용. 나는 그 날부터 김치 전문가가 되었다.

〈김치를 먹었더니 암이 나았다?! 항암 치료 필요없어요〉

〈일본 남성 AV 배우들이 총각김치를 찾는 이유 feat. 정력〉

〈"라면 먹고 갈래?" 이거 내주면 난리납니다. 강남에서 없어서 못 파는 김치〉

김치 유산균 류코노스톡 메센테로이데스의 각종 항암 효과부터 김치 시장의 트랜드 분석까지. 인플루언서로서의 자존심을 걸고 혼을 담아 쓴 김치 홍보 글들이었다. 매일매일 정성스레 쓴 게시글에는 내 블로그와 연동된 구매 링크가 달려 있었다. 그 달 말. 퇴근하고 들어와서 서둘러 저녁 밥상을 차리려는 엄마를 데리고 소고기를 먹으러 갔다. 아버지 없이 키운 주제에 잔소리 못 하겠다며 집에만 있는 백수 아들을 묵묵히 뒷바라지 해오던 엄마는 아들이 구워주는 소고기를 먹으며 소녀같이 웃었다. 그런 행복한 얼굴을 더 자주 보고 싶었다. 그때부터 블로그, 인스타그램, 틱톡, 아프리카TV, 유튜브 등등 가리지 않고 모든 플랫폼에 뛰어들었다. 뭐든 조회수를 만들면 돈이 된다. 그 돈으로 행복을 살 수 있다. 노력한 만큼 돈을 벌 수 있는, 이 시대에 비교적 정직한 업계라고 생각했다.

어느 바닥이든 마찬가지겠지만, 물론 이 바닥도 돈을 버는 게 그리 쉬운 일은 아니다. 시청자들을 반하게 만들 만한 얼굴을 가지고 있거나, 흔들어댈 가슴이나 엉덩이가 있거나, 사람들을 홀릴 말발이라도 있어야 하는데, 이런 재능이 없는 사람이 할 수 있는 건 많지 않다. 카페에서 뜨거운 아이스 아메리카노 시키기. 길거리에서 네 발로 걸어다니며 멍멍하고 짖기. 다리털 밀고 치마 입고 지하철에 타서 변태 유혹하기. 이런 무리수들 뿐이다. 대부분의 경우 조회수는 존엄성과 반비례의 관계다.

고백하건대, 이런 인플루언서 활동 중 가장 큰 돈이 됐던 건 역시 온리팬즈였다. 유료 팬들을 대상으로 방송을 하거나 상품을 파는 소셜 서비스인데, 외국인 시청자들을 대상으로

케이팝 댄스를 춘 영상이 의외로 좋은 반응을 끌어냈다. 묘하게도 주 관심층은 세계 각지의 중년 남성들이었다. 마침 '치마 입고 지하철에서 변태 유혹하기' 영상 때문에 다리털을 민 상태였는데, 내 맨들맨들한 다리를 보고서 폭발적인 반응이 일었다. 다리털을 사고 싶다는 댓글까지 달렸을 정도다. 나는 그날 국제우편으로 캐나다에 다리털을 부치고서 50달러를 벌었다. 엄마는 아들이 사준 피자를 맛있게 먹으며 일이 잘되는 것 같다고 기뻐했고, 나는 자세한 설명은 생략한 채 새로운 사업 아이템을 발견했다고 답했다.

　다음 날부터 나는 내가 입었던 속옷이나 양말 따위를 판매하기 시작했다. 수요를 따라가지 못해서 하루에 팬티를 세 번이나 갈아입은 적도 있다. 냄새가 나면 날수록 프리미엄을 준다는 말에 평소 안 하던 운동까지 하며 땀을 뺐다. 인터넷이란 얼마나 놀라운 세계란 말인가. 꽤나 좋은 벌이였지만, 빨래 더미에서 내 속옷이 안 보이기 시작한 걸 이상하게 여긴 엄마에 의해 접을 수밖에 없었다. 내가 벌어들인 돈의 출처를 알게 된 엄마는 세상을 잃은 듯한 표정으로 말했다.

　"용석아. 그게 니 취향이라면 엄마는 존중할게. 엄마는 우리 아들 사랑하니까. 그래도 결혼은 말 통하는 한국 남자랑 하면 좋겠네."

가장 수익이 좋았던 온리팬즈를 그만둘 수 밖에 없었던 이유다. 내 성적 취향을 완벽히 오해한 엄마도 엄마지만, 전 세계에 뿌려진 내 속옷들이 어떤 곤혹을 치르고 있을지 상상하는 것만으로도 언젠가는 접게 됐을 일이었다.

모든 소셜미디어 플랫폼을 다 합쳐도 고작 2만 명이 채 안 되는 구독자. 분명 내 콘텐츠를 즐기는 팬들은 존재했고, 그들의 존재는 인플루언서로서 내 자긍심 같은 거였다. 하지만 생계 수단으로 삼기에는 터무니 없이 모자라는 숫자다. 나름대로 노력은 해봤다. 팬티까지 팔았으니 정말 해볼 수 있는 건 다 해봤다. 좋은 아이디어가 있으면 즉각 시도해봤고, 대체로 실패했다. 간혹 좋은 반응을 끌어내는 영상이나 게시글이 있었지만, 잠깐 뿐이었다. 어쩌면 이 영상이 빵 터져서 채널이 떡상할 지도 모르겠는데? 같은 희망 고문은 항상 실망감으로 이어졌다. 언젠가 인플루언서로 성공해서, 집에서 적당히 일하며, 적당히 행복하게, 적당히 게으른 삶을 살 거라는 그런 꿈. 나이는 그런 철없는 꿈을 무한정 허락하지 않는다. 현실 감각이 무뎌진 채 인터넷 세상 불특정 다수와 어울리며 보낸 몇 년. 정신을 차려보니 화면 건너편에는 어느새 곧 서른 중반이 되는 아저씨가 앉아있었다. 타임아웃이었다.

결국 나도 취업을 위해 이력서를 돌리고 면접에 나가게 되었다. 수십 개의 지원서를 쓰고, 수십 회의 시험을 치고, 수십 번의 면접에 나가서, 낯선 이름의 작은 회사에 취업한 친구들. 저축이나 할 수 있을까 싶은 월급을 받으며 해가 뜨기 전 출근해 해가 진 후 퇴근하는 친구들을 보며 비웃던 내가, 몇 년이 지나 그들처럼 되기 위해 발버둥치게 된 거다.

*

여느 때와 마찬가지로 면접을 망치고 돌아온 나는 오랜 친구 승원이를 불러 술을 마셨다. 몇 년 전 그가 일자리를 알아보고 다녔을 때에는 내가 술을 사곤 했다. 넉넉하지는 않아도 구직자보다야 자칭 인플루언서의 지갑에 좀 더 여유가 있었다. 하지만 지금은 승원이가 술을 산다. 바뀌지 않은 건 이 싸구려 돼지 껍데기와 소주 정도.

"유튜브 하던 건 어떻게 된 거야?"

"한 달 담뱃값도 안 나와."

"구독자가 만 명이나 되는데? 한 사람한테 한 달에 천 원씩만 받아도 천만 원인데?"

"보통 사람들은 천 원이 아니라 십 원도 쓰길 아까워 해. 그 돈을 쓰든 안 쓰든 어차피 공짜니까."

"그래도 니 영상들은 사람들을 웃게 하잖아. 한 달 웃음값이라 치고 천 원씩만 달라고 하면 안 되나?"

침묵. 승원이도 안다. 남 돈 받아내는 게 그리 쉬운 일은 아니라는 걸. 자기도 답답하니 아무 소리나 떠들어보는 거겠지. 오늘따라 잘 익지도 않는 돼지껍데기를 젓가락으로 꾹꾹 눌러대며 말했다.

"차라리 거지 유튜버를 해볼까? 길바닥에 드러누워서 가난을 주제로 영상을 찍는 거지. 〈서울역 노숙 스팟 리뷰〉라든지, 〈음식물 쓰레기 맛집 - 거지슐랭 리스트 베스트 10〉 이런 거. 시청자들한테 구걸도 하고 말야. 효율적인 거지가 되는 거지. 비웃음을 파는 광대나 불쌍함을 파는 거지나 크게 다를 것도 없잖아?"

그리고는 소주잔을 폭력적으로 넘긴다. 이번에는 승원이의 침묵. 그는 묘안이라도 제시하듯 소주잔을 테이블에 탁 치며 말했다.

"섞어봐. 외국인들 보니까 무전여행 같은 거 다니면서 구걸도 하던데. 그건 차라리 쿨해 보이잖아. 그러면서 여행 유튜브도 찍고. 아, 그래. 박튜브 알지? 여행 유튜버. 걔는 그거 해서 100억 벌었다는데."

술자리는 그렇게 새벽까지 이어졌다. 아무 답도 대책도 대안도 나오지 않는 인생에 대한 뒷담화. 돼지껍데기의 누린내를 소주로 씻어내가며 담배 연기 속에 흘려보내는 30대 어정쩡한 어른들의 밤. 시뻘건 얼굴로 회사 우 과장 욕을 하며 서럽게 울기 시작하는 승원이를 집으로 보내고도 내 밤은 끝나지 않았다. 남들 깨어나는 아침에 잠드는 사람의 밤은 길고 외롭다. 그 밤을 보내는 가장 좋은 방법은 세상으로부터, 나로부터 무뎌지는 거다. 알콜의 힘을 빌려서. 집에 들어가는 길에 술을 샀다. 흔히 인싸들은 혼술이 외로울 거라고 생각한다. 당장 폰에 유튜브만 켜도 안주 삼을 온갖 재미있는 것들이 널리고 널린 시대다. 농담이 아니라 같이 술 먹는 컨셉의 방송을 하는 사람들도 있다. 내 집에서 잠옷바람으로 방구 붕붕 끼면서 편하고 재미있게 소통하며 술을 먹을 수 있다는 거다. 그러니까 감히 혼술을 비웃지 마시라. 사회생활이랍시고 별로 좋아하지도 않는 사람이랑 술김에 애써 친한 척 하며 건배하는 게 더 초라한 처지라고 생각한다.

나보다 잘 나신 인플루언서님들의 인기 영상들을 안주 삼아 술을 퍼마시기 시작했다. 별 것도 아닌 영상인데 이게 어떻게 조회수 50만이지? 한 잔. 그러면서도 어느새 영상에 빠져들어 낄낄대고 있는 내가 미워 또 한 잔. 영상이 끝나고 정적이 흐를 때마다 스멀스멀 올라오는 불안감과 걱정에서 도망치고자 또 한 잔. 술은 이성의 브레이크를 고장낸다. 여러 감정이 저마다의 방향으로 제멋대로 질주한다. 그때 내 분노, 질투, 혹은 원망의 대상으로 걸려든 건 박튜브였다. 박튜브, 개 100억 벌었대. 승원이가 귓가에 대고 바람을 넣는 것 같다. 여기저기 놀러 다니면서 돈을 그렇게 벌다니. 비가 오나 눈이 오나, 몸이 안 좋거나 기분이 꿀꿀해도, 빠짐없이 매일매일 식당에 출근하는 우리 엄마. 그렇게 배고픈 사람들에게 값싸고 맛있는 한 끼를 제공하는 우리 엄마보다 박튜브 니가 얼마나 가치 있는 일을 하길래 그런 돈을 버는 거냐. '술김에' 라는 말은 어떤 잘못된 행동의 책임을 술에 전가한다. 사실 술은 우리를 더욱 솔직하게 할 뿐, 죄가 없다. 악플이라도 달아서 그걸 본 잘나신 박튜브의 기분을 잠깐이나마 망쳐야 이 지랄맞은 하루에 마무리를 할 수 있을 것 같아서 박튜브 채널을 검색했다. 그런데 그 대신 눈에 들어온 건 추천 영상으로 뜬 다른 여행 유튜버의 영상이었다.

〈길을 잃은 사람들을 위한 길, "느리게 가도 괜찮아요." : 산티아고 순렛길〉

여느 만취자처럼 금세 하려던 일을 잊어버린 나는 순렛길에 대한 호기심으로 영상을 틀었다. 순렛길? 뭐 종교적인 그런 건가? 그런데 이 힐링물 같은 제목은 뭐지? 독자 분들도 나와 같은 궁금증이 들었다면 얼른 검색을 해보기를 바란다.

알고 싶은 내용은 검색으로 1분만에 해결할 수 있다. 유감스럽게도 만취자인 나는 한 시간이나 되는 유튜브 영상을 틀어버렸다.

스페인 촌구석까지 가서 800km를 걷는다는 할 일 없는 사람들에 대한 이야기가 시작됐다. 산티아고 순렛길에 대한 설명은 없고, 그냥 전 세계에서 모인 여러 사람이 카메라 앞에서 사연을 이야기하는 영상이었다. 노르웨이에서 온 직장인 올라프 씨. 죽은 아내의 버킷리스트를 대신하기 위해 왔단다. 브라질에서 온 자영업자 재인 양. 다이어트로 당당하게 비키니를 입고 싶어서 왔단다. 독일에서 온 배낭여행자 루카 군은 세계 각지에서 온 가급적 많은 여성과 만나고 싶어서 왔단다. 중년의 위기에 처한 부부, 달리 갈 곳이 없는 노숙자, 유명한 곳은 다 가봐야 하는 여행광, 여자친구에게 끌려온 남자친구에 이르기까지. 전 세계에서 모인 각기 각색의 순례자가 카메라 앞에서 자신의 사연을 이야기했다. 들어보니 산티아고 순렛길 곳곳에는 정부나 교회가 순례자들에게 무료로 제공하는 알베르게라고 하는 순례자 전용 숙소도 있다고 한다. 돈이 없더라도 시간과 체력만 된다면 사실상 모두에게 열려있는 길이라는 말이다. 이러니 다양한 사람이 올 수밖에. 나와 전혀 다른 배경을 가진 사람들이 저마다의 사연을 들려주는 영상.

그들에겐 그저 그런 일상의 이야기일지언정 나에게는 다른 세계에 관한 솔직한 경험담들이었다. 반대로 대한민국에서 온 최용석의 볼품없는 이야기도 지구 반대편에 있는 누군가에게는 K-드라마처럼 들릴지도 모르겠다. 매력적인 영상이었다. 그래서 조회수를 확인해보니, 맙소사. 무려 100만! 순간 알콜에 절여진 뇌가 120%쯤 가동되는 기분이 들었다. 옆에서 승원이가 또 속삭이는 것 같다. 박튜브 걔, 100억 벌었대.

　현대인들은 누구나 떠나고 싶어한다. 아니, 현대인뿐만 아니라 아마도 인류는 일상이라는 걸 얻은 순간부터 여행을 꿈꿔왔을 것이다. 이 따분하고 반복적인 시간들을 버티기 위해서 막연히 일탈을 상상하는 거다. 이러니 여행을 주제로 한 콘텐츠들은 인기를 끌 수밖에 없다. 이제는 아무도 안 보는 공영방송에도 여행 관련 프로그램은 꾸준히 편성되고, 일반 직장인이 휴가 겸 간 여행을 브이로그로 찍어 올린 게 대박이 나거나, 박튜브처럼 여행 영상만 찍어서 어지간한 중소기업 매출을 찍는 사람들도 있다. 그리고 당연히, 일상에서 먼 여행일수록 더욱 인기를 끈다. 산티아고 순롓길이라니. 한 달 넘게 매일 수십km를 걷는 골때리는 여행이라니. 흥미를 끌지 않을 수 없다. 나만 해도 21세기에 순례를 간다는 사람들이 있다고? 하면서 영상을 틀었으니까. 도대체 왜 그런 고생을 시간,

체력, 돈을 써가며 하는 건가. 그 사연만으로도 콘텐츠다. 사람들은 모두 일탈을 꿈꾸지만, 그런 일탈은 오로지 소수만이 할 수 있다. 그리고 사람들은 일탈에 나선 그 특이한 사람들을 구경하고, 씹고, 비웃고, 공감하고, 동정하고, 응원하고 싶어한다. 가만, 이거 완전 대박 콘텐츠 아닌가?

아까도 말했지만 '술김에'라는 말은 술에 책임을 전가한다. 나는 곧바로 스페인으로 향하는 가장 싼 비행기 표를 예매하며 술에 책임을 전가했다. 물론 산티아고 순렛길에서 사람들을 인터뷰하며 대박 콘텐츠를 만들어 제2의 박튜브가 되겠다는 내 계획이 제대로 풀린다면, 어디 가서 인생 성공 강의 같은 거 팔아먹을 때 술 이야기는 빼놓을 생각이다. 전 재산을 털어서 스페인으로 떠났습니다. 그렇게 대박을 쳤습니다. 여러분 간절히 원하는 꿈이 있다면 이룰 수 있습니다. 제가 했으니 여러분도 가능합니다. 이런 사기꾼 같은 소리나 떠들어대며 잘난 척을 할 생각이다. 나는 그런 뇌내 망상에 히죽히죽 웃으며 결심했다. 산티아고의 순례자가 되기로. 자칭 인플루언서의 마지막 도박이었다.

대학 시절 들었던 교양 과목 중 '삶과 철학'이라는 강의가 있었다. 나이에 어울리지 않게 과하게 멋을 부린 중년 남성 교수의 수업이었다. 그 교수는 강의 첫 날 문을 박차고 들어오며 외쳤다.

"카르페 디엠!"

당황한 학생들. 갑자기 들이닥친 정신병자를 멀뚱멀뚱 바라보는 학생들을 향해 교수는 다시 한 번 소리쳤다.

"카르페 디엠!!"

몇몇 학생이 해리포터 마법 주문이라도 외치는 건가 싶어 혼란스러워 할 때쯤, 교수가 대뜸 질문했다.

"무슨 뜻인지 아는 학생?"

"'오늘을 살아라'. 영화에서 봤어요."

"정답!"

한 학생이 우물쭈물 대답하자, 교수는 퀴즈쇼 진행자마냥 경쾌하게 칭찬하며 난데없이 주머니에서 사탕을 꺼내 던졌다. 예고도 없이 날아든 사탕이 강의실을 가로지르며 얼굴 쪽 꽉 찬 직구로 학생을 강타했지만, 교수는 아랑곳 하지 않고 다음 질문을 던졌다. 참고로 교수는 학기 내내 칭찬이랍시고 시도 때도 없이 사탕을 던져대서 학생들을 긴장하게 만들었다.

"그럼 욜로가 무슨 뜻인지 아는 학생?"

"You Only Live Once, 너는 딱 한 번만 산다."

다른 학생이 대답했고, 교수는 이번에는 손가락을 튕기며 학생에게 윙크했다. 쿨한 칭찬법이라고 생각한 모양이다. 그리고 곧바로 사탕이 날아갔고, 빠른 속도로 얼굴을 향해 날아오는 이를 잡아낼 용기가 없던 학생은 고개를 숙여 피했다. 똑똑한 걸?

"카르페 디엠, 욜로. 많이들 들어본 말일 거예요. 라틴어로 카르페 디엠. 영어로는 'Seize the day'. 오늘을 붙잡으라는 말입니다. 우리가 살아가는 지금 이 순간, 바로 현재를 붙들고 제대로 살라는 말이죠. 그리고 YOLO. You Only Live Once. 어차피 단 한 번만 사는 삶, 니 꼴리는 대로 하고 싶은 거 하면서 알차게 살라는 말. 유행어처럼 많이들 쓰는 말인데, 참 안타깝게도 진정으로 이 말의 함의를 이해하고서 삶에 적용하려는 사람은 많이 없습니다. 그래서 지금 이 강의를 듣는 여러분은 모두 운이 좋은 겁니다. 한 학기 동안 여러 철학을 배우면서 우리 삶을 되돌아보고, 제대로 살아가는 법을 배울 거니까요. 오늘부터 여러분의 새 인생이 시작됩니다!"

카르페 디엠. 청춘 문학의 고전인 '죽은 시인의 사회'에 나왔던 말이다. 그 교수는 작품 속에 나왔던 멋진 스승 캐릭터를 흉내내고 싶어하는 사람이었다. 나는 너희가 평소 만났던 틀에 박힌 꼰대같은 교수들과 다르다. 쿨한 형, 오빠 같은 사람이다. 이런 인상을 팍팍 풍기는 사람 있잖은가. 여러 오버액션, 과도하게 혀를 굴리는 영어 발음, 그리고 '꼴리는 대로' 같은 탈권위적 표현들을 섞어가며 자신의 쿨함을 강조하는 중년 남성을 보며 꽤 불편했던 기억이 난다. 앞날이 막막한 청춘들 보고 '욜로' 같은 무책임한 소리나 떠드는 교수라니. 캐릭터 코스프레에 과몰입한 교수는 급기야 학생들 보고 책상 위에 올라갈 것을 지시했고, 결국 한 학생이 책상 위에 올라가다 넘어지는 사고가 발생해 첫 수업은 급 종료되었다.

학기 중 그는 삶에 적용할 수 있는 철학에 대해 가르쳤는데, 대부분은 그냥 그럴 듯한 말들로 가득한 개똥철학으로 느껴졌지만, 유일하게 와닿았던 강의가 있었다. '미니멀리즘'에 대한 것이었다.

"행복은 결핍에서 출발합니다. 이게 미니멀리즘을 이해하는 출발점입니다. 말이 좀 어렵죠? 쉽게 예를 들어보죠. 학생, 점심에 뭐 먹었어요? 삼각김밥이랑 라면. 먹었을 때 어땠어요? 그저 그랬죠? 자, 제가 지금 학생한테 고급 코스 요리를 사주면 어떨까요? 그래 당연히 좋겠지. 편의점 삼각김밥에 라면 먹다가 셰프가 근사하게 차린 요리를 먹는데, 비교가 되나. 그런데 그 행복감이 얼마나 갈까요? 내일 점심, 모레 점심, 그렇게 꼬박 한 달을 코스 요리집만 돌아다니며 먹는다고 칩시다. 그래도 좋다고요? 그럼 1년 내내는 어떨까요? 아무래도 물리겠죠? 그럼 이건 어떨까요. 앞으로 여러분이 원하는 어떤 음식이든, 생각만 하면 눈 앞에 대령해주는 램프의 요정이 있다고. 행복할까요? 한동안은 그렇겠지. 그런데 언젠가부터 먹는 행위 자체에 흥미가 떨어질 것 같지 않아요? 무엇이든, 언제든지, 원하는 만큼 얻게 되는 순간 그 경험의 가치는 급격하게 떨어집니다. 인간은 적응의 동물이고, 익숙해 하고, 지루해 하고, 결국에는 싫증을 냅니다. 반대로, 여러분이 어느 날 무인도에 떨어졌다고 칩시다. 거기서 한 달간 과일 같은 거나 먹으며 배를 채우는데 눈 앞에 컵라면이랑 삼각김밥이 떨어졌어요. 이걸 먹으며 느끼는 행복감은 얼마나 클까요? 지금 고급 코스 요리를 먹게 되면 느낄 행복보다도 훨씬 크겠죠? 보세요. 여러분이 어떤 경험에서 느끼는 행복은 늘 상대적입니다. 그리고 당연하게도, 결핍이 없는 상태에서는 행복에 인플레이션이 발생합니다. 먹으면 먹을수록, 하면 할수록, 가지면 가질수록, 거기서 느끼는 행복의 강도가 점점 줄어드는 겁니다.

물질, 경험, 쾌락 모든 면에서 풍요로운 이 시대에 우리가 점점 더 불만족스러워 하는 이유입니다. 그래서 삶에 미니멀리즘을 적용할 필요가 있습니다. 의도적으로 결핍을 추구함으로서 관점을 바꾸고, 행복의 가치를 높이는 겁니다. 저는 아직 젊은 여러분이 앞으로 남은 이 인생이라는 기나 긴 여행에서, 가방을 가볍게 멜 줄 아는 지혜를 갖췄으면 좋겠습니다. 남들과 경쟁하듯 더 많이 가지는 게 행복한 게 아니라는 걸 알았으면 좋겠어요. 짊어진 짐이 적어야 더 멀리, 더 행복하게 여행할 수 있습니다."

이런 멋있는 말을 했던 교수는 몇 년 후 여러 여제자와의 부적절한 관계가 들통나 학교에서 잘렸다고 한다. 아무래도 그의 성욕은 미니멀리즘 철학을 거부했던 모양이다.

산티아고 순례를 위해 배낭을 준비하는 도중 문득 그의 강의가 떠오른 이유가 있다. 가져갈 짐을 챙기는 것보다, 오히려 두고 갈 짐을 정하는 게 더 어려웠다. 그 교수도 그렇게 말했다. 덜어내는 게 가장 어렵다고. 미니멀리즘적 삶을 실천하기 어려운 이유다. 인터넷에 검색을 해보면, 순례 경험자 모두가 배낭을 가볍게 싸라고 조언한다. 넘치는 것보다 모자란 게 낫다면서. 혹시 안 챙겨간 게 있더라도 꼭 필요한 건 현지에서 사면 그만이란다. 괜히 이것저것 대비한다고 배낭을 무겁게 싸면 도중에 낙오할 거란다. 짐을 어떻게 싸야 할지 도저히 감이 안 와서 무게 가이드라인을 찾아보니, 엑? 되도록 체중의 10%를 넘기지 말란다. 터무니 없는 소리다. 한 달을 넘게 여행하는데? 추천하는 배낭 크기도 생각보다 너무 작았다. 어디 동네 뒷산에 가볍게 등산 갈 때나 멜 법한 크기였다. 집 구석에 처박혀 있던 등산용 가방에 이것저것 넣어서 저울에 달아보니 짐 무게는 가이드라인의 두 배가 넘는 상황. 결국 한참을 고민하다 작은 크기의 배낭을 주문했고, 커뮤니티에서 추천하는 가을용 기능성 의류도 몇 벌 샀다. 미니멀리즘을 위해 미니멀리즘 물건을 사며 미니멀리즘적으로 돈을 쓰는 상황이라. 어쩐지 우습구만.

그렇게 짐을 싸는 데에만 꼬박 며칠이 걸렸다. 적게 가져가는 만큼, 잘 가져가는 게 중요하니까. 무게를 맞추기 위해 팬티 한 장, 양말 한 켤레를 두고 고민하는 게 우습게 느껴지기도 했다. 우여곡절 끝에 마침내 배낭은 완성되었고, 처음으로 등산복을 입고 배낭을 메고서 거울 앞에 섰다. 어쩐지 낯선 모습의 내가 서 있었다. 모든 남자가 거울 앞에만 서면 하는 착각이라지만 이만하면 좀 멋있는 거 아닌가 싶기도 해서 카메라로 거울 샷을 찍었지만, 배낭 스트랩을 비집고 나오는 추악한 살덩이들을 보고서 그만 지워버렸다. 지옥을 비집고 올라온 듯한 똥배. 그리고 드는 걱정. 이 몸으로 완주할 수 있을까. 군대 전역 이후 달리기 한 번 안 한 내가. 인터넷에서는 누구나 의지만 있으면 할 수 있는 게 순례라고 한다. 백발의 노인들도 한다면서. 그 말을 용기 삼아 일단 일을 저질렀는데, 저질스러운 몸뚱이를 보고 있으니 슬슬 걱정이 되기 시작한다. 그래도 생각한다. 배낭은 생각보다 가볍다. 이만하면 충분히 짊어지고 걸어나갈 수 있다. 그렇게 걸어간 그 길의 끝에는 새로운 내가 서 있을 것이다. 그를 만나기 위해, 용기내 첫 발을 디뎌보자.

 비행기

나: 나 스페인 감. 지금 인천공항. (10:01)

승원: ??? (10:02)

나: 산티아고 순례라고 있는데 거기가서 자아성찰도 좀 하고 컨텐츠도 한 번 만들어보려고. (10:02)

승원: ㅋㅋㅋㄱㅋㅋㄱㅋㅋㅋㅋㅋㅋㅋㅋㅋㅋㅋㄱㅋㅋㅋㅋㅋㅋㅋ (10:02)

나: ㅋ이 좀 심하게 많다? (10:03)

승원: ㅋㄱㅋㅋㅋㅋ니갈ㅋㄱㅋㅋ 갑자기 순렼ㅋㄱㅋㅋㄱㅋㅋㅋㅋ 지옥

갈 새끼갈ㄱㅋㅋㅋㅋㅋㅋㅋㅋ (10:03)

나: 왜? 나는 순례하면 안 되냐? 이거 대박 컨텐츠 감이야. 느낌이 왔어. 여행 유튜버 돈 많이 번다며. 이걸로 대박낼 거야. (10:04)

승원: ㅋㅋㅋㅋㅋㅋ미친ㅋㅋㅋㄱㅋㅋㅋ 니가 박튜브세요?ㅋㅋㅋㅋㄱㅋ 살아만 돌아와 (10:04)

　친구 승원이와의 훈훈한 카톡을 끝으로 스페인으로 향하는 비행기에 올랐다. 엄마는 며칠 전 난데없이 스페인으로 떠난다는 내 말에 당황했지만, 내심 무언가에 도전하는 모습이 기쁘다는 눈치였다. 스페인 가죽이 그리 좋다던데, 아, 엄마는 기념품 같은 건 필요 없는 거 알지? 하면서 은근슬쩍 인셉션을 시전하기까지 했다. 기어코 일을 쉬고 공항까지 나온 엄마와 출국장에서 포옹으로 작별했고, 얼마 후 비행기에 몸을 실었다. 비행기는 스페인 바르셀로나로. 그리고 거기서 기차를 타고서 팜플로나로 갈 예정이다. 그 다음 팜플로나에서 다시 버스를 타고 생 장 피에드포르로 가는 여정. '산티아고 순례 프랑스 길'의 시작점이 스페인 국경 바로 넘어 프랑스의 생 장에 있기에, 비행 이후에도 국경을 넘는 여정이 기다리고 있었다. 순례 출발 전에 벌써 지칠 것 같은 여정이다.

　그래도 비행기를 탈 때에는 설렘이 있다. 말 그대로 날아가는 기분. 앉아 있으면 마실 것과 먹을 것도 갖다 준다. 화장실에 가서 그걸 비워낼 수도 있다. 그것뿐인가. 창문 밖에는 질리지 않는 풍경이 있다. 옛날 사람들은 감히 상상이나 할 수 있었을까. 신들이나 보는 풍경이라고 생각했을 것이다. 혹시나 이걸로도 부족한 사람들을 위해 친절하게 영화가 나오는 스크린까지 갖춰됐다.

하지만 이런 긍정적 마인드는 내 옆 좌석에 키 190cm는 될 법한 거구의 남성이 앉는 순간 잔인하게 시들어버렸다. 그는 기인 묘기 마냥 온 몸을 접고서 좁아터진 이코노미 좌석에 몸을 쑤셔 넣었다. 나도 그 사람도 서로 신체 접촉을 하지 않기 위해 팔꿈치를 몸에 최대한 붙이는 바람에 티라노사우르스 마냥 짧은 팔이 되었다. 이륙하고 몇 시간 동안이나 그 자세로 있다 보니 몸이 오그라드는 기분이 들었다. 그 와중에 기내식을 가져다 주는데, 노트북보다 작은 좌석 테이블 위에 압축 배치된 음식을 힘들게 집어먹다 보니, 난이도 극상의 블럭 퍼즐을 푸는 기분 마저 들었다. 그것도 모자라 어딘가에서 아이가 울기까지 한다. 뭐가 그리 서러운지 엉엉 울었다. 잠조차 들지 못하게 하는 그 소리에 나도 울고 싶어졌다. 이게 현대판 노예선이구나. 아니, 자본주의의 형벌이구나. 돈이 없어서 이코노미 클래스에 탄 죄로 작은 택배 박스에 억지로 포장된 물건마냥 고통받고 있구나. 이것은 인권의 문제가 아닐까. 사람을 좁은 통 속에 가두는 중세의 고문은 금지했으면서, 왜 이걸 허용한단 말인가. 내가 썩어가는 표정으로 한숨을 푹푹 쉬자 옆에 있던 거구의 사내가 무안한 듯 말했다.

"좌석이 좀 좁죠?"

니 건장한 육체 덕분에 더욱 더 좁습니다, 라고 대답하지는 않았다.

"그러니까요. 항공사가 돈에 눈이 멀었나 봅니다. 티켓 값이 싸지도 않은데 좌석이 너무 좁네요."

"사실 그 덕분에 여행을 하는 거긴 하지만요."

"예?"

항공사의 인권모독적인 경영 행태를 지적하고 있는데 이건 무슨 소린가. 이해가 안 된다는 표정을 짓자 사내는 부연 설명했다.

"이코노미 승객만 태우면 항공사는 적자래요. 비즈니스랑 퍼스트 클래스 승객이 없으면 운영 유지가 안 된다고 하더라고요. 그 승객들이 이코노미의 몇 배씩 되는 티켓 값을 지불한 덕분에, 저같은 서민이 이코노미 티켓 값으로 여행을 하는 거죠. 비즈니스랑 퍼스트 클래스 공간을 마련해야 하니까 이코노미 자리는 좁을 수밖에 없고요."

"넓은 공간을 잡아먹는 비즈니스랑 퍼스트를 없애고 모든 좌석 공간을 똑같이 하면 어떻겠습니까? 지금 이코노미보다는 크게 해서요. 최소한 다리는 좀 펼 수 있게. 그러면 승객도 더 많이 태울 수 있을 것 같은데."

"그러면 티켓 값이 많이 오르겠죠? 승객 몸무게 만큼 기름은 더 태울 거고, 국제 유가는 치솟고 있고… 잘은 모르지만 티켓 값이 적어도 두어 배는 오르지 않을까요?"

"그렇게나 비싸집니까?"

"그럼요. 무게를 비용으로 생각해보세요. 비즈니스, 퍼스트 승객들은 이코노미의 다섯 배, 열 배, 혹은 그 이상으로 돈을 내고 비행기를 타잖아요? 그들의 총 몸무게는 훨씬 적고요. 거기서 나는 수익으로 이코노미 좌석에서 나는 손실을 메꾸는 게 현 방식인데, 전부 평준화를 해버리면 티켓 값이 상당히 오르겠죠."

"이코노미 좌석 승객은 사실 제 값을 치르지 않고 비행기를 타는 거라는 말씀이십니까? 사실 지금 티켓 값도 싸다고 느껴지진 않는데…"

"조금 냉정하게 들릴 수 있지만 그게 현실이에요. 그리고 그 덕분에 저 같은 서민도 감당할 수 있는 가격으로 여행을 할 수 있는 거고요. 사실 비행기를 타고 외국 여행을 한다는 것 자체가 대단한 일이잖아요? 불과 한 세기 전만 해도 해외 여행은 하인들 거느린 귀족이나 하는 거였어요. 그것도 목숨 걸고 몇 달을 항해해야 하는. 항공사는 비행기라는 이 기적적인 기술의 물건을 사서 관리하고, 파일럿, 승무원, 직원들 고용하고 공항에 취항해서, 다른 나라까지 사람들을 데려다줘요. 그것도 심지어 안전하게. 모든 운송 수단 중 사고 발생률이 가장 낮은 게 비행기라는 것도 생각해보면 엄청난 일이죠. 무려 하늘을 날고 있는데! 저는 그저 시대를 잘 타고난 걸 감사해하고 있습니다."

듣고 보니 맞는 말이다. 이 사람, 덩치는 산만해서 무식하게 생겨놓고 은근히 지능캐였구나. 그래, 이 엄청난 거리를 이동해 이국의 땅으로 가는데, 고작 몇 시간 조금 불편하게 앉아가는 게 그리 대수로운 일은 아니다. 그때였다. 옆자리 남자가 꿈틀거리기 시작했다. 돌아보니 고통스러운 얼굴로 다리를 주무르고 있었다. 경련이 난 것 같았다. 하긴, 저 거구를 이 좁은 좌석에 쑤셔 넣고 몇 시간을 그 자세로 있었으니.

"괜찮으세요…?"

남자는 '문제 없어요' 하는 듯한 얼굴을 애써 연출하며 엄지를 추켜세웠다. 신음 소리 내는 게 싫어서 입을 다물고 있는 거겠지. 이상한 자존심을 부리며 따봉을 하고 있는 그의 손은 미세하게 떨리고 있었다.

 아저씨

　남자 화장실에서 오줌을 눌 때에는 암묵적 규칙이 있다. 공중 화장실을 곧잘 이용하는 남자라면 반드시 알고 있어야 하는 상식이요 매너. 그다지 따르기 어려운 규칙도 아니다. 그것은 바로, '누군가가 이용하고 있는 소변기의 바로 옆 소변기는 가능한 피할 것'이다. 인간이라면 마땅히 누려야 하는 배설 배뇨의 프라이버시를 존중하는 사람이라면 기꺼이 따르는 규칙일 것이다. 물론 소변기가 두 개 밖에 없는 화장실은 예외다. 모든 소변기가 이용 중일 때도 예외다. 하지만 비어있는 소변기들이 충분히 있는 상황이라면 교양 있는 문화인은 반드시 타인의 배뇨기관이 쑥스러움을 느끼지 않도록 바로 옆을 피해줄 것이다. 만일 낯선 이가 다른 소변기가 많은데도 굳이 바로 옆 소변기를 이용하기 위해 다가온다면 오줌을 누던 사람은 고민할 것이다. 이 사람은 뭘까. 혹시 내 배뇨기관에 지대한 관심을 가진 사람이 아닐까. 아니면 자기 배뇨기관을 자랑이라도 하려는 걸까. 모든 걸 내려놓고 비워내듯 평안해야 마땅할 시간은 갑자기 스트레스 가득한 심리전으로 변하게 되고, 혹시 옆 사람이 이상성애 성범죄자가 아닐까 하는 무시무시한 고민에 빠지게 된다.

내가 스페인에 도착한 후 아저씨를 처음 만난 상황이었다. 생 쟝으로 가는 버스를 타는 팜플로나의 터미널 화장실에서 말이다. 굳이 빈 소변기들을 내버려두고 내 옆으로 와 지퍼를 내리더니 대뜸 말을 거는 사람.

"혹시 한국인이세요?"

낯선 사람에게 말을 거는 게 익숙하지 않은지 한껏 긴장한 한국인 중년 남성이었다. 아니 어쩌면 배뇨와 대화를 동시에 하려다 보니 음성이 이상했던 걸지도 모르겠다. "니하오"라고 답하며 무슨 말인지 못 알아듣겠다는 표정을 지을까 고민도 해봤지만, 하필이면 그때 '카톡'하고서 휴대폰이 울리는 바람에 포기해버렸다. 그러자 그의 얼굴에는 안도의 미소가 떠올랐다. 아니 어쩌면 오줌을 누는 표정이었던 걸지도 모르겠다.

"맞으시구나 한국인! 반가워요. 순례자시죠?"

"예 맞습니다. 생 쟝으로 가시나 보네요."

목적지가 같다는 걸 깨달은 아저씨는 환하게 웃었다. 머리가 까진 주제에 소년처럼 밝게 웃는 아저씨였다. 그것도 오줌을 누면서 옆을 바라보면서. 비교적 왜소한 몸이 나이에 안 맞는 그의 소년스러움을 더욱 부각시키는 느낌이었다. 그 이후 우리의 동선은 자연스럽게 겹치게 되었다. 같이 손을 씻고, 같이 화장실에서 나와서, 같이 생 쟝으로 향하는 버스가 있는 승차장으로 향했다. 그는 국외로 나온 게 처음이라 긴장하고 있었는데, 순례 시작부터 말 통하는 한국인을 만난 게 너무 반갑다고 했다. 매표소에서 버스 표를 살 때 나를 보고서 혹시 한국인이 아닌가 싶었는데, 화장실에서 마주쳐서 물어본 거라고 한다.

순간 불안감이 엄습했다. 혹시 이 아저씨, '이렇게 만난 것도 인연인데', 하는 레퍼토리로 시작해서 순례 내내 같이 다니자면 어떡하지? 〈어느 날 난생 처음 보는 대머리 중년 아저씨와 800km 순례를 했다〉 따위의 영상을 누가 보겠나. 내가 기대했던 건 전 세계에서 모인 매력적이고 특이한 외국인들과의 가슴 설레는 모험이었다. 그런데 어쩌면 그 모험의 시작부터 이 아저씨가 파티원으로 들어와버린 게 아닐까. 어느 날 한약 같은 거 잘못 먹고서 머리카락 잃고 몸만 갑자기 늙어버린 것 같은 인상의 이 아저씨가. 선을 그어야 할 타이밍이었다. 그래서 일부러 버스에 오를 때 거리를 뒀다. 그가 앉은 자리에서 두 칸 떨어진 자리에 앉은 것이다. 나름대로 전략적인 판단. 그런데 자리에 앉은 아저씨는 가방 속에서 무언가를 뒤적거리더니 내게 다가와 건넸다. 초코파이였다. 웬 초코파이? 그는 뭐가 그리 기쁜지 환하게 웃고 있었다. 딱히 좋아하지도 않는 초코파이였지만, 순진무구한 미소로 건네진 호의를 거절할 수는 없었다. 나는 어정쩡하게 감사하다며 초코파이를 받아들었고, 그는 자기 자리로 돌아갔다. 하, 이러면 가정교육 제대로 한 우리 엄마의 명예를 위해서라도 호의에 보답할 수밖에 없다. 무서운 아저씨네 정말. 그렇게 나는 아저씨의 통로 건너편 옆자리로 이동했고, 우리는 이런저런 이야기를 시작했다. 예상은 했지만, 대책없이 착한 사람이라는 인상을 풍기는 아저씨였다.

"무슨 계기로 순례를 결심하셨어요?"

버스가 출발할 때쯤 아저씨가 물었다.

"어느 날 유튜브를 보다가 아이디어를 얻었습니다. 순례를 소재로 영상을 찍어보려고요. 순례자들 인터뷰도 하고요."

영상이라는 말에 아저씨의 눈빛이 반짝였다.

"유튜버세요?"

"예 유튜브도 하고, 다른 것도 합니다. 돈 벌려고 이것저것 다 하는 편입니다."

"우와, 멋있어요. 그런 거 하는 사람 실제로 보는 건 처음이에요."

"별로 대단할 건 없습니다. 팔로워도 이것저것 다 합쳐봐야 2만 명 정도밖에 안 되고요."

"2만 명이면 엄청 많은 거 아니에요? 제가 살면서 만난 사람들보다 더 많은 숫자잖아요."

아저씨는 정말로 감탄스럽다는 얼굴로 말했다. 이런 사람들이 있다. 타인을 진심으로 칭찬하고 우러러 볼 수 있는 좋은 심성을 가진 사람들. 괜히 허파에 바람이 들어간 나는 딱히 성공적이지도 않은 인플루언서의 업적에 대해 이것저것 떠들어대기 시작했다. 아직도 종종 회자되는 디씨인사이드의 내 유머 글들. 1년 동안 김치를 가장 많이 판 블로거로서 수여받은 종갓집 김치전도사상. 물론 온리팬즈에서 팬티까지 팔았던 이야기는 생략했다. 그럼 새로운 세계를 발견했다는 듯 감탄하는 저 얼굴이 금세 밥벌이의 고단함에 공감하며 슬퍼하는 중년의 얼굴로 바뀔 테니까.

"너무 제 이야기만 한 것 같네요. 아저씨는 무슨 일을 하세요?"

갑자기 화제를 본인으로 바꾸자 아저씨는 당황한 듯 말했다.

"저는 얼마 전 다니던 회사를 그만뒀어요. 아니다, 잘렸다고 해야겠네요. 그래서 지금은 나이 마흔일곱 먹은 무직자에요."

으와, 괜히 물어봤다. 급 무거워지고 엄숙해지는 분위기. 아저씨는 멋쩍어 하며 말을 이어갔다.

"20년간 다니던 직장이었는데 권고사직 당했어요. 회사 상황이 안 좋아져서요."

아저씨는 한 회사에서 20년을 일했다고 한다. 첫 직장으로 사회생활을 배운 곳에서 꼬박 20년을 일한 거다. 자동차 업체에 부품을 납품하는 회사였는데, 본인 일은 부품이나 기계 같은 것과는 조금도 인연이 없는 인사 업무였다. 공장에서 직원들이 열심히 부품을 조립하고 나사를 조이는 동안, 그는 그 직원들의 인적 사항이 담긴 서류들을 처리했다고 한다. 아저씨는 그 일이 꼭 어머니의 일처럼 느껴져서 좋았다고 한다. 회사는 가족이고, 그 가족이 잘 생활할 수 있도록 돌보는 게 자신의 일이었다는 거다. 직원들 휴가 계획을 정리하고, 경조사를 챙기고, 힘들다는 직원이랑 술 한 잔 하면서 이야기를 들어주기도 하고. 가끔 어려운 일도 있었지만, 대부분은 가족을 돌보는 듯한 소소하고 반복적인 일상이었고, 그래서 회사 생활이 즐거웠다고 한다. '가족같은 회사 분위기'라니. 권고사직 당해놓고 그런 아름다운 이야기를 늘어놓는 걸 보니 괜히 부아가 치밀었다. 이 아저씨는 성격상 남의 부탁 거절 잘 못하고, 늘 배려만 하다가, 호구 취급 당했거나, 사내 정치의 희생양이 되었을 타입이다.

"어떤 놈의 가족이 20년 같이 산 사람보고 이제 그만 나가라고 눈치를 준답니까?"

가족같은 회사가 아니라 좆같은 회사였네요, 라고 말하고 싶었지만 순화했다. 아저씨가 욕을 좋아할 것 같지도 않았고, 무엇보다 여전히 그 회사에 애정을 느끼고 있는 것 같았다.

"회사 입장에서는 어쩔 수 없었어요."

"제 눈에는 아저씨가 사람이 너무 좋은 것 같습니다. 20년이나 일했는데 정년도 못 챙기고 자기 발로 나가게 만든 회사 편을 들고 있잖아요."

"회사는 진짜 가족이랑은 다르게 돈을 벌려고 존재하는 데잖아요. 돈은 안 벌리는데, 먹여 살려야 할 식솔들이 많으면 어쩔 수 없이 식솔들을 줄여야죠."

아저씨는 진심으로 그 결정을 이해한다는 입장이었다. 아니 이해 수준이 아니라 회사를 적극적으로 변호했다.

"저는 회사에 도움이 되는 유능한 직원이 아니었어요. 20년 동안 월급은 꼬박꼬박 받아가면서, 누가 시켜야만 일을 하는 수동적인 사람이었거든요."

아저씨는 자기가 아주 소심하고 수동적인 사람이라고 했다.

회사에서는 늘 눈치를 봤고, 자기 성취를 위해서 일한 게 아니라, 지시에 의해 일해왔다는 거다. 누군가가 시킨 일에 대해서만 생각하고, 자신에게 배정된 책임에 대해서만 노력했다. 아저씨는 사실 그건 기본인 거고, 그 이상을 하는 게 회사에 돈을 벌어다 주는 일인데 당시에는 그걸 몰랐다고 했다.

"생각해보면 지금까지 별로 열심히 일해본 적이 없었던 것 같아요. 해야 할 것 이상으로 더 해본 적이 없었거든요. 퇴근하고 짬짬이 외국어 공부해서 해외 바이어랑 미팅 잡아오는 사람. 어느 날 기획서 들고 나타나서 프로젝트를 제안하는 사람. 저희 부서 신입만 하더라도 인사 업무 제대로 해보겠다면서 법도 공부하고 자격증도 따고 그러더라고요. 다들 그렇게 열심히 사는데 저는 별로 열심히 살지 않았어요. 취직할 나이에 적당히 받아주는 곳에 취직했고, 하라는 대로 하면서 살다 보니까 이미 20년이 지난 거예요. 그래서 권고사직 이야기가 나왔을 때, 억울하거나 서운한 마음보다는, '아 올 것이 왔구나' 하는 심정이었어요. 그렇게 20년 내내 수동적으로 직장을 다니다가, 직장을 그만두는 순간까지도 수동적으로 결정하게 되었죠. 회사를 그만두고 나서야 그걸 깨달았어요."

아저씨는 퇴직 이후 한동안 자괴감을 느꼈다고 한다. 20년이나 회사에 다녔는데 이룬 게 없다는 생각 때문이었다. 일을 하지 않았던 게 아니다. 맡은 일은 책임지고 완수했다. 다만 그것뿐이었다. 누가 시키지 않은 일에는 관심이 없었고, 굳이 나서서 무언가를 주도적으로 할 필요를 느낀 적도 없었다. 본인에게 부여된 숙제를 마치고 나면 그걸로 끝이었다. 그렇게 반복되는 일과와 휴식. 시간은 충분히 잘 갔다. 매일매일 퇴근 시간만 기다리다 20년이 훌쩍 지나갈 만큼.

"곰곰이 생각해보니까 회사를 다니면서 성취감을 느껴본 적이 없었어요. 이게 바로 내 작품이다, 내가 이룬 거다, 하는 그런 기분요. 성취감이라는 건 자기 자신이 어떤 목표를 가지고 열심히 일해야만 얻을 수 있는 거잖아요? 상사가 시키는 대로 잘 따른다고 해서 얻을 수 있는 게 아니에요. 결국 저는 그냥 하루하루 시키는 대로 일하면서 그 대가로 월급을 받았을 뿐이에요. 자기 일이 아니라 남의 일만 한 거죠. 그러니까 퇴사하고 남은 건 저금 약간뿐이에요. 업적이나 기술 같은 건 하나도 없이 시키는 거 하고 받은 돈만 남은 거죠."

중년이 지나간 세월을 후회하는 이야기에 철없는 자칭 인플루언서 청년이 할 말은 없다. 그저 이 불편하고 어색한 순간을 모면하기를 바랄 뿐. 회한으로 가득할 그의 얼굴을 피해 유럽의 시골길이 지나가는 창가를 바라보며 초코파이를 씹기 시작했다. 왜 초코파이였을까. 가나파이나 몽쉘 같은 건 없었던 걸까. 군대에서나 먹었지, 누가 줘도 안 먹는 게 초코파이인데. 그 와중에 창 밖의 풍경은 시시각각 변해갔다. 스페인과 프랑스의 국경 사이에는 피레네 산맥이 있다. 우리는 지금 그 산을 넘어서 프랑스의 국경 도시 생 장으로 가고 있는 거다. 국경을 넘는다지만 별다른 여권 체크 같은 건 없다. 생 장에서 순례를 출발하면 나는 다시 이 험준한 산을 넘어서 스페인으로 들어오게 되겠지. 그야말로 사서 고생이구만. 어색한 침묵이 흐르자 아저씨는 분위기를 전환하려는 듯 밝게 말했다.

"저는 퇴직이 제 인생에서 긍정적인 사건이라고 생각해요. 덕분에 제 삶을 되돌아볼 수 있었어요. 요즘은 100살까지 사는 시대라고 하잖아요? 이제 인생의 반환점을 돌았는데, 남은 절반은 새로운 일을 찾아서 제대로, 열심히 살아보려고 해요. 인생이 끝날 때가 아니라 직장 생활이 끝날 때 이런 깨달음을 얻은 게 얼마나 다행인지 몰라요."

권고 퇴직을 한 중년 남성이 새 삶에 대해 이야기를 하는 데에는 얼마나 큰 용기가 필요할까. 나로서는 상상하기 힘든 인생의 무게를 짊어지고서 새로운 도전을 고민하는 사람. 그는 여러 의미에서 여정을 시작하는 순례자였다.

"멋있으시네요. 저도 그런 에너지가 있으면 좋겠습니다. 그리고 저는 아저씨가 직장 생활 하시는 동안 이룬 게 없다고 생각하지 않아요. 일해서 돈을 벌고, 그 돈으로 가족들을 부양했잖아요. 그것 만한 성취가 어디 있습니까?"

기운도 북돋아줄 겸, 분위기 전환을 위해 던진 말. 그런데 아저씨는 무슨 소리냐는 얼굴이었다.

"저 가족 없는데요?"

"예?"

"솔로에요. 미혼 독신. 하하, 어쩌다 보니."

"아, 예… 그, 독신도 개인의 취향이죠. 라이프 스타일이랄까. 비혼주의 이런 것도 있잖아요."

"저는 그냥 인기가 없을 뿐이에요. 결혼이야 하고 싶죠. 친구들 토끼같은 자식들도 부럽고. 그런데 저랑 결혼하고 싶어하는 상대가 없을 뿐이에요. 하하하. 이 나이가 되다 보니 이젠 그냥 나는 이렇게 사는 건가 보다 싶기도 하고요."

으와, 괜히 말했다. 또 다시 무거워지고 엄숙해지는 분위기. 이 아저씨 일부러 이러는 건가? 의도했든 의도치 않았든 곳곳에 함정이 있는 건 분명하다. 다시 창가를 보는 척 애써 딴 곳을 향하는 내 고개. 그냥 처음에 인사할 때 '니하오 와따시 코리안 잘 몰라요'라고 우길 걸.

"그래도 가족이 없으니까 이렇게 한 달 넘게 순례도 가고 할 수 있는 거죠!"

아저씨가 덧붙였다. 냉탕과 열탕을 오고 가듯 비관과 낙관을 반복하는 대화.

"그래요. 처자식이 있는 사람이 혼자 한 달 넘게 여행가겠다고 해봐요. 여권 도장 찍기 전에 이혼 도장부터 찍어야 할걸요?"

하하하. 실없는 농담에 밝게 웃는 아저씨.

"그러고보니 순례는 어쩌다 오신 건가요?"

"일 그만두고 한 첫 결심이에요. 산티아고 순례가 버킷리스트였거든요. 저는 성당에 다녀요. 모태 신앙이라 아주 어릴 때부터 다녔죠. 몇 살이었는지 기억도 안 나는 아주 어릴 때, 특별한 미사가 있었어요. 산티아고 순례에 다녀온 자매님이 여행담을 들려줬거든요. 그 이야기에 홀딱 빠져버렸어요. 배낭 하나 메고 스페인을 횡단하면서 여러 이방인을 만나고, 추억을 만든 여행담을 듣는데 그게 너무 강렬해서 잊혀지지 않더라고요. 시간이 지나면서 그때 제가 몇 살이었는지, 자매님이 어떻게 생겼는지 기억은 안 나는데, 오히려 여행담의 기억은 더욱 생생해졌어요. 꼭 제가 순례에 떠났던 것처럼 자매님이 한 이야기 하나하나가 제 일처럼 떠오르더라고요. 언젠가는 나도 가봐야겠다고 생각했어요. 그런데 '언젠가 해봐야지' 하는 일은 보통 안 이루어지더라고요. 특히 저처럼 평범한 사람이 어느 날 갑자기 그런 여행을 떠나는 건 무리에요. 만일 제가 회사를 그만두지 않았다면 그 꿈은 영영 이루어지지 않았을 거예요. 아까도 말했지만 퇴직 덕분에 삶을 대하는 태도에 변화가 필요하다는 걸 깨달았거든요. 열심히 적극적으로 살아봐야겠다고 결심했고, 당장 하고 싶은 일, 이루고 싶은 일부터 해야겠다고 생각했어요. 그 첫번째가 산티아고 순례였어요."

사람은 성장한다. 육체의 성장은 사춘기로 끝나지만, 정신의 성장은 죽을 때가지 계속된다. 아저씨에게 퇴직이라는 사건은 아무래도 성장의 계기였던 것 같다. 일상에 매몰된 채 소심하고 수동적으로 살아왔던 중년이, 800km의 순례를 위해 난생 처음 국외로 나왔다는 것. 중년 남성도 분명 성장이란 걸 한다.

"800km. 평소 운동도 안 하고 체력도 약하지만, 꼭 완주해낼 거예요. 몇 달이 걸리더라도, 꼭요. 하고 싶은 일이고, 또 반드시 해내기로 결심한 일이니까."

아저씨는 스스로에게 다짐하듯 말했다. 새로운 인생을 시작하는 첫 목표. 열의로 타오르는 눈빛. 어쩌면 머리가 까진 이 중년 아저씨가 나보다 더 젊을 지도 모른다는 생각을 했다.

어느새 버스는 생 장 피에드포르에 도착했다. 곳곳에 배낭을 멘 순례자들이 있었다. 그리고 그들을 반기는 상점과 식당들도. 산 허리에 위치한 한적한 순례자들의 마을. 기나긴 여정이 시작되는 시작점. 소심한 아저씨는 눈치를 보기 시작했다. 여기서 작별 인사를 해야 하나, 아니면 같이 움직여야 하나 고민하고 있는 거겠지. 하지만 나는 이미 결심을 했다.

"아저씨, 거기서 뭐해요? 빨리 와요. 일단 숙소 가서 짐부터 풀고 사무소로 갑시다. 알베르게 예약은 미리 해뒀다고 하셨죠? 앞장서세요."

무슨 뜻인지 모르겠다는 표정으로 다가오는 아저씨. 나는 어깨를 으쓱하며 가급적 쿨하게 말했다. 자칭 인플루언서답게.

"인생사까지 나눠놓고 찢어지려고요? 같이 완주합시다. 순례. 혼자라 걱정이었다면서요. 아저씨가 순례 완주하는 장면을 영상으로 찍고 싶습니다. 평범한 아저씨도 할 수 있다! 너희도 용기를 가져라! 뭐 이런 느낌으로."

"동행하자고요?"

"혹시 싫으세요?"

아저씨는 그제서야 환하게 웃었다.

"그럴 리가요! 아직 이름도 모르네요. 저는 정소망이라고 합니다."

"최용석입니다. 앞으로 잘 부탁드립니다, 아저씨."

어울리지 않는 깜찍한 이름을 가진 마흔일곱 살의 중년은 정중하게 고개를 숙였다. 햇살 아래 소년처럼 천진난만하게 웃는 그의 얼굴은 밝게 빛나고 있었다. 그렇게 우리의 순례가 시작되었다. 각각의 소망을 안고서, 우리는 한 발 한 발 산티아고로 향한다.

 피레네

"자, 잠깐만요… 헉헉… 올라올 것 같… 아, 올라온다…!"

나는 거의 본능에 가까운 몸부림으로 길가를 향해 고개를 숙였다. 그리고 입에서 뿜어지는 모자이크 처리해야 마땅한 액체류. 우웨에에엑. 구토를 '한다'는 표현은 잘못됐다. 하는 게 아니라 당하는 거다. 내 의지와는 상관없이 토사물이 내 몸을 지배하고서 솟구쳐 나오는 거란 말이다. 어젯밤 들이킨 것들을 쏟아내는 내 모습을 보며 아저씨의 얼굴도 파랗게 질렸다. 우읍. 우으읍. 그러더니 곧 그도 고개를 숙이고 쏟아내기 시작했다. 우웨에에엑. 구토에는 전염력이 있다. 그렇게 아름다운 피레네 산맥의 가파른 경사로에서 토를 해대고 있는 두 동양인을 보며 다른 순례자들은 몹시 안타까운 표정을 짓고 있었다.

어젯밤, 생 장에서 나와 아저씨는 술을 마셨다. 그것도 좀 많이. 들뜬 마음으로 바에 들어간 게 문제였다. 생 장에 도착한 우리는 먼저 짐을 풀기 위해 아저씨가 예약해둔 알베르게로 갔다. 이층 침대가 여러 개 놓여있는 기숙사 형태의 숙소였는데, 여름에 비해 비수기인 가을이라 자리에 여유가 있었고, 덕분에 예약 없이도 아저씨와 같은 방의 침대를 빌릴 수 있었다. 숙박비는 고작 15유로. 짐을 푼 우리는 곧바로 순례자 사무소로 향했다. 그곳에서 등록을 하고, 순례자 여권을 받았다. 순렛길 곳곳에 있는 숙소, 교회, 식당 등에서 이 여권에 도장을 찍어준다고 한다. 사무소 직원은 여권 첫 칸에 생 장 사무소의 도장을 정성스레 찍어줬다. 그리고 순렛길에 대한 여러 안내를 해줬는데, 번역기 어플 덕분에 어렵지 않게 대화가 가능했다. 말 한 마디 안 통하는 외국에 가도 스마트폰이 통역사처럼 실시간으로 번역을 해주니 얼마나 좋은 세상인가. 안내를 마친 직원은 줄이 달려있는 조개 껍데기를 건넸다. 산티아고 순례를 상징하는 조개 껍데기. 산티아고 순렛길의 로고도 이 조개를 모티프로 한다. 조개가 순례자를 지켜줬다는 전설이 있는데, 그래서 지난 수백 년 간 순례자들이 자신이 순례자임을 알리는 상징물로 조개 껍데기를 걸고 다녔다고 한다. 우리도 이제 이 조개 껍데기를 배낭에 매달면 본격적인 순례자로 보일 것이다. 한껏 들뜬 기분으로 문을 나서는 우리에게 직원이 외쳤다.

"부엔 까미노!"

내가 의아한 표정을 짓자, 아저씨가 설명했다.

"순례자들한테 하는 인사예요. 부엔 까미노. '좋은 길 되세요'라는 뜻이래요."

아아, 이 얼마나 매력적인 문화란 말인가. 순례자만이 누릴 수 있는 이 특별한 경험들. 아저씨와 나는 순례자가 된 걸 축하하기 위해 술을 마시기로 했다. 출발은 내일이다. 아직 해가 질 때까지 시간은 남았다. 숙소에 일찍 들어가봐야 방을 함께 쓰는 다른 순례자들 사이에서 불편하기만 할 거고, 차라리 술과 음식으로 시간을 떼우다가, 조금 일찍 잠자리에 들자는 생각이었다. 결론부터 말하자면, 매우 나쁜 계획이었다.

"뭐야, 아저씨 술 되게 좋아하시는 것 같습니다?"

"저는 먹고 마시는 데에 진심이에요. 용석 씨도 잘 드시는데요?"

"이런 날은 마셔줘야지 않겠습니까! 자자, 우리의 만남과 성공적인 순례를 위하여!"

"위하여!"

어찌된 영문인지 아저씨는 스페인 음식에 대해 아주 잘 알고 있었다. 타파스가 뭔지, 하몽이 어떻게 만들어지는지, 스페인 치즈는 뭐가 다른지, 여기는 와인이 왜 이렇게 싼지. 보통 이런 이야기를 듣다 보면 상대가 잘난 척을 하는 것 같아서 얄미울 때가 많은데, 아저씨는 그저 순수한 열정으로 두 눈을 반짝이며 스페인 음식에 대해 이야기했고, 나는 그 이야기를 들으며 즐겁게 먹고 마셨다. 알고 먹으니까 더 잘들어가는 기분이랄까. 꼭 고급 코스 요리집에서 요리사한테 설명을 들으며 음미하듯 음식을 먹는 기분이다. 딱히 그런 경험을 해본 적은 없지만 말이다. 하몽, 올리브, 감자 요리… 우리는 배가 터져라 스페인의 안주들을 삼켰고, 맥주, 와인, 위스키, 또 뭐더라. 아무튼 술과 술을 바꿔가며 들이켰다.

그리고 눈을 뜨자 아침이었다. 지난 밤의 기억은 강력한 알콜에 의해 씻겨 나갔다. 어떻게든 숙소에 돌아오긴 한 모양이었다. 다른 순례자들은 주섬주섬 짐을 챙기며 이미 길을 나설 준비를 하고 있었다. 아저씨는? 옆 침대를 보자 아저씨가 누워 있었다. 다행히 같이 돌아온 모양이다. 그리고 그의 얼굴을 본 순간, 심장이 철렁했다. 창백한 얼굴로 초점 없는 두 눈을 멍하게 뜨고 있는 아저씨. 영락없는 시체다. 미동도 하지 않는다. 설마 지난 밤에 뭐가 잘못된 건가? 숨을 쉬는지 확인하려고 얼굴 가까이로 가는데 갑자기 두 눈동자가 휙 움직였다.

"저 살아 있어요."

"아이씹… 깜짝이야!"

"방금 욕하신 것 같았는데요."

"술이 덜 깨서 잘못 들으신 것 같습니다."

아무리 힘들더라도 출발은 해야 했다. 순례 첫 날부터 숙취로 앓아 누울 수는 없는 노릇이었다. 우리 둘 다 그걸 알았기에 좀비 같은 신음을 내며 배낭을 메고 알베르게를 나섰다. 아침을 먹으면 먹는 것보다 토해내는 게 더 많을 게 분명한 상황이었기에, 둘 다 곧바로 길에 오르기로 했다.

그 이후부터 줄곧 이 상태였다. 한 걸음 한 걸음 내딛을 때마다 누군가가 망치로 머리를 내려치는 듯한 기분이 들었고, 숨을 헐떡일 때마다 토사물이 올라오지 않도록 주의해야 했다. 하필이면 첫 날은 생 장에서 피레네 산맥을 넘어 론세스바예스로 가는 날. 27km의 가파른 오르막길과 내리막길. 산티아고 순례 프랑스길 전체에서 가장 힘든 날이었다. 멀쩡한 컨디션으로 산을 오르는 사람들도 거친 숨을 몰아쉬며 괴로워하는데, 우리는 어떻겠는가.

원래 순례는 고난을 극복하며 깨달음을 얻는 일이라고 했던가. 시작부터 불지옥 난이도의 고난을 겪으며 나는 인간의 존엄성에 대해 생각했다. 인간을 인간답게 만드는 존엄성. 불편하거나 어려운 상황에서 얼마나 빨리 수치심을 잊느냐가 이 존엄성의 척도일 것이다. 나의 모습을 보라. 얼굴에 붙어있는 일곱 개의 구멍 중 다섯 개의 구멍에서 무언가가 흘러내리고 있다. 구토를 '당하며' 찔끔 나온 눈물이 어느새 볼을 타고 땀과 섞여 흘러내리고 있었고, 코에서는 가을 공기가 차서인지, 힘들어서인지, 음식물 역주행을 당해서인지, 아무튼 콧물이 줄줄 나오고 있었으며, 그 콧물은 입가의 찌꺼기 섞인 침과 하모니를 이루고 있었다. 누가 봐도 정상이 아닌 듯한 모습으로 산을 오르고 있는 내 모습에 주변 순례자들이 걱정스러운 눈길을 보냈지만, 본인들도 힘에 부쳐서인지, 아니면 내 몰골에서 전해지는 압도적인 카리스마 때문인지 '부엔 까미노' 하며 지나쳐 갈 뿐이었다. 물론 내게는 이 부끄러운 꼴을 걱정할 만한 에너지조차 남아있지 않았다. 내 존엄성은 이 정도인 것이다. 한편 나보다 조금 더 존엄한 인간인 47세 중년 순례자 정소망 씨는 손수건으로 다섯 구멍을 종종 닦아가며 나만큼의 수치스러운 모습은 면했지만, 그렇다고 딱히 자랑스러워할 만한 꼴은 아니었다. 그는 상체를 숙인 채 죽어가는 사람의 것이 분명한 신음 소리를 내고 있었고, 중간중간 올라오는 토사물을 억지로 삼키려고 헛구역질을 하는 바람에 좀비처럼 기괴한 모습으로 걸어가고 있었다. 얼마나 걸었을까. 여전히 끝없이 펼쳐진 오르막길을 보며 우리는 절망했고, 잠시 쉬면서 목을 축이기로 결정했다. 그때 언덕 아래에서 이상한 게 눈에 들어왔다.

"아저씨, 저 사람 지금 뛰어오고 있는 거죠?"

"어 진짜네요?"

저 산 비탈 아래에서 전력 질주 수준으로 뛰어오고 있는 사람이 있었다. 뭐지? 무슨 일이라도 생긴 건가? 그런데 긴급한 용무가 있어서 그러는 건 아닌 것 같았다. 순례자의 옷차림에 배낭을 메고서, 꼭 마라톤을 하듯 이 피레네 산맥의 오르막길을 뛰어오고 있는 사람. 이질적인 그의 모습은 다른 순례자들 사이에서도 눈에 띄었다.

"우와, 캡틴 아메리카 같이 생겼어요."

아저씨의 말대로였다. 금발머리를 휘날리며 뛰어오는 건장한 청년은 꼭 영화 속 캡틴 아메리카 같았다. 그는 금세 우리가 있는 언덕까지 올라왔는데, 나와 눈이 마주치더니 곧장 우리를 향해 다가왔다. 나는 곧바로 번역기 어플을 틀었다.

"이봐요 친구들, 괜찮아요?"

억양이 섞인 영어. 그는 곧 사망할 것 같은 모습으로 주저앉아 있는 나를 보고서 도움이 필요하다고 생각했던 모양이다. 훌륭한 인품이로다.

"아엠 빠인 땡큐 앤쥬?"

한국형 주입식 영어 교육의 문제. 나도 모르게 나온 이 말에 아저씨는 기가 차다는 얼굴이었다. 괜찮기는 개뿔, 곧 예수님을 만날 것 같구만. 캡틴 아메리카도 전혀 '빠인' 해보이지 않는 내 모습이 걱정스럽다는 듯 이것저것 몸 상태에 대해 물었다. 번역기를 통해 우리의 상황을 이해한 그는 티를 내지는 않았지만 분명, '이 한심한 인간들, 술병이라고?' 라며 속으로 질책하고 있을 터였다. 우리 상태에 대해 곰곰이 듣던 남자는 본인 배낭을 뒤적거렸다.

"이거 물에 섞어서 마시십시오. 전해질과 비타민이 있어서 도움이 될 겁니다. 오늘 아침은 안 드셨다고 했습니까? 과음한 후 아무 것도 안 먹은 상태로 격한 운동을 해서 더 힘든 겁니다. 혈당 수치도 떨어져 있을 테고. 이거 드십시오."

그의 손에는 삶은 계란과 에너지바 그리고 발포제 팩이 들려있었다. 아저씨는 미안해서 어쩔 줄 몰라하는 눈치였지만, 나는 그 구원의 손길을 넙죽 받아들였다.

"정말 고맙습니다. 오늘 사람 두 명 살리셨어요."

"천만에요. 번역기 보니까 한국어라고 되어있군요. 한국에서 오신 분들이십니까?"

우리는 음식을 먹는 동안 가벼운 인사를 나눴다. 그는 독일에서 온 미하일이라고 한다. 의사인데, 심지어는 또 변호사까지 하고 있다고. 독일 걷기 모임 회장이라고도 했다. 산티아고 프랑스길 최단 시간 완주 기네스 기록을 세우기 위해서 순렛길에 올랐다고. 그래서 저렇게 뛰어오고 있었던 거구만.

"혹시 저희 때문에 기록 늦어지는 거 아니세요?"

"빠르게 뛰는 것만큼 중요한 게 적절한 휴식입니다. 어차피 쉴 참이었습니다."

아저씨는 딱 봐도 유능함이 흘러 넘치는 데다 신사적인 태도까지 갖춘 미하일을 보고 한 눈에 반한 듯한 얼굴이었다. 그에게 동경 가득한 눈길을 보내며 물었다.

"대단하세요. 정말 열정적으로 사시는 것 같아요."

"욕심이 많을 뿐입니다."

욕심이 많다라. 욕심이 많아서 열심히 산다는 뜻인가?

"어떻게 하면 그렇게 잘 뛸 수 있어요?"

아저씨의 물음에 미하일은 인자한 얼굴로 차분하게 답했다.

"매일매일 뛰는 게 중요합니다. 그 누구도 처음부터 잘 뛰는 사람은 없어요. 처음에는 모두가 숨이 차고 지치기 마련입니다. 하지만 매일매일 뛰는 게 중요하죠. 아무리 힘들고 괴로워도 계속 뛰는 겁니다."

"그러면 저도 잘 뛸 수 있을까요?"

"그럴 수도 있고, 아닐 수도 있습니다."

묘한 답변에 아저씨도 나도 당황했다. 하지만 너 같은 게 매일매일 뛰어봐야 나처럼 뛰겠냐? 라는 느낌의 말은 아니었다. 차라리 무책임한 긍정론을 피하려는 것 같은 태도였다. 미하일은 말을 이어갔다.

"하지만 분명한 건, 조금씩, 아주 조금씩이라도 지금보다는 반드시 나아진다는 겁니다. 이 산티아고 순례도 같을 겁니다. 첫 날이라 많이 힘들죠? 많은 사람이 첫 날 좌절하고, 첫 주에 낙오한다고 하더군요. 아마 내일도, 그 다음 날도 힘들 겁니다. 하지만 제가 확신할 수 있는 건, 조금씩, 하지만 분명히 나아질 거라는 겁니다. 하루하루 목적지에 도착하다 보면요."

그는 갑자기 자리에서 일어나 등 뒤로 펼쳐진 풍경을 향해 팔을 활짝 펴며 말했다.

"보세요. 여러분이 넘어온 산입니다. 벌써 이렇게나 올라온 겁니다."

미하일의 등 뒤로 펼쳐진 피레네의 절경. 가파른 산 언덕 능선에는 그림 같은 초원이 펼쳐져 있었다. 컴퓨터 윈도우 배경

화면에서나 봤던 그런 현실감 없는 풍경이 눈 앞에 있었다. 그 위로 풀을 뜯으며 거니는 양떼가 있었고, 그 사이사이를 거니는 순례자들이 있었으며, 그 모두를 품어 안는 숨막히게 넓은 하늘이 있었다. 미하일 덕분에 숙취가 좀 가셔서일까, 그제서야 그 아름다운 풍경이 가슴을 강타했다. 나도 아저씨도, 뭐라 말 한 마디 못한 채 그 풍경에 휩쓸렸다.

"I will see you, when I see you."

우리의 안색이 돌아오자 어느새 배낭을 챙긴 미하일이 떠날 채비를 하며 말했다. 저게 무슨 뜻이지? 번역기를 보자 이렇게 나온다. [(다시 만날 것을 기약하지 않은 채) 또 봐요.] 저런 표현이 있구나. 또 볼 수도 있고, 아닐 수도 있지만, 그때까지 잘 있어라. 이런 뜻이겠지. 나도 아저씨도 타이밍을 놓칠세라 서둘러 말했다.

"부엔 까미노!"

미하일은 새하얀 치아를 드러내며 활짝 웃고는 손을 흔들어 인사하더니 다시 뜀박질을 시작했다. 남자인데도 반할 것 같은 미소를 남기고 바람처럼 뛰기 시작하는 미하일. 어느새 그의 뒷모습은 저 언덕 위까지 올라가 있다.

"진짜 멋있는 사람이었어요!"

아저씨가 흥분하며 말했다.

"텐션 쩌는 사람이었죠? 시간만 좀 있었어도 인터뷰 부탁했을 텐데… 여성 구독자들 조회수 장난 아니었을 거예요. 의사에 변호사에 체력까지 저렇게 좋고. 심지어 얼굴도 잘 생겼어. 다 가졌네 정말. 아, 다시 태어나면 저렇게 태어나고 싶다."

"다시 태어나지 않더라도 지금보다 나아질 수는 있을 거예요. 미하일 씨가 그랬잖아요. 나아가다 보면 반드시 나아진다고."

아저씨는 다시 움직일 채비를 하려는 듯 기지개를 켜며 말했다. 그래 슬슬 움직여야지. 눈 앞에는 끝없는 길이 펼쳐져 있고, 우리는 그 길 위에 있다. 앉아서 투덜거려봐야 목적지는 다가오지 않는다. 그저 한 걸음 한 걸음, 느리더라도 나아갈 뿐. 미하일과의 만남은 여러모로 숙취해소제 같은 느낌이었다. 우리는 괜히 개운해진 기분으로 다시 걸음을 옮기기 시작했다. 불과 30분도 채 안 되어서 입에서 시옷과 비읍이 반복 재생되기 시작했지만, 그래도 우리는 분명히 나아가고 있었다.

인종차별

마침내 피레네 산맥을 넘어 론세스바예스에 도착했을 때에는 어느새 해가 지고 있었다. 피레네의 오르막길 정상에 도착했을 때만 해도 아저씨와 나는 오늘의 여정이 다 끝난 줄만 알았다. 남은 건 내리막길뿐이었으니까. 발 아래 끝없이 펼쳐진 산자락과 지평선을 보며 우리가 해냈다며 부둥켜안기까지 했다. 그런데 웬 걸, 이미 풀릴 대로 풀려버린 다리로 가파른 내리막길을 내려가는 건 아주 어려운 일이었다. 내 몸 하나 지탱하기도 어려운 상황에, 무거운 배낭을 메고, 넘어지지 않도록 조심조심 균형을 잡아가며 내려가는 건 육체적으로도 정신적으로도 몹시 지치는 상황이었다. 우리는 론세스바예스에 도착할 때까지 거의 침묵을 유지했고, 간간이 서로의 안부만 물었을 뿐이다. 그렇게 겨우겨우 론세스바예스에 도착한 우리는 감동을 나눌 여유조차 없이 곧바로 식당으로 향했다. 화장실, 샤워, 환복, 기타 등등 하고 싶은 게 너무 많았지만, 하루 종일 제대로 된 식사를 하지 않은 채 산을 넘어온 우리로서는 당장 뭐라도 먹지 않으면 생명이 위험할 거라고 확신하고 있었다.

피레네 산자락 아래에 위치한 론세스바예스는 마을이라고도 부르기 애매한 곳이었다. 거대한 알베르게와 숙소, 그리고 식당 몇 곳이 전부였다. 그야말로 순례자만을 위한 동네. 함께 묵기로 한 공동 숙소 1층에 있는 식당으로 들어갔다.

"용석 씨 저는 무조건 고기를 먹어야겠어요. 오면서 만난 소떼 양떼들 보면서 맛있겠다는 생각밖에 안 들더라고요."

같은 생각이었다. 메뉴를 보니 1kg짜리 스테이크 세트가 있었는데, 다른 음식도 나온다는데 두 명에서 다 먹을 수 있을까라며 고민하고 있는 나는 안중에도 없다는 듯 아저씨는 아주 단호한 손가락으로 이를 가리켰다. 곧이어 종업원은 빵과 함께 레드 와인을 가져왔다. 둘 다 며칠 만에 음식을 발견한 거지꼴로 빵을 우적우적 씹어 삼키고 있는데, 아저씨는 간간이 와인으로 목을 축이고 있었다. 나는 술 냄새만 맡아도 올라올 것 같은데, 정말 잘도 홀짝인다. 소고기에는 무조건 레드 와인이라나 뭐라나. 잠시 후 샐러드와 버섯 요리, 그리고 대망의 스테이크가 나왔다. 먹기 좋은 크기로 여러 조각으로 썰려 나온 거대한 고깃덩이. 그런데 뭔가 좀 이상했다. 고기 표면은 익었는데, 속은 새빨간 살 그대로였다. 거의 육사시미 수준이다. 게다가 향신료나 소스 같은 것도 전혀 보이지 않고, 굵은 소금만 뿌려져 있다. 평소 천진난만하고 순박한 얼굴의 아저씨는 어쩐지 피해자를 노리는 성범죄자 같은 음흉한 표정으로 고기를 이곳저곳 훑어보고 있었다. 내가 물었다.

"이거 너무 안 익은 거 아닙니까? 그러고보니 점원이 고기 굽기 어떻게 할 거냐고도 안 물어봤던 것 같은데. 그냥 레어가 기본인가?"

"스페인에서 스테이크는 이렇게 나오는 게 일반적이래요. 한국에서 우리가 먹는 생고기랑 다르게 스페인은 고기를 장기간 숙성시켜요. 드라이에이징이라고 들어보셨죠? 치즈처럼 적당한 온도랑 습도에서 고기를 건식 숙성시켜서 풍미를 끌어올리는 거예요. 그 풍미를 제대로 즐기려면 너무 익히면 안 되거든요."

"근데 너무 새빨개서 좀 부담스럽네요."

그러자 아저씨는 종업원을 불러 스마트폰 번역기를 보여주며 뭐라 주문을 했다. 잠시 후 종업원은 접시 정도 크기의 무쇠팬과 받침대를 들고 왔는데, 그 받침대 아래에 조그만한 불을 켜서 팬을 달구는 식이었다. 스페인에도 고기 불판이 있구나!

"고기는 연하인 제가 굽겠습니다."

손을 뻗는 아저씨로부터 집게를 가로채고서 불판 위에 고기를 올리기 시작했다. 아저씨는 뭐라 항변했지만, 그래도 연장자가 고기를 굽게 해서 되겠는가. 가정교육 똑바로 받은 최용석으로서 용납할 수 없는 일이다. 불판 위에서는 곧 자글자글 소리가 나기 시작했고, 나는 고기를 뒤집으며 이런저런 잡담을 이어갔다. 그런데 아저씨의 시선은 불판 위에 고정되어

꼼짝하지를 않는다.

"용석 씨 고기 그렇게 굽는 거 아니에요."

아저씨가 내 말을 자르며 차갑게 말했다. 잡담을 하느라 불판 가운데의 고기가 약간 탄 모양이다. 나는 멋쩍은 얼굴로 고기를 좀 뒤적였고, 그리고 다시 잡담을 이어 가려는데.

"응슥 쓰 그그 그릏그 급는 그 으느르그으."

살기다! 살기가 느껴진다! 아저씨의 눈빛은 불꽃처럼 타오르고 있었고 음성은 바위 같았다. 나는 그 무게에 짓눌려 집게를 내놓을 수밖에 없었다. 아저씨는 조금도 망설임 없는 동작으로 집게를 받아 들더니, 내가 굽고 있던 고기를 전부 내 접시 위로 옮겼다. 그리고는 숙련된 동작으로 썰려 있는 고기 중 지방덩어리를 들어 불판 위에 문지르기 시작했다. 치이이익. 근사한 소리가 나며 기름이 둘러졌다.

"이 불판은 사실 굽는용이라기보다는 데우는용이에요. 고기가 식으면 지방과 육즙이 실온에 응고되는데, 그걸 녹이는 용도죠. 특히 소고기는 바싹 구우면 제대로 즐길 수가 없어요. 표면에 마이야르 반응을 끌어내는 정도로만 시어링을 해서…"

아저씨는 고기를 구우며 화학 강의를 하기 시작했다. 음식 이야기만 나오면 저런 광기 어린 눈빛을 하고서 혼잣말을 중얼거린다. 대부분은 뭐라는 건지 알아들을 수 없었기에, 나는 적당히 고개만 끄덕이며 그가 내주는 고기를 넙죽넙죽 받아 먹었다. 맙소사, 정말 환상적인 맛이었다. 산행 후에 배가 고파서 그런가? 아니면 그냥 여기 고기 자체가 끝내주는 건가? 기름기가 녹아 먹음직스럽게 번들거리는 빨간 고기를 베어 물자 진한 육향이 느껴졌다. 확실히 평소 먹어온 고기랑은 다른 느낌이었다. 육즙이 좀 적은가 싶기도 했는데, 그래서인지 씹으면 씹을수록 고소한 감칠맛이 천천히 베어 나와 입안에 감도는 게 정말 일품이었다. 소금간만 했는데도 어떻게 이런 맛이 나지? 감격하는 내 얼굴을 본 아저씨는 회심의 미소를 띠며 신나서 떠들기 시작했다.

"용석 씨 이 버섯 요리도 드셔보세요. 스페인 지방의 소규모 도시들은 주로 그 지방의 특산물을 활용해서 요리해요. 이 버섯도 여기 피레네 산맥 야생에서 주로 채취되는 버섯인데, 가을에만 맛볼 수 있는 별미예요. 이 품종은 살아있는 나무와 함께 자라는 거라 양식으로 키우기 어려워요. 이 동네에서만 맛볼 수 있는 거죠. 실제로 한국에서 이런 균종을 양식으로 해보려는 시도가 있었지만…"

아저씨는 이번에는 버섯 전문가가 되어 떠들기 시작했고, 이제는 노이즈캔슬링 기능이 도입된 내 귀는 그 말들을 적당히 걸러내며 식사에 도움을 주고 있었다. 그때 식당 입구에서 누군가가 들어왔다.

"어, 저 사람?"

내가 말을 끊자, 아저씨도 입구를 바라봤다.

"동양인이네요. 한국인인가? 아는 사람이에요?"

"저 사람 박튜브 같은데요?"

"그게 누군데요?"

박튜브를 모르다니. 나는 서둘러 스마트폰으로 박튜브의 얼굴을 검색해서 보여줬다. 사진과 비교해보니 틀림없는 박튜브였다.

"유명한 사람이에요?"

"아주 많이요. 여행 유튜버 끝판왕."

박튜브는 비슷한 나이의 남자 한 명과 동행하는 듯 보였는데, 아무래도 둘은 함께 순롓길에 오른 모양이다. 세상에, 순례 첫 날 박튜브를 만나다니! 두 사람은 우리 테이블을 지나쳐 조금 떨어져있는 곳에 자리를 잡았다.

"가서 싸인이라도 해달라고 할까요?"

누군지도 모르면서 유명인이라는 말에 괜히 설레어 하는 아저씨. 싸인? 그것보다는 차라리 셀카를⋯ 아니다, 셀카인 척 동영상을 찍어서 내 채널에 올리면⋯ 그냥 인터뷰를 해달라고 할까? 자기 채널이 있는데 응해줄 리가 없겠지. 차라리 이것도 인연인데, 하는 레퍼토리로 시작해서 동행을 요청하는 건? 박튜브와 함께하는 순렛길? 나도 떡상하는 건가?! 그런데 박튜브가 순렛길에 왔다는 건, 역시 내 아이디어가 대박 조짐이 있다는 거겠지? 아니다, 박튜브 때문에 뒷북이 되어버리는 건가? 박튜브의 것이 분명한 뒤통수를 바라보면서 온갖 상념을 좇는 동안 그들은 벌써 주문한 음식을 받고 있었다. 우리와 마찬가지로 스테이크를 주문한 모양이다. 그런데 그들의 움직임이 심상치 않다. 음식에는 손도 대지 않은 채 무언가 의논을 하는가 싶더니, 박튜브의 동행자가 배낭에서 카메라를 꺼냈고, 박튜브를 촬영하기 시작했다. 어느새 또 스페인 음식의 특별함에 대해 떠들고 있는 아저씨를 조용히 시키고서 그들의 대화를 엿듣기 위해 집중했다.

"행님 누님들, 분명 우리가 먼저 주문을 했는데요. 우리보다 나중에 들어온 저 백인 커플이 먼저 음식을 받았어요. 거기까지는 그럴 수 있다고 칩시다. 그런데 스테이크 나온 꼴을 보세요. 아주 핏기가 좔좔 흐르는 게, 살아있는 소한테 이식 수술해도 될 것 같네요? 동양인들은 생고기나 먹어라 이거냐고요. 이렇게 노골적으로 인종 차별해도 되는 겁니까? 순렛길에서 장사한다는 사람들이?"

박튜브는 카메라를 쳐다보며 인종 차별을 당했다고 주장하고 있었다. 카메라로 그를 찍고 있는 남자는 더욱 화를 내려는 듯 손 신호를 보내며 박튜브의 언성을 높이고 있었고. 식당에 있는 다른 순례자들이 무슨 일인가 싶어 그들을 쳐다보는데도, 박튜브는 아랑곳 않고 촬영을 이어갔다.

"식당이 억울할 것 같아요. 종업원들 친절하기만 했는데… 몰라서 저러는 것 같은데 제가 가서 좀 도와줘야겠어요."

아저씨는 내가 뭐라 말하기도 전에 자리에서 일어났다. 그 와중에 불판 위 고기들이 타지 않도록 옮겨 두고서. 성큼성큼 박튜브 테이블 쪽으로 다가간 아저씨는 그들의 촬영이 끝날 때까지 잠시 기다렸다가 말을 걸었다. 가만 보면 이 아저씨, 낯선 사람한테 저렇게 아무렇지도 않게 다가간단 말이지. 게다가 유명인인데 긴장도 안 되나?

"실례합니다."

한국어를 하는 중년 남성이 대뜸 다가오자 박튜브와 일행의 얼굴에는 경계심이 섞였다. 아저씨는 그대로 말을 이어갔다.

"다름이 아니라 뭔가 오해가 좀 있으신 것 같아서요. 고기가 덜 익혀져서 나온 게 아니라 원래 이렇게 나오거든요. 혹시 좀 부담스러우시면 종업원한테 좀 더 조리를 부탁하거나 불판을 요청하시면 됩니다. 여기 종업원 친절하거든요."

박튜브 일행은 이건 무슨 오지랖인가 하는 표정이었지만, 그저 선의만이 깃든 아저씨의 얼굴에 대고 별다른 말을 하지는 않았다. 그냥 아, 그렇군요, 고맙습니다 라고 짧게 인사할 뿐이었다. 아저씨는 식사 맛있게 하세요 라며 고개를 꾸벅 숙이고 정중하게 인사하고는 다시 자리로 돌아왔다. 박튜브는 걸어가는 아저씨의 뒷모습을 돌아보며 묘한 표정을 짓고 있었다. 아저씨는 고기가 덜 익혀 나왔다며 인종 차별 운운하는 그들을 가르치려 들지도 않았고, 화를 내지도 않았다. 그저 그들을 돕고자 했고, 또 종업원이 친절하다는 사실을 알려줬을 뿐이다. 박튜브는 민망해 해야 할지, 화를 내야 할지, 고마워해야 할지 모르는 거겠지.

우리는 식사를 마치고 자리에서 일어났다. 빨리 씻고 눕고 싶은 마음뿐이었다. 가기 전 박튜브에게 말이라도 걸어볼까 싶었지만, 타이밍은 이미 지나간 것 같았다. 그들도 순례자라면 언젠가 이 길 위에서 다시 만나겠지. 숙소로 들어와 씻은 우리는 침대에 누웠다. 나는 2층 침대의 위에, 아저씨는 아래에. 아저씨에게 물었다.

"아까 박튜브 말입니다. 정말 몰라서 그랬을까요?"

"무슨 말이에요?"

"인종 차별이라면서 방송 찍던 거."

"여행을 많이 하시는 분이니까, 그런 일을 자주 당해서 좀 예민한 게 아닐까요?"

"아저씨는 여기 와서 인종 차별 당해본 적 있으십니까?"

"아뇨. 용석 씨는요?"

"저도 없습니다. 일본이랑 동남아도 가본 적 있는데, 거기서도 한 번도 없었고요. 그런데 여행 유튜버들 보면 인종 차별 당했다는 그런 내용의 영상을 많이들 찍더군요."

"연출이라는 말씀이세요?"

"모르겠습니다. 진짜 인종 차별을 당한 걸 수도 있고, 아니면 인종을 떠나서 그냥 불친절하거나 불쾌한 사람을 만났을 뿐인데 동양인이라 저러는 게 분명하다며 멋대로 인종 차별로 단정하는 걸 수도 있고. 어쩌면 진짜 연출을 한 걸 수도 있고요. 인종 차별 당했다는 그런 고발형 컨텐츠는 대중이 좋아하니까."

"그런 거짓말을 하면 애먼 사람이 욕을 먹잖아요? 인종차별자라고. 그렇게까지 하는 사람이 있을까요?"

"사람들은 돈을 위해서 뭐든 합니다. 그리고 지금은 조회수가 돈이 되는 시대고요."

그때 휴대폰에서 알람이 울렸다.

[박튜브 채널이 새로운 영상을 게시했습니다.]

[제목 : 순례 첫날부터 인종 차별 당함 ㅠㅠ]

 커뮤니케이션

"용석 씨는 스페인어를 한 마디도 못 하신다고요?"

아저씨가 깜짝 놀라며 물었다. 어찌나 놀랐는지 굳이 걸음까지 멈추고 재차 확인하듯 묻는다.

"아니 스페인어가 영어도 아니고 한 마디도 못 하는 게 당연한 거 아닙니까?"

"그런데 스페인에 오셨잖아요. 순례하러. 그래도 기본적인 표현 같은 건 알아두는 게…"

"아저씨 핸드폰에 인터넷 되죠? 번역기가 있는데 뭐가 걱정이에요."

실제로 여기까지 오면서 언어 때문에 문제가 있었던 적은 없었다. 공항, 호텔, 식당, 카페, 버스 터미널, 알베르게 등을 거치면서 스페인어를 몰라서 힘들었던 적은 없었다. 그저 원어민에 비해 조금 느릴 뿐. 그도 그럴 것이 사실 여행자가 하는 의사소통은 제한적이다. 어디어디로 가려면 어떻게 해야 합니까. 몇 시 몇 분 차편으로 주세요. 아메리카노 한 잔이요. 이 정도가 전부다. 웬만하면 손짓과 기본적인 영어 단어로 소통이 가능하고, 정 안 되면 폰을 꺼내서 번역기 어플을 쓰면 그만이다. 요즘은 번역기 능력이 출중해서, 외국인을 붙잡고서 현재 당신네 나라가 가지고 있는 사회문화적 문제와 이를 해결할 정책에 대해서 논해봅시다 라며 토론을 제안해도 될 정도다. 그 덕분에 헬로 하와유 아엠 빠인 땡큐 앤쥬 정도의 영어밖에 할 줄 모르는 나도 순례자들을 인터뷰 하는 게 가능한 거고. 그런데 아저씨는 내가 길가의 표지판을 못 읽는 걸 보며 적잖이 놀란 모양이다. '자전거 순례자는 이 방향으로, 도보 순례자는 이 방향으로' 라는 내용이었다.

"그래도 무섭지 않아요?"

걸음을 옮기던 아저씨가 물었다.

"뭐가요?"

"여기서 한 달 넘게 여행하는데 말 한 마디 못하면 어떡해요. 인터넷이 안 되는 곳도 분명 있을 텐데."

아저씨는 산티아고 순례를 결심한 후 인터넷 강의로 스페인어 회화를 공부했다고 한다. 짐을 쌀 때 비옷이나 상비약을 챙기 듯, 스페인어도 그런 준비 차원에서 필요하다고 생각했단다.

"그러면 스페인어 한 번 해보시겠습니까?"

이 말에 아저씨는 자신감으로 눈을 반짝이며 유창하게 떠들기 시작했다.

"올라! 미 놈브레 에즈 정소망. 엔칸타도 데 코노세테."

"그거 그럴듯하게 들려도 그냥 자기 소개죠? 헬로 마이 네임 이즈 최용석 나이스 투 미츄 같은 거."

얼굴을 붉히며 고개를 끄덕이는 아저씨.

"그런 거 말고 다른 말 해보세요."

"코모 푸에도 예가르 알 카미노 데 산티아고?"

"…산티아고 어디로 가면 되냐고?"

쑥스럽게 웃으며 끄덕이는 아저씨. 그래도 스페인어를 그럴듯하게 소리 내서 말했다는 게 여전히 자랑스럽다는 듯 콧구멍을 벌름거린다. 그런 말은 현지인 앞에서 그냥 '산티아고? 웨얼?' 하면서 모르겠다는 표정을 짓는 걸로도 충분히 통하는데. 나는 한숨을 쉬며 말했다.

"그냥 제가 말하는 거 스페인어로 해보세요. '안녕하세요, 저는 한국에서 온 순례자입니다. 여기 근처에 가까운 식당이 어디에 있습니까? 맛집이면 더 좋고요. 메뉴까지 추천해주시면 스페인인은 모두 착하다는 편견을 널리 전파해 스페인의 국위 선양을 돕겠습니다.'"

아저씨는 아주 심각한 얼굴로 고민하기 시작했다. 그리고는 한참 후 입을 열었다.

"다메 엘 메누."

"…이상할 정도로 짧아진 것 같은데요?"

"좀 그렇죠?"

"무슨 뜻입니까?"

"메뉴 달라는 말이에요."

우리는 낄낄대며 웃었다.

"이거 봐요. 제가 순례 전에 단기간 스페인어를 배웠다고 해서 큰 효과가 있었겠습니까? 제가 남들보다 비상한 머리를 가지고 있기는 하지만, 그 약간의 공부로 현지인이랑 교류가 가능할 정도로 능숙한 스페인어를 하지는 못했을 거예요."

"용석 씨 말이 맞네요. 사실 배운 거 써먹을 기회도 많이 없었어요. 그래도 기본적인 단어나 글자를 알면 안심은 좀 되는 것 같아요. 외국이라 겁나는 것도 좀 덜하고요."

"그럼요. 분명 도움되는 부분은 있을 거라고 생각합니다. 말씀하신대로 인터넷이 안 터져서 번역기가 안 되는 곳도 분명 있을 거고요. 다만 제가 보기에는 스페인어 공부하는 데 들어가는 노력과 스트레스에 비해 가성비가 그리 좋을 것 같지가 않다는 거죠. 그리고 무엇보다 소통에 필요한 건 언어가 아니라 의지라고 생각합니다 저는."

그럴싸한 내 말에 아저씨는 감탄한 듯 고개를 끄덕였다. 현자의 가르침을 청하는 듯한 그 얼굴에 괜히 기분이 좋아진 나는 잘난 듯 떠들어대기 시작했다.

"사실 번역기가 없어도 어지간한 일상적 의사소통은 다 가능할 겁니다. 여러 나라 사람들이 많이 오는 여행지니까요. 손짓 발짓에 적당히 아는 영어까지 섞어서 쓰면 의미 대충 통하잖아요? 한국에서 활동하는 외국인 유튜버들 말 들어보니까 그러더라고요. 한국인들은 보통 완벽한 언어에 너무 집착해서 소통에 실패한다고. 발음이나 문법 같은 걸 너무 신경쓰다 보니 오히려 긴장해서 소통이 어려워진다고 합니다. 한국인이 외국어 못하는 건 당연한 건데, 혹시 우습게 보이지는 않을까, 괜히 부끄러워 하면서 긴장을 하는 거죠. 이러니까 외국인들 앞에서 얼어버리고, 소통은 안 되고. 사실 언어라는 건 생각을 전달하는 도구의 하나일 뿐이잖아요? 중요한 건 어떤 도구를 쓰든 생각을 전달하려는 의지 그 자체죠. 그게 바로 진정한 소통! 커뮤니케이션이라고 생각합니다."

아저씨는 크게 감동한 듯 박수까지 치며 고개를 끄덕였다. 내가 생각해도 명언이다. 어디 적어뒀다가 나중에 영상 같은 데 써먹을까? 문득 이대로 어깨에 힘이 더 들어가면 배낭이 가볍게 느껴질 텐데 하는 생각이 들었다.

이 자만의 순간이 훗날 두고두고 이불을 걷어차게 만드는 수치의 순간으로 전락하는 데까지는 불과 몇 시간도 채 걸리지 않았다. 론세스바예스에서 출발하고 한동안은 평화로웠다. 길은 평탄했고, 중간중간 예쁜 마을들이 나타나 보는 재미도 있었다. 판타지 게임에서나 보던 그런 마을들을 지나치며 이 세계로 온 듯한 기분마저 들었다. 문제는 점심을 먹은 이후에 발생했다. 적당한 마을의 카페에서 참치 샌드위치를 사먹었는데, 얼마 후 길 위에서 섬뜩한 신호가 오기 시작한 거다.

다른 근육들이 혹사당하고 있어서일까? 아니면 참치 마요가 문제였을까? 평소 집요함을 자랑하던 괄약근이 내 기대를 배신하려는 모양이다. 배가 살살 아파오더니, 이내 폭풍우가 몰아치기 시작했다. 내 괄약근은 절벽에 한 손으로 매달린 영화 속 비운의 조연처럼 자기가 임무를 다하지 못하고 곧 그 손을 놓아버리게 될 것을 경고했다. 지금 당장 화장실을 찾지 않으면 나는 이 성스러운 순렛길에 똥을 싸지른 기독교 혐오 테러리스트가 될 것이다. 누구나 살면서 한 번쯤은 급똥의 위기를 겪는다. 그 급박한 마음은 더 자세히 설명하지 않더라도 독자 여러분이 충분히 이해할 거라 믿는다.

이 위기의 순간, 마치 구원처럼 저 멀리 몇 개의 건물이 보였다. 이 지역 농사꾼들이 모여 사는 듯한 조그마한 마을이었다. 나는 하얗게 질린 얼굴로 아저씨에게 말했다. 화장실이 급해서 먼저 가겠다고. 미안한데 배낭 좀 부탁한다고. 그리고는 엉덩이를 굳게 잠근 자세로 낼 수 있는 최대한의 속도로 인가를 향해 나아갔다.

몇 초였을까, 몇 분이었을까. 아무튼 영원처럼 느껴진 순간이 지나고 마침내 인가에 도달했을 때 나는 다시 절망했다. 우라질. 도무지 화장실이 보이지 않는 거다. 아무리 두리번거려도 남자와 여자 모양을 한 그 만국 공통의 싸인이 보이지를 않는다. 나는 결국 근처에서 빗질을 하고 있던 한 스페인 아주머니를 붙잡고 물어볼 수밖에 없었다.

"레스트룸! 웨얼 이즈 레스트룸?"

난데없이 말을 걸어오는 동양인 순례자에 약간 당황한 아주머니는 무슨 말인지 모르겠다는 듯 고개를 갸웃거렸다.

"레스트룸! 레스트룸!"

같은 단어를 두 번이나 말한 건 그만큼 내가 급하다는 뜻이다. 그러자 아주머니는 그제서야 알아들었다는 표정을 지으며 반갑게 답했다.

"아, 레스타우랑테!"

그리고는 저기 있는 식당을 손짓하며 덧붙인다.

"샌드위치, 베리베리 굿!"

오, 주여. 왜 제게 이런 시련을 주시나이까. 번역기를 틀었는데 하필이면 워낙 시골이라 인터넷도 안 터지는 상황. 무용지물인 스마트폰은 손에 맺힌 식은땀 때문에 잘 눌러지지도 않았다. 어쩔 수 없이 나는 바디랭귀지를 시작했다. 쪼그려 앉는 자세를 취하며, 손으로 엉덩이에서 무언가가 나오는 연출을 했다. 그리고 나서 양손을 올리고는 으쓱하며 만국 공통의 모르겠다는 표정을 지었다.

두 눈동자가 흔들리며 더욱 더 혼란스러워 하는 아주머니.

아무래도 여기까지인 것 같다. 나는 저 아주머니에게 동양인에 대한 아주 안 좋은 인상을 남기게 될 것 같다. '맙소사, 식당을 물어보던 동양인이 샌드위치를 추천하니까 갑자기 뭘 했다고요? 아무리 샌드위치가 싫어도 그렇지! 그 놈 어디로 가던가요?' 아주머니의 성난 이웃이 몽둥이를 들고 쫓아오는 모습이 상상된다. 순렛길에는 도망갈 곳이 많지 않다. 혹시 모르니 '아리가또'라고 말해둬야겠다. 나는 두리번거리며 내 수치스러운 몸뚱이를 조금이라도 가릴 수 있는 나무를 찾기 시작했다. 그게 바로 어른으로서의 책임이다. 바지에 싸지르는 최악의 상황을 피하기 위해 어른만이 할 수 있는 결단이란 말이다. 그런데 그때, 익숙한 목소리의 구원자가 왔다.

"돈데 아스타 엘 바뇨?"

배낭 두 개를 짊어지고서 뛰어온 아저씨는 헐떡이며 아주머니에게 물었다. 그제서야 상황 파악을 한 아주머니는 근처 건물을 향해 손짓했다.

"엔 에세 에디피시오!"

"저 건물 안에 있대요!"

그 말을 듣자마자 나는 고마워 할 새도 없이 움직였다. 사람은 죽기 전 주마등을 본다. 죽음을 실감한 순간, 찰나의 시간이 확장되고, 추억을 되돌아보는 게 주마등이라고 한다. 극한의 순간에도 주마등처럼 시간이 확장된다. 화장실로 뛰어들어가 바지를 내리는 그 순간까지. 그러니까 마침내 화장실 문을 열고, 벨트를 풀고, 단추를 따고, 지퍼를 푼 후, 바지를 내리는 그 복잡다단한 단계들을 거쳐가며 그 확장된 시간을 경험했다. 그리고 생각했다. 돈데 아스타 엘 바뇨. 의지고 나발이고, 이 정도 언어도 못 하면서 커뮤니케이션을 운운한 내 오만함에 대해서.

순롓길에서 삶은 단순해진다. 눈을 뜨면 숙소에서 내주는 아침 식사를 하고, 배낭을 짊어지고 길을 나선다. 그렇게 한참을 걷다가, 적당한 마을이 보이면 점심을 먹고, 남은 거리를 걸은 후, 그 날 숙소에 도착하는 식이다. 일정에 따라 다르겠지만 보통 하루 15km에서 30km 사이를 걷는다. 시간으로 치면 네 시간에서 여덟 시간 가량. 그 날 어느 숙소에서 머무느냐에 따라 걷는 거리가 달라지는 식이다. 이러니 숙소를 정하는 게 매우 중요하다. 사실 생각해보면 모든 순례자는 길 위에서 보내는 시간보다 숙소에서 보내는 시간이 더 많을 것이다.

숙소를 고를 때 순례자들은 보통 두 유형으로 나눠진다. 계획파와 기분파. 아저씨는 전형적인 계획파 순례자인데, 조사를 해서 맛있는 식당이 있다든가, 관광할 만한 특색있는 요소가 있다든가 하는 동네에 며칠 전 숙소를 예약해둔다. 지금은 가을이라 좀 낫지만, 여름 같은 성수기에는 숙소에 침대가 모자라는 일들이 종종 있다고 하니 머물 곳을 미리 확보해둔다는 장점이 있다. 단점은 그날 그날 몸 컨디션에 따라 일정을 자유롭게 조정하지 못한다는 것. 그리고 무료로 이용할 수 있는 공립 알베르게는 예약이 안 되는 선착순이다. 반면 기분파 순례자들은 그날 그날 기분에 따라 걷고 싶은 만큼 걷는다. 마음에 드는 마을이 있으면 거기서 머무르고, 영 괜찮은 숙소가 없으면 다음 마을을 향해 좀 더 걷는다. 혹시 그 마을 숙소들에 자리가 없는 경우에는 급하게 다른 마을까지 가거나, 아니면 여기저기 사정해서 남는 침대나 방을 수소문해야 한다는 단점이 있다. 아무 계획 없이 순롓길에 오른 나는 아저씨와 함께 이동하는 바람에 처음부터 계획파 순례자가 되었다. 적당히 무리 않는 페이스에, 예약해둔 숙소들도 다 괜찮아서 불만은 없지만 말이다.

숙소에도 여러 종류가 있다. 순례자들만을 위해 운영되는 곳을 알베르게라고 하는데, 정부나 교회에서 운영하는 공립 알베르게의 경우 숙박비가 무료이거나 10에서 15유로 정도로 아주 저렴하다. 전날 숙박자들이 식사 명목으로 자율 기부한 돈으로 다음날 숙박자들의 식사를 챙겨주는 곳도 있다. 물론 저렴한 만큼 시설에 큰 기대를 하기는 어렵다. 보통 2층 침대가 여러 개 놓여진 공용 침실을 사용하고, 심지어 남녀 구분도 없다. 무료 알베르게 중에는 뜨거운 물이 안 나오거나 전기 콘센트가 없는 곳도 있다. 수백 년 전부터 순례자들이 머문 알베르게 중에는 아직도 마구간을 운영하는 곳도 있다. 돌을 쌓아 지붕만 올린 헛간 같은 곳부터 대학교 기숙사 같은 곳까지, 정말 다양하다. 아, 빈대가 들끓는 곳도 있다고 하니 이런 곳은 특히 주의해야 한다. 한편 50에서 80유로 정도에 독실을 쓸 수 있는 비교적 고급 알베르게도 많고, 조금 큰 도시에는 근사한 호텔도 있다.

숙소에 도착해서 잠시 쉬다 보면 곧 저녁시간이다. 식사를 제공하는 알베르게는 보통 10에서 15유로 정도에 메인 요리 두 개와, 빵, 와인, 디저트를 내준다. 이걸 순례자 메뉴라고 부른다. 식사 제공이 안 되는 곳은 근처 마트에서 재료를 사와 밥을 해먹을 수 있도록 주방을 제공하거나, 친절히 다른 식당을 안내해준다. 어쨌든 늘 배고픈 순례자들을 굶기지는 않는다는 말이다.

"저녁 식사야 말로 산티아고 순례의 핵심이라고 생각해요."

"순례자들이 다 아저씨처럼 먹는 거에 환장하지는 않습니다."

"아뇨 그 뜻이 아니라, 식사하는 방식이요. 꼭 나이트 부킹 같다고 할까?"

"세대 차이가 느껴지네요. 나이트라니. 그나저나 잘 아십니까?"

"강남 갈 일 있으면 레전드 '호프 정'에 대해 물어보세요."

보통 알베르게에서의 식사는 공동 식사다. 큰 테이블에 순례자들이 다 같이 둘러앉아 밥을 먹게 만든다. 심지어 먼저 앉아 있는 사람이 있어서 옆자리를 비우고 앉으면 주인이 와서 붙어 앉으라고 한다. 이러다 보니 반 강제로 전 세계에서 모인 각기 각색의 사람들과 다 같이 밥을 먹게 된다. 인사를 하고, 서로 와인을 따라주고, 식사를 하며, 각각의 이야기를 나눈다. 나는 이 기회를 활용해 인터뷰를 제안하곤 했다. 카메라 앞에만 서면 어는 건 만국 공통인지, 다들 자기 소개 1분 하고는 벙어리가 되어버렸지만 말이다.

이런 다양한 숙소 중에서도 유독 '카사 라이츄(Casa Raic-hu)'가 기억에 남는 이유도 바로 저녁 때문이었다. 팜플로나를 지나면 나오는 작은 마을 오바노스에 있는 가정집이었는데, 아저씨는 이 곳의 2인실에 머물기 위해 굳이 동선까지 바꿨다. 예약 사이트에서 리뷰를 읽어보니 압도적인 찬사들이 가득했단다.

"잘 쉬는 것도 중요하잖아요? 가끔은 독실도 괜찮다고 봐요. 그리 비싼 것도 아니구요. 게다가 여기 저녁이 끝내준대요!"

호평 일색. 과연, 이유를 알 것 같았다. 초인종을 누르자 중년 여성이 우리를 반겼는데, 앞치마를 두른 게 요리를 하다

나온 영락없는 주부의 모습이었다. 집 안은 대단했다. 평범한 가정집이었는데, 각 방을 순례자들이 쓰고 화장실을 공동으로 쓰는 식이었다. 비수기인 겨울에는 그냥 가족끼리 지낼 것 같은 그런 집. 그런데 집으로 들어가는 순간부터 무언가 범상치 않음을 느꼈다. 바닥은 물론이고, 믿거나 말거나 천장까지, 구석구석 완벽하게 청소가 되어 있었다. 인테리어가 특별히 고급스러운 것도 아니었고 그냥 일반 가정집스러운 평범한 구성이었는데, 그저 완벽한 청소만으로 남다른 아우라를 뿜고 있는 거다. 집 곳곳에는 투숙객들의 편의를 위한 각종 물품이 놓여 있었고, 지도, 택시, 가방 운반 서비스, 병원과 약국 등 순례자들에게 중요한 정보들이 복도 벽면 게시판에 정리되어 있었다. 심지어 주인은 아주 저렴한 가격으로 빨래 서비스까지 제공했다. 몇 시간 후에 빨래를 돌려받고는 감동하지 않을 수 없었다. 향긋한 냄새를 풍기며 따끈따끈하게 건조되어 있는 옷가지들. 완벽하게 개켜져 있는 그 아름다운 자태를 보고 있자니, 그간 화장실에서 손빨래로 대충 세탁해온 낡은 옷가지들을 타임머신에 집어넣고 새 옷으로 만든 것만 같았다. 주인 아줌마는 혼자서 안내하고, 청소하고, 식사 준비까지 다 하고 있어서 제법 분주해 보였는데, 그 와중에 정성스럽게 개켜진 빨래들을 보니 왠지 엄마 생각이 났다. 먼저 샤워를 하고 나온 나는 아저씨를 기다리는 동안 주방에 가서 주인 아줌마를 인터뷰했다. 하는 일 하면서 그냥 질문에 답만 해줘도 된다고 하니 흔쾌히 허락했다.

"혼자서 이 많은 일을 다 하시는 거예요?"

"일손이 모자랄 때는 남편이 도와요."

"일이 힘들지는 않으세요?"

"남의 돈 버는 일 중 안 힘든 일이 어디 있겠어요."

"그래도 매일매일 순례자들이 올 텐데… 지치지 않으세요? 매일매일 청소하고 요리하고 빨래하고 안내하고… 그 수많은 사람 돌보는 게 즐거운 일은 아닐 것 같은데요."

달그락달그락거리며 요리를 하던 그녀는 잠시 스푼을 놓고 나를 쳐다보며 물었다.

"매일매일 걷는 거, 어떠세요?"

"힘들어요."

"그런데 왜 계속 하는 거예요?"

"순례자니까요."

"순례의 목적은 산티아고로 가는 거잖아요? 열차나 버스 타면 될 텐데."

나는 왜 이 고생을 하며 매일 걸으려 하는가. 그러고보니 딱히 할 말이 없다. 순례자들 만나서 영상 찍으려고? 솔직히 매일 걷다 보니 인터뷰고 나발이고 피곤해서 아무 생각도 나지 않는다. 인터뷰가 목적이면 그냥 큰 도시로 이동해서 순례자들 찾아 인터뷰하는 게 더 빠를 것이다. 그러면 왜 나는 걷고 있는 거지? 경험을 위해서? 지난 며칠의 경험에 비춰볼 때, 일 주일을 걸으나 한 달을 걸으나 경험 면에서 크게 달라질 건 없을 것 같다. 그냥 매일매일 걷고 먹고 싸고 씻고 자는 일의 반복일 뿐이다. 유럽 시골길의 아름다움도 반복 속에 무뎌진 지 오래고, 음식도 사람도 다른 모든 것처럼 반복일 뿐이다. 그러면 나는 왜 군이 산티아고까지 걸어가려 하는 거지? 내가 답변을 머뭇거리자 주인 아줌마는 인자하게 웃으며 말했다.

"정답은 '할 만하니까'예요."

"할 만 하니까…요?"

"당신도 나도 할 만 하니까 계속 하는 거예요. 매일매일 반복되는 일상이 살 만 하니까. 그리고 즐거우니까."

"일이 즐거우세요?"

"그럴 리가요. 일은 힘들죠. 어휴, 땀 먼지로 범벅된 사람들 투정 받아주며 뒷바라지 하는 게 즐거울 것 같아요? 힘들죠. 하지만 할 만 해요. 그러니까 계속 하는 거예요. 그리고 그런 반복 속에는 즐거움이 있답니다."

"어떤 즐거움요?"

"매일 아침 우리 집에서 푹 쉰 순례자들이 인사하며 떠나 갈 때. 또 매일 오후 지친 순례자들이 쉬기 위해 우리 집 문을 두드릴 때. 이 넓은 순렛길의 한 톱니바퀴로서 나는 내 역할을 충실히 하고 있구나, 하는 보람을 느껴요. 이 집을 거쳐간 수많은 순례자는 내 자랑이에요. 내가 그들의 여정에 아주 작게나마 긍정적인 영향을 미쳤다고 자부하니까요. 그렇게 매일매일 살아가다 보니, 통장에는 조금씩 저금이 쌓이고, 일에는 노하우가 생기고, 이 카사 라이츄는 발전해가더라고요. 반복적이고 예측 가능한 일상은 평화로운 삶이잖아요? 그것만으로도 감사한데, 나와 우리 가족의 삶은 매일매일 발전하고 있어요."

그녀는 다시 스푼을 잡고 요리를 하기 시작했다. 자신의 업에 자부심을 느끼는 사람. 그녀는 그래서 깨끗이 청소하고, 맛있게 요리하고, 최선을 다해 순례자들을 챙긴다. 그녀는 그게 즐거움이라고 말했다. 한국에서 누군가가 그런 말을 했다면 나는 비웃으며 받아쳤을 것이다. 그거 그냥 자발적 호구잖아? 라고. 그런데 여기서는 모르겠다. 모든 게 단순해지는 이 순렛길 위에서 그녀의 말에는 강한 설득력이 있었다. 요리를 하느라 정신 없는 그녀에게 가볍게 인사하고 나는 거실로 향했다. 다같이 저녁을 먹는 테이블이 있었는데, 벌써 다른 순례자들이 주방에서 나는 냄새에 군침을 흘리며 앉아 있었다. 어느새 씻고 나온 아저씨도 말이다.

긴 사각형 테이블의 한쪽에는 백인 남자 셋이 앉아 있었다. 머리가 희끗희끗한 중년들이었다. 그 맞은 편에는 아저씨가 앉아 있었고, 그 옆에 3~40대쯤 되어 보이는 커플이 앉아 있었다. 남자는 백인이었고 여자는 동양인이었는데, 여자는 어딘가 불편한 듯 휠체어를 타고 있었다. 남자가 테이블 위의 식전 빵을 건네는 등 여성을 챙기고 있다. 순례자인가? 휠체어를 타고? 사연이 궁금했지만 나는 별 내색 않고 백인 남자들 옆에 앉았다. 그리고 순례자 식사의 패턴이다. 음식을 기다리면서 서로 물이나 와인을 따라주고, 번역기에 의지해 대화를 시작한다. 안녕하세요, 저는 한국에서 온 최용석입니다. 최든 용석이든 편하게 불러주세요. 오늘은 어디에서부터 걸으셨어요? 가을인데 날씨가 참 덥죠? 아 저 사람이요? 행복한 얼굴로 빵을 물어뜯고 있는 저 동물은 무시해도 됩니다, 안 물어요.

폴, 리암, 유세프라고 소개한 남자 셋은 프랑스에서 왔다고 한다. 자전거로 순례 중이란다.

"원래 이건 루이즈의 아이디어였어. 나이 쉰 먹는 걸 기념으로 넷이서 자전거 여행을 하자더군. 덕분에 나이 먹는 것도 우울한데 중노동까지 하게 됐어."

그러자 폴이 끼어들며 말했다.

"중요한 맥락을 빼먹으면 어떡해 리암. '어릴 때처럼'이 포인트잖아. 우리 넷은 모두 같은 동네 출신이야. 매일 아침 자전거를 타고 같은 학교에 다녔지."

폴, 리암, 유세프, 그리고 이 자리에 없는 루이즈. 넷은 절친한 친구였다. 아니, 친구라는 말은 너무 가벼운 감이 있다. 그들은 삶을 함께한 형제였다. 프랑스의 작은 시골 동네에서 비슷한 시기에 태어난 남자 아이 넷. 그 아이들은 동네 공터에서 작대기를 휘두르거나 공을 차면서 자연스럽게 친구가 됐고, 세월은 그들을 형제로 만들었다. 성인이 되어 각각의 도시에서 각기 다른 삶을 살고 있었지만, 그들은 여전히 가족이었다.

"루이즈가 구심점 역할을 해줬어. 리암 저 놈이 인생의 사랑을 찾았다면서 연애하느라 바쁠 때도, 와이프 따라서 웰빙인가 뭔가 한다면서 술 끊겠다고 얼굴 한 번 안 비칠 때도, 이혼하고서 우울증 도져서 집 안에만 틀어박혀 있을 때에도, 루이즈가 연락을 돌리고, 안부를 묻고, 자리를 만들곤 했지. 아마도 우리가 진짜 친구로 남아 있는 이유도 루이즈 덕분일 거야. 아니었으면 고작 생일에 페이스북으로 인사 메시지나 주고 받는 진부한 사이가 됐겠지."

리암을 짓궂게 바라보며 이야기하는 폴에게 문득 질문했다.

"그런데 루이즈라는 분은 같이 못 오셨나 봐요?"

그러자 침묵을 지키고 있던 유세프가 대신 답을 했다.

"죽어버렸어. 바보같이."

잠깐의 정적. 유세프는 다시 침묵으로 돌아갔고, 리암은 우울한 표정을 지었다. 폴이 다른 사람들을 배려하듯 멋쩍게 웃으며 말을 이어갔다.

"작년에 교통사고가 있었어. 내년에 다 같이 산티아고로 자전거 순례를 가자면서 우리 한 명 한 명 설득하고 약속까지 받아내더니, 얼마 후에 그렇게 어이없이 죽어버린 거야. 우리는 그와의 약속을 지키고 있을 뿐이고."

폴이 말을 마칠 때쯤, 유세프는 와인 잔을 들어올리며 말했다.

"루이즈를 위해."

테이블 위의 모든 사람이 그를 위해 잔을 올렸다.

"괜찮으면 두 사람 사연도 들려주겠어?"

폴은 맞은편 커플을 바라보며 물었다. 짐과 신디라는 이름의 두 사람은 호주에서 왔다고 한다. 신디가 입을 열었다.

"휠체어에 앉은 사연요? 아니면 휠체어를 타고 순렛길에 온 사연요?"

왜 신디는 존댓말이고, 프랑스인들은 반말이냐고 묻지는 마시라. 높임말이 따로 존재하지 않는 언어에도 뉘앙스라는 게 있다. 번역기는 그 뉘앙스를 전달하지 못 하니까, 내가 독자분들을 위해 멋대로 의역하고 있을 뿐이다. 한국식 표현까지 섞어가면서. 친절한 화자 아닌가? 원래 인플루언서가 되려면 이 정도 센스는 있어야 한다. 아무튼 신디는 약간 짓궂게 말했는데, 폴은 한 술 더 떴다.

"이왕이면 기운 넘치는 아가씨의 휠체어를 끌고서 수백km를 걸어야 하는 기구한 운명을 지닌 남자의 사연부터 들려주면 좋겠군."

신디는 꺄르르 웃었고, 짐도 기분 좋게 웃었다. 이 여자 보기보다 무겁다며 놀리는 짐의 팔뚝을 꼬집으며 신디가 말했다.

"저는 다발성경화증 환자에요. 몇 년 전 진단받았어요. 종류가 다양한데, 저는 점점 사지가 마비되는 경우. 하필이면 최악의 케이스 중 하나죠. 이렇게나 젊고 예쁜데 말이에요."

저 무거운 이야기를 남의 일이나 되듯 가볍게 농담하듯 말한다. 다른 사람들을 배려하는 건지, 아니면 원래 성격인지는 모르겠는데, 하나 확실한 건 아저씨한테는 역효과라는 거다. 빵을 씹다 말고 신디 이야기를 듣던 아저씨는 쭉 짜면 붉은 물이 뚝뚝 흐를 것 같은 얼굴을 하고 있었다. 아까 루이즈 이야기에도 눈가에 습기가 차오르더니, 참 감수성 풍부한 중년이다. 한편 프랑스인들은 아무렇지도 않은 표정으로 그 이야기를 듣고 있었고, 폴은 신디의 농담에 기분 좋게 웃기까지 했다.

"아직 조금은 걸을 수 있는데요. 곧 아예 걷지 못하게 될 거래요. 나중에는 침대에 누워만 있게 된대요. 그래서 짐한테 얘기했죠. 여행을 가고 싶다고. 다시 안 걸어도 될 만큼 질릴 때까지 걷고 싶다고."

"완벽한 장소로 왔군! 그래서 순례는 어때?"

폴이 질문하자 이번에는 짐이 대답했다.

"신디는 매일 한 두 시간 정도 목발로 걷고 있습니다. 그동안 저는 휠체어 위에 짐들을 실어서 밀고요. 걷기 힘들어지면 휠체어를 씁니다. 남들보다 천천히 가지만, 그래도 아직까지는 큰 어려움없이 가고 있어요. 완주를 할 수 있을지는 모르겠지만 그래도 즐겁네요."

짐이 말을 마칠 때쯤 주인 아줌마가 드디어 음식을 들고 나왔다. 샐러드와 파스타였다. 와인 잔들이 빈 걸 확인한 그녀는 아예 와인을 병째로 들고 왔다.

"여태껏 먹은 저녁 중 오늘이 최고인데?"

리암이 감탄하며 말했다. 크게 특별할 것 없는 재료로 만든 샐러드와 파스타인데, 정성 들여 플레이팅된 만큼 그 맛도 상당했다. 탐스럽게 익은 토마토가 싱싱한 양상추, 적양파 등과

어우러진 샐러드. 아저씨는 직접 짠 올리브 오일을 쓴 게 분명하다며 야단을 떨었다. 내내 조용하던 유세프가 어느새 샐러드 접시를 비우고 남은 소스에 빵을 찍어 먹으며 아저씨의 말에 동의하자, 아저씨는 선생님한테 칭찬들은 초등학생 마냥 방긋 웃었다. 파스타도 정말 맛있었다. 푸실리 면을 썼는데, 어느정도 익은 게 잘 익은 건지는 몰라도, 아무튼 너무 딱딱하지도, 무르지도 않게 적절히 삶아진 면은 은은한 와인 향이 나는 토마토 소스를 가득 머금고 있었다. 파스타가 이렇게 맛있는 거였나? 가정식이라 더 맛있게 느껴지는 건가? 모두들 정신없이 먹고 있는데, 문득 그런 생각이 들었다.

"순렛길을 걷는 동안 순례 이정표를 보는 게 참 좋았습니다. 노란색 화살표 말이에요. 갈림길이 나올 때마다, 이 길이 맞나 싶을 때마다, 어김없이 노란색 화살표가 있습니다. 이 길로 가라고. 덕분에 불안하거나 고민한 적이 없죠. 늘 화살표가 올바른 길을 알려주니까. 인생에도 이런 노란색 화살표가 있으면 얼마나 좋을까 하고 생각했습니다. 후회할 일 없는 편리한 삶."

그러자 유세프가 말했다.

"목적지가 있는 여행에는 바른 길과 틀린 길이 있지. 그런데 인생도 그럴까? 나는 잘 모르겠군."

"가끔 길을 잃은 기분이 들어서 말이죠."

괜히 무거운 이야기를 꺼낸 건가. 밥먹는 자리에서 죽음과 질병에 대해 이야기했는데 이제는 청춘의 고민 상담까지 하게 되다니. 와인을 너무 마신 건가. 그때 신디가 와인 잔을 휘 돌리며 말했다.

"세라비."

무슨 말인지 몰라 멀뚱멀뚱 보고 있는데, 폴이 씨익 웃으며 말했다.

"C'est la vie. 프랑스어로 '그게 인생이야'라는 뜻이야."

"다발성경화증을 진단받은 날, 현실감 없는 그 소식이 절망이라는 실체로 다가올 때쯤 나는 짐에게 울면서 퍼부었어요. 내 인생은 뭐가 되는 거냐고요. 은퇴 이후 행복한 노후를 위해서 일터에 쏟아 바친 내 젊음이 얼마나 억울하던지. 계획, 목표, 꿈, 그런 모든 것이 하루 아침에 어그러져버렸죠. 어이없게도 그 순간 제일 화가 났던 게, 그동안 체중 관리한다고 아이스크림 참아왔던 거였어요. 그렇게 엉엉 우는데, 짐이 말했어요. C'est la vie. 그게 인생이잖아, 라고."

신디는 손에 들려 있던 와인 잔을 쭉 들이키고는 말했다.

"그냥 살아가는 수밖에 없어요. 삶을 포기하고 죽을 용기가 있는 게 아니라면요. 앞으로 어떤 일이 벌어질지는 모르지만,

하루하루, 그 순간 순간, 할 수 있는 걸 열심히. 그게 더 나은 내일을 부른다고 믿으며 살아가는 거죠. 아무 것도 알 수 없는 것. 그게 게임의 규칙이에요. 꼭 곳곳에 함정 카드가 숨어있는 지랄맞은 보드게임을 하는 것 같죠. 그 부당함에도 불구하고, 우리는 그저 열심히 주사위를 굴리면서 발버둥칠 수밖에 없어요. 발전하려고, 개선하려고, 나아가려고. 꿈을 꾸면서 말이에요. 거기에 삶의 의미가 있다고, 저는 믿어요."

*Casa Raichu는 실제 존재하는 알베르게이며 여기에서의 경험을 작가가 각색했음을 밝힙니다.

 엄마의 카톡

엄마 : 아들-잘지내지? (23:32)

엄마 : 출근하다-생각나서 (23:32)

엄마 : 마니바쁜가바-시간나면꼭연락해주라 (23:33)

엄마 : 순례힘들지.? (23:35)

엄마 : 너무무리안하면좋겠어 (23:35)

엄마 : 형수엄마가그러는데-운동안하던사람이-그렇게갑자기무리하면안된대 (23:36)

엄마 : 혹시아프거나힘들면-고집부리지말고집에와 (23:36)

엄마 : 엄마는-우리아들-자랑스러워 (23:39)

엄마 : 밥잘챙겨먹고-아프지말고 (23:39)

엄마 : 보고싶다 (우는 강아지 이모티콘) (23:40)

(삭제된 메세지입니다.)

엄마 : 아들-바쁜가보내 (15:33)

나 : 카톡 이제 봤음 ㅠㅠ (19:01)

나 : 나는 나바라라는 지역 지나는 중이에요. 걱정 안 해도 괜찮아. 동
행자가 생겼어. 이 사람이 준비를 잘 해와서 덕분에 편하게 다니는
중 (19:02)

나 : 여기와서 와인마시는데 엄마 생각나더라 (19:02)

나 : 기억나요? 추석에 삼촌이 사온 와인. 나 엄마가 술 맛있어하는거
그날 처음 봤잖아 (19:02)

나: 삼촌이 5만원짜리라고 하니까 엄마 깜짝 놀라서 그만 마시겠다는
거 보고 되게 마음 아팠어... (19:03)

나 : 그거 고작 얼마한다고... 내가 빨리 호강시켜드려야하는데 (19:04)

나 : 언젠가 엄마 모시고 꼭 스페인 오려고 (19:05)

나 : 여기는 와인이 물보다 싸요. 사람들이 진짜 물 대신 와인을 마셔
(19:05)

나 : (사진) (19:05)

나 : 이거 봐. 와인이 나오는 분수대도 있어. 누구든지 원하는 만큼 마
    셔도된대. 한국이었으면 사람들 전부 돗자리 깔고 앉아있을거 같
    지않아? 우리 여기서 김밥 장사나할까? ㅋㅋㅋㅋ (19:06)

엄마 : 동행자??-친구야? (22:01)

엄마 : 여자? (22:01)

엄마 : (눈 반짝이며 기대하는 분홍색 캐릭터 이모티콘) (22:02)

나 : 아니 남자 (22:02)

나 : 심지어 중년 노총각 ㅋㅋㅋ (22:02)

나 : 아들이 순롓길에서 만난 참한 아가씨에게 장가갔다는 그런 영화
    같은 이야기는 기대하지마요 ㅋㅋㅋㅋ (22:03)

엄마 : (절망하며 우는 강아지 이모티콘) (22:03)

엄마 : 좋은사람이야? (22:03)

나 : 응 착한 아저씨야. 도움 많이 받고 있어. (22:04)

엄마 : 고마운분이네-엄마가 감사하다고했다고-꼭인사전해주라
     (22:04)

[카카오페이 송금 : 엄마님이 보낸 100,000원이 도착했습니다.]

나 : 엄마 이게 뭐야? (22:08)

엄마 : 그분한테-식사라도대접하라구 (22:08)

나 : 밥 살 돈 충분히있어. 송금 취소할테니까 엄마 맛있는거 드세요.
    (22:09)

엄마 : 여비는정말충분한거지?-돈필요하면엄마한테꼭말해야해?
(22:10)

나 : 걱정마. 모아둔 돈도 충분하고 딱히 돈이 많이드는 여행도 아니에
요. (22:10)

나 : 엄마나 잘 챙겨먹어요. 나 없다고 또 궁상떨면서 대충먹지말고
(22:10)

나 : 이만 자야겠다. 내일 일찍 출발. 연락 드릴게요. (22:11)

엄마 : 잘자아들-사랑해 (22:12)

펠리자의 집

우리가 안나를 처음 만난 건 생 장에서 출발하고 여드레째
되던 날, 꽤 큰 도시였던 로그로뇨로 들어가는 길목에서였다.
그때까지만 해도 이 사람과 동행을 하게 될 거라고는 상상조
차 하지 못했었다. 그도 그럴 것이, 내가 만나본 인간 중 첫 인
상이 가장 나쁜 사람이었다.

그 날 우리는 아침을 먹지 않고 출발했다. 조금만 걸으면
로그로뇨였기에, 거기서 맛있는 걸 먹자는 데에 합의했기 때
문이다. 실수였다. 아저씨는 배가 고프면 기분이 몹시 나빠지

는 스타일이었다. 말수가 적어지고 저기압이 된다.

"배고파요."

"아까 초코파이 드셨잖아요. 그런데 대체 초코파이는 왜 들고 오신 거예요? 한국에서 여기까지… 배낭에 자리만 차지하잖아요? 여기도 비슷한 간식거리는 많을 텐데…"

"배고파요."

"아저씨?"

"배고파요."

아저씨는 정신이 고장난 모양인지, 배고프다는 말만 반복했다. 마침 저 멀리 오밀조밀 건물들이 모여 있는 로그로뇨가 보였고, 조금만 더 걸으면 됐기에 아저씨를 무시하기로 했다.

"배고프다고."

아저씨의 목소리에 분노가 섞이기 시작했다. 혼잣말을 중얼거리기 시작했는데, 아오 이 나이 먹고 이역만리 타지 길바닥에서 뭔 짓거리를 하고 있는 건지… 이게 다 먹고 살자고 하는 건데 정작 먹지를 못 하고 있으니 이게 다 무슨 의미인가 싶고…, 이런 앞뒤 없는 말들을 중얼거리고 있었다. 사실 아저씨의 짜증이 이해가 안 되는 건 아니었다. 매일매일 장거리를 걷다 보면 늘 배가 고프다. 새벽에 갑자기 라면이 땡기는 그런 종류의 배고픔이 아니라, 정말로 위장이 꼬르륵 소리를 내며 음식을 요구하는 그런 배고픔이다. 이미 배가 고픈 상태로 눈을 떴는데, 로그로뇨에서 제대로 먹겠답시고 공복으로 몇 시간을 걸어왔으니, 고생은 고생이었다. 게다가 아저씨는 먹고 마시는 데에 진심이라고 하지 않았는가. 평소 참을성 많은 아저씨가 유독 짜증을 내는 것도 이해가 되는 상황이다. 마침 우리를 구원하듯 저 앞에 순례자 몇몇이 플라스틱 테이블과 의자에 앉아서 무언가를 먹고 있는 모습이 보였다.

"어, 저거 혹시?"

내 말에 혼잣말을 하고 있던 아저씨가 고개를 들었고, 걸음이 빨라지기 시작했다. 아마도 저건 순례자들을 위해 준비된 기부 테이블일 것이다. 순렛길 곳곳에 그런 장소들이 있었다. 특히 주위에 인가가 드문 한적한 길들에 위치해 있는데, 운영자가 간이 테이블 같은 걸 세워두고 그 위에 순례자들을 위해 차, 커피, 빵, 과일 등 간단한 간식들을 올려둔다. 순례자 여권에 찍는 도장도 있고. 보통 가격은 정해져 있지 않았다. 대신 기부함이 있는데, 순례자들은 원하는 만큼 거기에 돈을 내고 간식을 먹는다. 나와 아저씨도 늘 남는 동전 몇 개를 기부하고서 간식을 먹으며 휴식을 취했다. 말 그대로 순렛길 위의 오아시스다.

"여기는 뭔가 좀 다른 것 같습니다?"

아저씨도 동의했다. 보통 이런 테이블은 한적한 길 위에 있는데, 이건 그냥 가정집 앞에 있다. 집 주인이 취미 삼아 운영하는 곳인가? 그런데 순례자들은 그 집 사진을 찍고 있었다.

"무화과예요! 이 집에서 기른 건가 봐요."

기부함에 동전 몇 개를 집어넣은 아저씨는 테이블 위 무화과를 한 입 베어 물고 감탄스러운 표정을 짓고 있었다. 그러고보니 집 앞마당 나무에는 무화과들이 한 가득 매달려 있었다. 나와 아저씨는 무화과와 커피잔을 들고서 벤치에 앉아 다른 순례자들을 관찰했다. 그 집 앞에 서서 기념 사진들을 찍는 걸 보니 유명한 곳인 게 분명한데… 단서를 찾기 위해 두리번거리는데, 특이한 모습이 눈에 들어왔다. 집 풍경이 한 눈에 들어오는 위치의 길바닥에 앉아서 스케치북에 그림을 그리고 있는 여자의 모습이었다. 가을이라 추울 법도 한데, 반바지에 늘씬한 다리를 드러낸 채 바닥에 앉아 있다. 검정색 탱크탑 위에 헐렁한 면직물 남방을 걸치고 있었고, 카우보이 모자 같은 걸 쓰고 있었다. 모자챙 밑으로 땋아 내린 금발머리와, 그림에 집중하고 있는 새파란 눈동자. 아저씨는 한 마디로 정리했다.

"영화 배우 같아요."

정말이었다. 영화 주인공으로 어울릴 것 같은 금발의 미녀. 옆에 풀어둔 배낭을 보니 순례자가 분명한데, 복장이 좀 특이

하다. 보통 기능성 등산복을 입는데 말이다. 신경을 안 쓴 척 신경을 꽤 많이 쓴 복장이라는 느낌이랄까. 우리는 그녀가 뭘 그리고 있나 궁금해서 주변 정경을 둘러보는 척 다가가 슬쩍 스케치북을 쳐다봤다. 그리고 충격.

"세상에."

"저… 저게 뭐죠?"

"모르겠습니다. 무슨 부적 같은 거 쓰고 있는 건가?"

"외국에도 부적이 있어요? 일단 그림 같기는 한데."

"유치원생이 요구르트 원샷하고 그리면 저런 그림이 나올 것 같습니다."

"정신과 상담사가 보면 경찰에 신고할 것 같은 그림이에요."

정말 깨는 모습이었다. 멋있게 앉아서 그림을 그리고 있길 래, 괜한 기대감이 생겼던 걸까. 도대체 뭘 그리고 있는지 알 수 없는 기괴한 선과 도형이 있었다. 저게 그림이 맞다면 말이다. 그렇게 농담을 주고받으며 낄낄대고 있는데, 갑자기 그 아가씨가 벌떡 일어나서 이쪽을 향해 걸어왔다. 나는 급하게 번역기를 켰다. 영어였다.

"헤이! 자꾸 나 쳐다보면서 시시덕거리는 거 다 알거든요? 여성을 성적 대상화하면서 품평하는 거, 그거 성희롱이에요! 시선 강간이라고욧!"

에? 얘가 뭐라는 거니. 어이가 없어서 아저씨를 쳐다보는데, 아저씨는 이미 경악으로 완전히 얼어버린 상태였다. 88 올림픽을 거치며 전 국민이 외국인을 대할 때에는 외교부 직원처럼 친절하고 가식적으로 행동해야 한다고 세뇌받은 세대다. 자신을 향해 아주 직접적이고 적극적으로 화를 내고 있는 외국인을 보고서, 바지에 오줌이라도 지릴 것 같은 표정을 짓고 있었다. 하지만 말이다, 나는 반대다. 저런 PC충은 그냥 넘어가서는 안 된다. 내버려두면 자기들이 사회 정의를 실현했다고 멋대로 착각하면서 자뻑에 빠질 것이고, 그런 착각 속에 계속해서 이 세상에서 멋진 것들을 하나 둘 망쳐나갈 것이다. 마블처럼. 마블을 위해서라도 나서야 한다.

"뭐요? 시선 강간? 당신 그림 보면서 정신 상태를 염려하고 있었을 뿐입니다. 어느 다큐멘터리에서 보니까 연쇄살인범이 그림 치료받을 때 꼭 그런 그림을 그리더군요. 사실 아직도 그림인지 아닌지 확신이 없지만, 어쨌든 저 집을 쳐다보면서 그런 걸 그리고 있는데, 혹시 저 집에 불이라도 지르려는 게 아닐까 싶어 동행인과 의논하고 있었습니다."

내 목소리에는 분명 분노가 섞여 있었지만, 번역기는 한 템포 늦게 아주 무미건조한 목소리로 떠들었다. 그래서 그녀의 분노도 한 템포 늦었다. 번역기의 영어로는 내 말이 곧바로 이해가 되지 않는지, 이게 무슨 소린가 싶어서 미간을 찡그리며 고개를 갸웃하던 그녀는, 잠시 후 뒤늦게 찾아온 모욕감에 분노했다. 뭐, 니가 어떻게 나한테 그런 말을 할 수 있지? 모두가 친절히 대해야 마땅한 나한테? 이런 느낌의 얼굴이었다. 그녀는 래퍼 마냥 곧바로 쏼라쏼라대기 시작했는데, 나는 일부러 번역기를 끈 채, 아무 것도 못 알아듣겠다는 표정을 지으며 태연하게 비웃었다. 효과 만점이었다. 그녀는 더욱 분노했고, 그 결과 유치해졌다. 가운데 손가락을 편 거다.

"뻑 유!"

물론 나는 더 유치하다.

"뭐? 뻑 유? 너는 쌍 뻑 유다!"

이제 나와 그녀는 양 손의 중지를 올리고는 손가락에서 장풍이라도 쏘려는 기세로 서로의 얼굴에 들이대고 있었다. 아저씨는 흥미진진한 얼굴로 무화과를 먹으며 이를 구경하고 있었고, 결국 다른 순례자들이 와서 말린 덕분에 사태는 진정되었다. 그녀는 다시 길바닥에 앉아서 그림을 그리려는 듯 했고, 나는 조금 떨어진 벤치에 앉아 무화과를 마저 먹었다.

"정말 무례한 사람이네요. 남의 예술을 함부로 모욕하다니…"

"그걸 예술이라고 주장함으로서 모든 예술가를 모욕하고

계시는군."

"저도 번역기 있거든요? 무슨 말 하는지 다 알거든요? 한국인은 다 그렇게 예의를 모르는 모양이죠?"

"처음에는 성희롱범으로 몰더니, 이제는 인종 차별까지 하네."

우리가 다시 투닥거리기 시작하자, 결국 가만히 지켜보던 아저씨가 움직였다. 그녀에게 다가간 아저씨는 난데없이 초코파이를 건넸다.

"이게 뭔가요?"

"초코파이라는 거예요. 정을 주고받는 한국인들의 소울푸드. 디저트예요. 드셔보세요."

갑작스러운 아저씨의 선의에 여자는 당황하더니, 두 손으로 초코파이를 받으며 고맙다고 인사했다.

"이거 베지테리언 음식인가요? 저 고기를 안 먹거든요."

"가지가지 한다."

듣고있던 내가 한 마디 덧붙이자 그녀는 나를 째려봤고, 아저씨는 상황을 무마하기 위해 애를 썼다. 초코파이를 한 입 베어먹은 그녀는 맛있다면서 감사를 표했고, 답례인지 배낭에서 견과류가 든 작은 봉지 하나를 꺼내 건넸다. 서로 멋쩍게 웃으며 먹을 걸 주고받는 급 훈훈한 분위기. 괜히 심사가 뒤틀리는군.

"그림 보고 웃어서 미안해요. 농담이 과했어요. 멀리서 봐서 몰랐는데, 자세히 보니까 좋은 작품인 것 같아요."

저 아저씨 은근히 거짓말 잘 한단 말이야. 사회 생활 짬인가? 여자의 얼굴에는 금세 함박웃음이 폈다. 먹을 거 받고 그림 칭찬 받았다고 금세 기뻐하는 걸 보니, 단순한 바보가 분명하다.

"제가 과민 반응해서 죄송해요."

"저 집을 그리고 계신 거죠?"

"네, 펠리자의 집을 그리고 있었어요."

"펠리자의 집? 친구 분 집인가 봐요?"

"어머, 펠리자의 집을 모르세요?"

물론 아저씨와 나는 처음 듣는다는 얼굴이었다. 여자는 내 쪽을 바라보더니, 금세 눈을 가늘게 뜨고 히죽 웃었다. 이 천하고 무식한 것, 좋아 이 누님이 한 수 가르쳐주지. 딱 이런 생각을 하고 있을 얼굴이었다. 자존심 상하게도 아저씨는 내게 얼른 이리 와서 들으라는 손짓을 했고, 나는 어쩔 수 없이 그들 곁에 다가갔다.

"저기 테이블 위에 있는 도장, 여권에 찍으셨죠? 보여주시겠어요?"

아저씨는 순례자 여권을 꺼내 여자에게 건넸다. 여자는 방금 찍힌 도장을 손가락으로 가리켰다. 'Camino de Santi-ago(카미노 데 산티아고)'와 'Logrono(로그로뇨)'라는 글귀가 외곽선을 따라 쓰여 있었고, 그 가운데에는 나뭇잎과 병 따위의 그림과 함께 'Felisa(펠리자)'라는 이름이 쓰여 있었다. 그리고 그 밑에 쓰여 있는 문장.

"Higos, agua y amor. 스페인어로 '무화과, 물 그리고 사랑'이라는 뜻이에요."

그리고 여자는 펠리자의 집에 얽힌 사연을 이야기하기 시작했다.

*

로그로뇨로 들어가는 길목에 펠리자라는 여인이 살았다. 제1차 세계대전이 터지기 몇 년 전에 태어난 그녀의 젊은 시절은 고달팠다. 농사꾼의 집안에서 태어난 여자 아이는 스스로 걸을 수 있게 될 무렵부터 일을 배워야만 했다. 유럽을 집어삼킨 전쟁. 혁명을 부르짖는 운동가들과 쿠데타를 일으킨 군인들. 내전과 독재. 그리고 또 한 번의 세계대전. 그녀의 젊은 시절을 관통한 이 혼란스럽고 복잡한 역사는 호사가들이 곧잘 떠들기 좋아하는 주제였지만, 그녀에게는 그저 가난으로 기억되는 아주 단순한 시절이었을 뿐이었다. 그녀와 그녀의 가족은 굶어 죽지 않기 위해 밭을 갈고, 씨앗을 뿌리고, 작물을 키워냈다. 그리고 그런 일상 속에서 그녀는 사랑에 빠졌고, 가족을 만들었다.

펠리자가 순례자들과 인연을 맺게 된 건, 나이 일흔이 되어갈 때쯤이었다. 그녀의 남편은 젊은 나이에 세상을 떠났고, 그 이후 펠리자는 줄곧 혼자 농사를 하며 가족들을 돌봐왔다. 어머니이자, 동시에 농사꾼. 펠리자의 일상은 급변하는 세상보다도 더 분주했고, 자식이 장성해서 여유가 생길 때쯤엔 어느새 일흔을 바라보는 노인이 되어있었다. 그 때 이웃 마을의 목사가 찾아왔다. 산티아고 순례자들의 숫자 통계를 내려고 하는데, 도움이 필요하다는 것이다. 펠리자의 집은 로그로뇨로 가는 유일한 길목에 위치해 있었기 때문에 조사에 용이했다. 그녀는 흔쾌히 청에 응했다.

그때부터 펠리자는 매일매일 집 앞뜰 무화과 나무 그늘 아래에 앉아 순례자들을 환영했다. 새로운 일이 생긴 것이다. 글을 읽지 못했기에, 순례자를 볼 때마다 연필로 작대기를 그어 표시하며 숫자를 새었다. 스페인의 뜨거운 햇살에 지친 순례자들은 그 그늘 아래에 앉아 휴식을 취하곤 했고, 펠리자는 그들에게 무화과와 물을 권했다. 비용은 순례자들의 사연을 들려주는 것. 펠리자는 그렇게 매일매일 집 앞에 앉아 전 세계에서 온 사람들의 이야기를 들었다. 손짓 발짓을 섞어가며. 때로는 그들 가족 사진을 보며. 열사병을 앓는 사람에게 냉수를 주기도 하고, 물집이 심한 사람에게 소독약을 발라주기도 하고, 화장실이 급하다는 사람에게 핀잔을 주며 화장실을 빌려주기도 했다. 비가 오든 눈이 오든, 펠리자는 매일매일 충실하게 그 자리를 지켰다. 무화과와 물을 건네며, 순례자들의 여정에 사랑을 전하며.

언젠가부터 펠리자에게는 '로그로뇨의 관문지기'라는 별명이 붙었다. 소문을 듣고 많은 순례자가 펠리자를 만나기 위해 집 앞에서 휴식을 취하고 갔다. 기부를 하는 사람도 있었고, 선물을 주는 사람도 있었고, 순례가 끝나고 집에 돌아가 엽서를 부치는 사람도 있었다. 마드리드에서 온 한 순례자는 펠리자를 위해 도장을 만들어줬다. 그 도장이 아직까지 쓰이고 있는 '무화과, 물 그리고 사랑' 도장이다. 펠리자는 2002년 92세의 나이로 숨을 거뒀다. 그 해에도 많은 순례자가 그녀에게 신세를 졌다.

펠리자의 빈 자리는 그녀의 딸 마리아가 채웠다. 마리아는 어머니를 기리며 마찬가지로 매일매일 무화과 나무 그늘 아래에 앉아 순례자들을 맞았다. 그들에게 도장을 찍어주고, 음식을 나눠주고, 그들의 여정에 행운을 빌어줬다. 펠리자를 만난 적 있는 2회차, 3회차 순례자들을 만날 때면 함께 어머니에 대한 추억을 나눴다. 순례자들이 어머니와 함께 찍은 사진들을 보여줄 때마다 마리아는 눈물을 흘릴 수밖에 없었다. 동네에서 벗어난 적 없이 시골 농사꾼으로 평생을 살아간 어머니는, 세계에 친절과 사랑을 베풀어왔던 것이다. 마리아는 2021년에 세상을 떠났다. 어머니와 마찬가지로 마지막까지 순롓길 위에서 로그로뇨의 관문을 지켰다.

❋

"지금은 마리아의 딸, 펠리자가 운영하고 있대요. 어머니의 이름을 따서 딸 이름을 펠리자로 지었다나 봐요. 그러니까 펠리자의 손녀딸인 펠리자가 할머니부터 시작된 전통을 3대째 이어가고 있는 거죠. 로맨틱하죠?"

아저씨는 진심으로 감동했다는 얼굴로 고개를 끄덕였다. 멋진 이야기긴 하다. 내 여권에도 꼭 도장을 찍어가야겠는 걸?

"그런데 그 펠리자라는 분, 오늘은 안 계신 것 같네요?"

"직업이 있어서 어머니나 할머니처럼 매일매일 자리를 지키는 게 어려운 모양이에요."

"아쉽네요. 용석 씨가 인터뷰하면 딱이었을 텐데."

"유썹?"

"아뇨, 용석. 이 사람 이름. 따라해보세요. 용 석."

"유 썩."

"유 아니고 용!"

"영"

"뭐 비슷하네요. 그리고 석. 썩 아니고 석."

"썩"

그러더니 여자는 나를 정면으로 보며 말했다.

"유썩."

"…너 일부러 그러는 거지? 그거 욕이지?"

여자는 어찌 내게 그런 누명을 씌울 수 있느냐며 억울한 표정을 지어 나를 더욱 화나게 만들었다. 그녀가 물었다.

"그런데 인터뷰요? 기자예요?"

"아뇨 유튜버입니다."

"어떤 채널인데요?"

"아직 시작 안 했습니다. 순례를 주제로 뭐 하나 해보려고요."

그러자 또 슬쩍 입꼬리를 올리는 여자.

"유 썩이 만든 걸 누가 보겠어요? 괜한 헛수고 말고 여행이나 즐겨요."

어휴, 이 여자가 또 긁기 시작하네.

"그러는 당신 그림은 누가 봐줄 것 같습니까?"

"상관없어요. 나를 위해 그리는 그림이니까."

"주변인 정신건강 차원에서 다행인 일이네요."

또 말싸움이 시작되려는데 아저씨가 끼어들었다.

"순롓길에서 본 것들을 그리나 봐요?"

"네, 사진 찍는 대신 그림을 그리고 있어요."

"왜요?"

"추억을 제대로 간직하기 위해서요."

"사진이 좀 더 정확하지 않을까요? 아, 물론 아가씨 그림 실력은 출중하지만…"

그러더니 여자는 잠깐 머뭇거렸다. 이걸 어떻게 설명해야 하나 하는 듯한 얼굴이었다.

"최근 혼자 여행을 다니면서 관광지에 갈 일이 많았어요. 사람들을 구경하는데 '아이러니'를 느꼈어요. 다들 그 먼 거리를 여행해서 관광지에 와 놓고, 그 풍경을 즐기기보다는 사진 찍는 데에만 정신이 팔려있는 거예요. 멋진 광경 앞에서 사진만 여러 장을 찍더니, 두 눈으로는 제대로 즐기지도 않고 그냥 떠나가버려요. 다음 장소로. 이상하지 않아요?"

아저씨가 고개를 끄덕이자 여자는 말을 이어갔다.

"그래서 휴대폰 앨범을 열어봤어요. 정말 온갖 사진이 다

있더라고요. 도대체 이걸 왜 찍었지 싶은 사진들 있잖아요? 한 입 먹은 베이글 사진 같은 거. 그렇게 앨범을 한참 뒤지다 보니까 그 사이 사이에 꼭 간직하고 싶었던 추억들이 파묻혀 있었어요. 할머니가 돌아가시기 전에 같이 찍었던 사진. 친구들이랑 여행하며 찍은 사진. 가족들이랑 크리스마스에 찍은 사진. 사진들을 보다 보니 문득 슬퍼졌어요."

"슬퍼졌다고요?"

"네. 분명 기억하고 싶었을 추억인데, 사진들을 보면서도 그 당시가 기억이 안 났어요. 그때 나눴던 대화라든지 분위기 이런 것들요. 저도 사진 찍는 데에만 정신이 팔려서, 그 소중한 순간을 그냥 흘려보냈던 거죠. 하지만 그 순간은 다시 찾아오지 않아요."

"그래서 사진 대신 그림을?"

"네. 그래서 그림을 그리기 시작했어요. 꼭 기억해두고 싶은 게 있으면, 내 두 눈으로 오랫동안 관찰하고, 그 분위기를 느끼고, 그 속에서 시간을 보내면서 그림을 그리는 거죠. 그런 추억은 쉽게 잊혀지지 않을 거예요."

"그런데 그쪽 그림은 나중에 봐도 뭘 그린 건지 도저히 알 수가 없을…"

궁시렁대는 내 말을 끊으며 아저씨가 말했다.

"멋있네요. 저도 명심해야겠어요. 좋은 경치를 카메라 렌즈에게 자꾸 양보하지 않도록요. 그림 그리시는데 저희가 시간을 너무 빼앗은 것 같네요."

"필요한 휴식이었어요."

그러더니 여자는 아저씨에게 손을 건네 악수를 청하며 말했다.

"안나라고 합니다. 반가웠어요."

"소망이라고 해요."

"쏘 맹?"

"어감이 좀 이상하네요. 소 망."

안나는 소망이라는 발음을 몇 번 연습하더니 웃으며 말했다.

"초코파이 정말 맛있었어요, 소망."

"좋은 이야기 잘 들었습니다, 안나 씨."

이제는 내가 인사할 차례인가? 나도 어정쩡하게 악수를 위해 손을 건넸는데, 안나는 내가 더럽게 그걸 왜 만지느냐는 얼굴로 무시했다. 결국 나는 가운데 손가락을 들어올렸고, 안나도 정겹게 가운데 손가락으로 인사했다.

나와 아저씨가 배낭을 짊어지고 길을 떠나려는데, 안나가 우리 등을 향해 외쳤다.

"부엔 까미노!"

손을 흔들며 인사하는 그녀의 모습은 아름다웠다. 소프트웨어만 좀 멀쩡했다면 인기 정말 많았을 텐데. 누가 조언이라도 좀 해주면 좋겠다고 생각하며 길을 나섰다. 그때까지만 해도 안나와의 만남은 거기서 끝인 줄 알았다.

* Logrono의 길목에서 3대째 무화과, 물 그리고 사랑을 나눠주고 있는 펠리자의 집은 실제 존재하는 장소입니다.

딥스테이트

"환청을 듣나 본데요?"

"무슨 주문을 외우는 것 같기도 하고…"

우리는 저 앞에서 가판대 비슷한 걸 세워놓고 혼자 중얼거리고 있는 남자를 보며 심각하게 의논했다. 40대쯤 되었을까? 물보다 맥주를 더 많이 마실 것 같은 인상의 백인 남자가 아무렇게나 기른 턱수염에 침을 튀겨가며 혼자 열변을 토하고 있었다. 마음 같아서는 피해가고 싶지만, 길 위에 있어 어쩔 수 없이 지나쳐야 하는 상황. 나와 아저씨는 길 위에 가판대를 세워놓고 혼자 떠들고 있는 사람은 엮여 봐야 좋을 게 없다는

데에 동의했고, 그를 빠르게 지나치고자 발걸음을 서둘렀다. 그때였다.

"어니언 헤이 세이 요!"

못들은 척 지나치는데 다시 한 번 외치는 남자.

"어니언! 헤이! 세이! 요!"

우리를 향한 게 분명한 말이었다. 저게 무슨 말이지? 어니언은 양파. 헤이, 세이 요? 'Say Yo, 이 양파 냄새 나는 놈들아'? 인종 차별인가? 당최 뭐하는 인간인가 싶어서 휴대폰 번역기를 켜서 그의 가판대에 쓰여 있는 말을 번역했다. 형제들이여, 우리는 딥스테이트와의 영적 전쟁에서 승리해야 합니다. 내 휴대폰 화면을 본 아저씨는 혼란스럽다는 얼굴이었다.

"한국인 맞지? 아닌가?"

우물쭈물하는 우리를 향해 남자가 말했다.

"'안녕하세요'라고 말하려고 했던 겁니까?"

내 말에 남자는 고개를 끄덕이며, 어떻게 발음해야 되느냐고 질문했다. 안녕하세요, 생각해보면 외국인들에게 무진장 어려운 발음이기는 하다. 올라나 헬로에 비하면 말이다. 자신을 죠라고 소개한 남자는 자신이 알고 있는 한국에 대한 모든 이야기를 늘어놓기 시작했다. 자기 친구의 아내가 한류 드라마를 좋아한다는 이야기부터 시작해서, 본인이 언젠가 TV에서 BTS를 봤는데 자기 첫 여자친구보다 예뻤다는 이야기에, 미국에서는 레전드라는 '루프탑 코리안' 이야기까지. 이대로 두면 몇 시간이고 혼자 떠들어댈 것 같아 말을 끊고 물었다.

"그런데 당신은 여기서 뭘 하고 있는 건가요?"

"딥스테이트에 대해 알리는 활동을 하고 있어."

대충 들어봤다. 미국 정치병자들이 좋아하는 음모론 같은 걸로 기억한다. 아 예, 행운을 빕니다, 그럼 이만, 하면서 떠나 가려는데 눈치없게 아저씨가 특유의 그 천진난만한 얼굴로 물었다. 딥스테이트가 뭔가요? 죠는 아주 기쁜 얼굴이 되었다.

쉽지는 않았지만, 죠의 장황한 설명을 정리하면, 딥스테이트란 자신들의 이익을 위해 미국 정부를 뒤에서 조종하는 악의 세력이다. 정부 내에서 일하는 관료를 비롯해, 정계 재계 유력자들, 심지어 유명 연예인까지 딥스테이트의 일원이란다. 이들은 무기 거래를 위해 전쟁을 일으켜 무고한 사람들을 죽이고, 질병을 퍼뜨려 인구수를 조절하고, 심지어 사람들에게 몰래 마이크로칩 같은 걸 박아 조종하려 든단다. 그런 마이크로칩이 있으면 나도 하나 박고 싶구만. 내 인생 조종 좀 부탁하게. 아무튼 죠는 이 딥스테이트에 대해 설명하며 '좌파'와 '민주당'이라는 표현을 함께 썼다. 좌파 〉 민주당 〉 딥스테이트, 대충 이런 느낌이었다. 그러니까 모든 좌파나 민주당이 다 딥스테이트는 아니지만, 모든 딥스테이트는 민주당이고 좌파다 이런 말이겠지. 죠는 이들이 소아 인신 매매나 사탄 숭배 같은 엽기적인 일들도 벌인다고 했다. 대화의 수준이 점점 안드로메다로 향한다. 그런데 사뭇 진지하게 듣고 있던 아저씨가 물었다. 굳이 그런 괴기한 활동까지 하는 이유들이 뭐냐고. 죠는 아저씨를 뚫어져라 쳐다보며 말했다.

"그들은 적그리스도. 예수님의 나라를 무너뜨리고, 사탄의 제국을 세우려는 게 목적이야. 지금 이 세계에는 영적 전쟁이 벌어지고 있어."

죠의 눈빛에는 광기가 서려 있었다. 그게 어떤 종류든 신념을 가지고 살아가는 사람의 얼굴에는 결기 같은 게 있다. 더군다나 죠의 신념은 아마도 평범한 사람이 소중히 여기는 많은 것을 포기해야만 추구할 수 있는 종류의 신념일 거다. 그러니까 저런 또라이 같은 소리를 진지하게 할 수 있는 거겠지. 길거리에서 도를 아느냐며 묻는 사람들이 흔히 저런 얼굴이다. 적당히 끊고 갈 길 가려는데, 착한 아저씨는 여전히 진지한 태도로 죠와 대화를 나눴다.

"그럼 죠 씨는 사람들에게 딥스테이트에 대해 경고하는 일을 하고 계신 건가요?"

"일반인들은 아무 것도 모르고 살아가지. 딥스테이트 놈들의 위협을 알리는 게 내 사명이다."

'일반인' 같은 낯 뜨거운 소리를 잘도 하는군. 자기는 일반인이 아니라 뭔가를 깨우친 특별한 사람이라는 건가? 이번에는 내가 물었다.

"어쩌다 그런 사명을 가지게 된 겁니까? 그것도 순렛길 위에서?"

"좀 긴 이야기인데 괜찮겠어?"

나는 내가 길 위에서 만난 사람들을 인터뷰하며 유튜브를 만드는 중이라고 설명했고, 괜찮으니 그의 이야기를 들려달라고 했다. 조금 이상한 사람 같기는 하지만, 애초에 이런 기인들을 만나서 인터뷰하려고 순렛길에 온 게 아니었던가. 그렇게 우리는 죠의 기구한 이야기에 대해 들을 수 있었다.

*

죠는 미국 플로리다 주에 사는 르네상스맨이었다. 여기서 쓰인 '르네상스맨'이라는 말은 그가 수많은 직업을 가진 사람이라는 의미에서 쓰인 거지, 그가 수많은 능력을 가진 사람이라는 의미로 쓰인 게 아니라는 점을 주의하자. 오히려 능력, 특히 직업적 능력으로 치면, 죠는 뭐 하나 전문적으로 할 줄 아는 게 없는 사람이었기 때문이다. 누군가가 죠에게 어떤 능력이 있냐고 묻는다면, 그는 지체없이 플로리다주 주최 핫도 그 많이 먹기 대회 3위 수상 당시 사진을 보여줄 것이다. 아주 자랑스러운 얼굴로. 실제로 마흔 살 그의 인생 정점의 순간이었다.

죠가 르네상스맨으로서 갖춘 유일한 자질은, 돈만 받으면 뭐든 할 수 있다는 것이었다. 정원에 구덩이를 파주고, 농장일을 도와주고, 이삿짐을 나르거나, 정원의 말벌 집을 치워주거나, 집 변기 교체 같은 작업도 했다. 이웃들은 무언가 문제가 발생하거나 도움이 필요하면 '핸디맨'으로 알려져 있는 죠에게 전화했다. 죠는 상황 설명을 듣고, 자신이 감당할 수 있는 일인가 판단한 후, 그 일에 걸맞는 금액을 제시했다.

"우리집 옆에 노숙자가 캠핑을 시작했어. 경찰에 신고했는데 아무 조치도 안 취하는군. 죠, 당신이 해결해줄 수 있겠어?"

"그거 큰 일이구만. 노숙자는 어떻게 생겼어? 위험해보이나?"

"아니. 그냥 마약에 중독된 산타클로스 같이 생겼어. 누워서 중얼대기만 하는군."

"냄새는 어때? 으, 더러우면 좀 그런데. 집에 가서 씻어야 하거든."

"공중 화장실 수준 정도?"

"흠, 그럼 50달러에 어때?"

"콜."

이런 식이다. 죠는 이런 일을 수락하면 현명하다고는 할 수 없지만, 제법 성실하다고는 할 수 있는 방식으로 처리했고, 단순무식한 일을 단순무식하게 잘 처리하는 사람으로서 이웃 사이에 정평이 나있었다. 혹자는 그건 직업이 아니라 알바라며 비웃을 수도 있겠지만, 어쨌든 죠는 그렇게 먹고 살았다. 꼭 그럴듯한 직업이 있어야만 인생이 살아지는 건 아니다. 죠는 가끔 좋은 식당에 가서 맛있는 걸 먹기도 하고, 주일에는 꼬박꼬박 교회에 나가 헌금도 했다. 마이애미 돌핀스의 주요 경기 때마다 직관을 했으며, 마흔 살 독신남으로서 동네 술집 경제에 이바지했다. 마치 그의 직업적 명성처럼, 단순무식한 삶이었다.

죠의 직업 특성상, 그의 기분은 전적으로 그 날 그 날 어떤 일을 하느냐에 달려있었다. 예를 들어 정원 관리를 부탁 받은 날에는 기분이 아주 좋았다. 남의 집에 방문해 느긋하게 잔디를 깎고 가지를 치다 보면 레모네이드도 한 잔씩 주고 그런다. 일을 마치면 팁도 잘 챙겨주는 편이다. 반대로 농장 축사의 똥을 치우는 일을 요청 받은 날에는 기분이 아주 더러웠다. 차마 거절할 수 없는 금액의 보수였기에 더욱 짜증이 났다. 죠에게는 마치 존엄의 값어치처럼 느껴졌기 때문이다. 이 세상에는 두 부류의 인간이 있는데, 삽으로 똥을 퍼본 사람과 그러지 않은 사람이다. 죠가 술에 취하면 꼭 하는 의미 모를 소리였다.

죠는 문제의 그 날 집 청소를 의뢰 받았다. 물론 평범한 집이 아니었다. 저장강박증이 있는 사람의 집이었다. 집 주인이 특수 시설로 요양을 간 사이, 그 집을 청소해달라는 가족의 의뢰였다. 기껏해야 청소인데 얼마나 어렵겠냐, 라며 일을 맡은 죠는 그 집 문을 열자마자 인생 최악의 실수 중 하나를 했다는 걸 깨닫게 되었다. 마치 지옥을 향해 열려있는 듯한 문. 코피가 날 것 같은 악취. 쓰레기 정글 사이를 헤집고 다니는 괴생물체들. 죠는 그 날 일을 마치고, 사막에서 물을 찾는 사람처럼 술을 사러 달려갔다. 조수석에 맥주를 한가득 싣고는 곧장 해변으로 향했다.

일몰의 플로리다 해변가에는 젊음이 가득했다. 죠는 그들을 바라보며 맥주를 들이켰다. 그저 세상이 행복하다는 듯 웃고 즐기는 그들이 괜히 미웠다. 기분을 풀고자 들이켜댄 맥주. 마지막 병을 비우는데도 좀처럼 우울이 가시질 않았다. 아마도 청소를 하며 온 몸에 뒤집어 쓴 오물 때문일 것이다. 슬슬 집에 가서 씻을까, 라며 몸을 일으키는데, 저 앞에 사람들이 몰려 있는 모습이 눈에 들어왔다. 유명인이라도 있는 걸까? 호기심에 인파로 다가간 죠는 방송계에서 일하는 게 분명한 섹시한 여성이 길거리에서 행인 인터뷰를 하고 있다는 걸 알게 되었다. "미국에서 가장 중요한 게 뭔가요?" 질문 내용을 알게 된 순간, 평소 애국자임을 자부하던 죠는 반드시 자신의 목소리를 전하리라 다짐했다. 돌이켜보면 술김이었을 뿐이었지만.

죠는 술 때문에 휘청대고 있었음에도 불구하고 그 독특한 향취 덕분에 어렵지 않게 인파를 헤집고 들어가 인터뷰에 참여할 수 있었다. 나중에 알게 된 것이지만, 인터뷰를 진행하는 사람들은 토크쇼 제작진이었다. 번화가에서 행인들을 상대로 적당한 질문을 한 후, 답변 중 재미있는 것들을 따로 모아 코너로 내보내는 식이었다. 시청자들은 그걸 보고 비웃으며 자기 인생이 좀 더 나아진 듯한 기분을 느끼는 거고. 죠는 비주얼부터가 합격이었다. 온 몸을 걸레 삼아 공중화장실을 청소하고 온 듯한 모습의 술 취한 뚱보. 진행자는 죠를 발견하자마자 질문했다.

"미국에서 가장 중요한 게 뭔가요?"

마침내 기다렸던 질문을 받은 죠는 마치 영화 브레이브 하트의 마지막 장면에서 멜 깁슨이 그랬던 것처럼 처절하고 비장하게 외쳤다.

"자유!!!!!!!!!!!!!!"

대뜸 고래고래 소리를 지르는 죠를 보며 제작진은 아마도 끝내주는 소재가 등장했다고 생각했을 것이다. 진행자는 추가 질문을 했다.

"자유를 아주 열정적으로 사랑하시는 것 같은데요. 미국의 자유는 다른 나라의 자유와 어떻게 다른가요?"

"어…"

뭔가 치명적인 오류가 발생한 듯 버퍼링에 걸린 죠. 죠는 흐릿한 눈동자로 진행자와 카메라를 쳐다봤고, 그 정적이 어색해질 때쯤 급하게 답했다.

"공산주의자 놈들을 욕할 수 있어! 중국에서는 그러면 잡아간다던데."

"그건 표현의 자유가 보장되는 모든 자유민주주의 국가에서 마찬가지인 걸요?"

죠는 버럭 신경질을 냈다.

"그래도 미국의 자유가 가장 자유로워!"

스스로도 말이 좀 이상하다고 생각했는지 죠는 덧붙였다.

"아, 미국에는 나쁜 놈들 대가리에 총알을 박아줄 자유도 있지! 수정헌법 2조. 총을 가질 자유. 다른 나라에는 없는 자유야."

"요즘 빈번히 일어나는 총기 난사 사건들에 대해서는 어떻게 생각하시나요?"

"미친 놈들이 총질하기 전에 먼저 쐈어야지. 퓨퓨!"

한껏 흥분한 죠는 카메라를 향해 두 손으로 쌍권총을 쏘는 시늉까지 했다. 카메라 옆에 서있던 책임자로 보이는 사람은 죠를 향해 엄지 손가락을 추켜세우며 리액션을 해줬다. 그러더니 인터뷰 진행자에게 더욱 부추기라는 식으로 손짓했다.

"자유가 중요하다고 하셨는데, 최근 시민 자유는 오히려 축소되고 있다는 의견들이 있는데요. 얼마 전 낙태 문제라든지, 최근 LGBTQ에 대한 권리 침해와 혐오도…"

"동성애는 죄야."

진행자의 말을 끊으며 죠가 신경질적으로 말했다.

"개인의 성적 지향은 사생활의 자유에 해당하잖아요?"

"아니, 그건 그냥 죄야. 그게 팩트야."

"그건 당신 의견이지 팩트가 아니죠."

"성경에 그렇게 쓰여 있잖아. 그게 팩트가 아니라는 거야? 예수님 말씀인데?"

"성경은 예수님 말씀이 아니에요. 여러 관점으로 복음을…"

"이봐! 당신 교회 다녀? 나는 주일마다 한 번도 안 빠지고 다녀. 나한테 감히 성경에 대해 가르치려고 들지마. 내가 아는 건 분명해. 동성애자들이 역겹다는 거지. 그 다음은 뭔데? 자기 집에서 키우는 개랑 떡치면서 이걸 숭고한 사랑이라고 떠들 건가? 제발 피해자 코스프레 좀 그만하면 좋겠어. 이 나라를 망치고 있으면서 말야. 요즘에는 이런 말 하면 당신처럼 꼭 시비 거는 좌파들이 있지. 그 뭐냐, 표현의 자유는 대체 어디로 간 거야?"

술김에, 그리고 홧김에 내뱉은 말. 죠가 꼬이는 발음으로 열변을 토하는 동안, 제작진들의 눈은 진귀한 동물이라도 보듯 빛나고 있었다. 죠는 그렇게 영원히 박제되었다.

죠의 단순무식하고 평화로운 일상이 무너지기 시작한 것은 다음 날 아침 눈을 뜬 순간부터였다. 눈을 비비며 휴대폰을 보는데, 엄청난 숫자의 알림들이 떠있는 게 아닌가. 무언가 큰일이 났음을 직감적으로 알 수 있었다. 가족과 친구들이 보낸 연락들. 유튜브, 페이스북, 틱톡 등등 각종 소셜미디어 링크들도 있었다. 이중 하나를 눌러 여는 순간, 죠의 심장은 자이로 드롭을 탄 것처럼 한없이 추락했다. 술에 취해 시뻘개진 얼굴로 성을 내며 인터뷰하는 모습. 인기 급상승란에 등록되어 있는 영상은 벌써 조회수 100만을 넘기고 있었다. 고작 하룻밤

만에.

[이게 바로 미국의 클라쓰]

[역겨운 돼지 새끼. 죽어버려라.]

[사랑은 혐오보다 강하다는 걸 보여줍시다. 저 개새끼 신상 정보 좀.]

[혐오 스피치로 처벌해야 하는 거 아닌가? 경찰은 뭐하나? #Lockhimup]

[미국을 위해서라도 남부 화이트트레쉬들은 격리시켜야 함]

죠가 인터뷰를 통해 세상에 보여준 우아한 몸짓과 고상한 언어 그리고 그 심원한 지혜는 온라인 상에서 큰 화제가 되었다. 죠는 그 자체로 밈, 이른바 '짤방'이 되었다. 죠가 술 취한 얼굴로 소리치는 모습은 이미 '움짤'이 되어 이모티콘처럼 쓰이고 있었고, 그의 좀 지나치게 남성적인 얼굴에는 갖가지 대사가 합성되어 2차 창작물로 쓰이고 있었다. 그런 '짤' 중 하나를 보고 자기도 모르게 피식 웃어버린 죠는 이게 예삿일이 아니라는 걸 실감했다.

그 날 시킬 일이 있다며 죠에게 연락을 하는 사람은 아무도 없었다. 대신 크리스마스 즈음에나 한 번 볼까 말까 한 형에게서 연락이 왔다.

"정신 좀 차리고 살아, 죠. 어떻게 그런 멍청한 말을 지껄일수 있지? 네 덕분에 우리 가족은 이제 고개도 못 들고 다니게 생겼어. 어머니는 뉴스를 보고 쓰러질 뻔 했다고."

"이봐, 톰, 오랜만에 전화해서 하는 게 고작 그런 말이야? 내가 지금 어떤 심정인지는 말 안 해도 알 텐데. 그리고 형도 나랑 같은 생각이잖아? 만나서 하는 이야기라고는 좌파 욕 밖에 없는 형까지 나를 비난하는 거야?"

"이런 빌어먹을. 내가 언제 너처럼 무식한 말을 했다고 그래? 그리고 그건 가족끼리 사석에서 한 말이었어. 너는 카메라 앞에서 미국에다 대고 그런 소릴 떠든 거고. 제기랄. 아무튼 이제 너랑은 볼 일 없을 거야. 엘리도 같은 생각이야. 지난번 술 먹고 싸움질 해서 보석금 내줬을 때 엘리가 마지막이라고 경고했지? 그런데 얼마나 지났다고 또 사고를 치다니. 그것도 이런 대형사고를. 길가다 총맞고 뒈지지나 말고 정신줄 붙잡고 살아. 그리고 다시는 연락하지마."

이 전화를 끝으로 형, 여동생과의 관계가 끊겼다. 그리고 이런 관계의 단절은 평소 친구라고 생각하고 지냈던 사람들과도 마찬가지였다. 그의 형 톰만큼 노골적으로 분노와 실망감을 드러내지는 않았지만, 죠를 대하는 그들의 태도에는 명백한 불편함이 깔려 있었다. 하는 말이라곤 '정말 유감이군, 죠.' 이 정도가 전부. 함께 취하며 와자지껄 떠들었던 그 친구라는 작자들은 술 없이 맨 정신일 때, 특히 지금처럼 어려운 상황일 때에는 차라리 타인보다도 못한 불편한 사람들이 되어버렸다. 더 이상의 대화도 관계도 불편하다는 듯한 분위기에 죠는 움츠러들었고, 더이상 누군가에게 먼저 연락을 할 용기조차 잃어버리게 되었다. 그 결과, 인터넷의 모두가 죠에 대해 떠들지만, 그 누구도 죠와 대화하지 않는 나날이 시작되었다.

죠는 그렇게 고립되었다. 오프라인에서 그를 찾는 사람은 더이상 없었고, 온라인에서 그는 모두의 샌드백이었다. 죠를 저주하고 욕함으로써 사람들은 스트레스를 풀었고, 보너스로 도덕적 우월감마저 느꼈다. 이 끔찍한 인간을 욕하고 괴롭혔으니 더 나은 사회를 만드는 데 기여했을 거라는 그런 편리한 자기 합리화적 사고방식. 죠가 사회악으로서 낙인 찍힌 그 순간부터, 죠에 대한 모든 공격과 비난과 괴롭힘은 사회 정의의 이름으로 정당화되었다. 그리고 언론은 더 많은 씹을 거리를 원하는 대중의 수요를 놓치지 않았다. 죠와 같은 중학교를 나왔다는 낯선 이가 죠의 친구임을 주장하며 토크쇼 방송에 나와 죠에 대한 온갖 낭설을 늘어놓는 모습을 보고 죠는 TV를 부숴버렸다. 세상 모두로부터 미움 받는 것 같았고, 그래서 세상 모두가 미웠다.

죠가 유튜브에 빠지게 된 건 그때부터였다. 유튜브에는 죠의 편을 들어주는 사람들이 있었다. 죠에 대한 공격이 좌파 미디어에 의한 마녀사냥이고 집단 공격이라는 의견. 죠는 자기 생각을 말했을 뿐인데 이런 괴롭힘을 당하는 건 부당하다는 의견. 소위 우파 유튜브라고 하는 곳들에서 내놓은 의견들이었다. 그 중에서도 죠는 자신을 '의인'으로 추켜세워주는 채널이 마음에 들었다. 채널명 프리덤 TV. 딥스테이트가 장악한 전체주의 사회에서 용기있게 자신의 소신을 지킨 '의인'이란다. 가족도, 친구도 등을 돌렸는데, 온라인의 낯선 애국자들은 열성적으로 죠를 변호하고 있었다. 죠는 며칠에 걸쳐 그 채널의 모든 영상을 봤다. 그리고 운영자에게 메일을 보냈다.

"만나고 싶습니다."

그렇게 죠는 비행기를 타고 텍사스 주까지 갔다. 프리덤 TV는 텍사스의 한 교회를 중심으로 운영되고 있었는데, 프리덤 TV 관계자들은 죠를 초대했다. 그간 이야기도 듣고 인터뷰도 하자면서, 머물 곳까지 제공해준 그들. 자신을 환영하고 초대하는 사람들을 보는 게 얼마 만인가. 외출이 설렌 건 방구석에 틀어박히고 한 달 만에 처음이었다. 공항에 도착하자 프리덤 TV에서 나온 사람들이 죠를 반겼고 그를 따뜻하게 안아줬다. 죠는 간신히 눈물을 삼켰다.

그곳에는 커뮤니티가 있었다. 프리덤TV의 사람들은 모두 가까운 가족과 친구들이었고, 교회는 이들을 중심으로 운영되었다. 죠가 교회의 빈 방에서 머무는 동안 이웃들이 찾아와 그에게 응원의 말을 전했고, 음식이나 간식을 가져다주는 사람들도 있었다. 뜻을 함께하는 사람들이 모인 곳에서만 느낄 수 있는 감정. 죠를 위해 기도해주는 형제자매들을 보며 죠는 진짜 가족에게서도 느껴보지 못한 묘한 소속감을 느꼈다. 그리고 마침내 프리덤 TV의 진행자와 인터뷰를 하게 되었다. 죠는 그간 자신이 겪어온 일에 대해 말했다. 눈시울이 붉어졌고, 마침내 참을 수 없는 눈물이 흘러내렸다.

"내가 그렇게 잘못한 겁니까? 내가 사람이라도 죽였어요? 저를 인간쓰레기 취급하면서 사이버불링하는 사람들에 의해 내 삶은 산산조각났습니다. 일자리를 잃었고, 가족과 친구들은 저를 지우고 싶은 수치스러운 기억처럼 대합니다. 언론은 마치 학창 시절 따돌림과 괴롭힘을 주도하던 양아치들처럼 굴고, 자기가 정의롭다고 믿어 의심치 않는 고상한 사람들이 거기에 합류해 침을 뱉고 돌을 던집니다. 이 빌어먹을 위선자들 같으니!"

죠는 울분을 토했고, 사람들은 환호했다. 죠를 도와주라며 시청자들로부터 슈퍼챗이 쏟아졌다. 진행자가 말했다.

"보십시오. 이게 딥스테이트가 하는 짓입니다. 자기들에게 조금이라도 맞서는 듯한 사람이 있으면 자신들의 하수인인 언론을 동원해 마녀사냥에 나섭니다. 앞에서 횃불을 들고서 저게 마녀라고 소리치면, 양떼같은 사람들은 곧바로 돌을 던집니다. 이게 바로 우리 죠에게 벌어진 비극입니다. 그리고 바로 다음 희생양은 여러분이 될 겁니다!"

그렇게 '의인' 죠는 표현의 자유를 상징하는 사람으로서 한동안 우파 유튜브 세계에서 이슈가 되었다. 200명이 채 안 되던 죠의 페이스북 친구 수는 이미 한도 5000명을 넘겼고, 그 덕분에 그가 집으로 돌아간 이후에도 더이상 고립감을 느끼지 않을 수 있었다. 아니, 오히려 이 온라인의 커뮤니티에서 해방감을 느꼈다.

그러나 모든 이슈가 그렇듯, 죠의 이야기도 금세 휘발되어 버렸다. 죠를 욕하던 미디어와 네티즌들은 어느새 새로운 욕할 거리를 찾아 열을 올리고 있었고, 그건 우파 유튜브도 마찬가지였다. 프리덤 TV의 단체 채팅방에서도 더이상 죠를 챙겨주는 분위기가 아니었다. 딥스테이트라는 초거대 음모 세력의 흉계는 늘 현재 진행형이었고, 그들이 몰두하고 열광할 만한 이야깃거리는 끊임없이 발굴되었고 생산되었다. 죠는 자신에게 남은 유일한 '편'을 잃지 않기 위해 무언가를 해야 한다는 책임감을 느끼게 되었다.

*

"그런데 왜 하필 산티아고 순렛길이에요?"

내가 묻자 죠는 머리를 긁으며 답했다.

"적그리스도 세력에 맞서려면 기독교도들이 단결해야 해. 세계에서 기독교도들이 제일 많이 모이는 곳이 여기 아니겠어?"

내가 기독교도가 아니라는 말은 굳이 하지 않았다. 괜히 그 이야기를 꺼내 봐야 전도하려고 애쓸 것 같아서 말이다. 대신 성당에 다니는 아저씨에게 바통을 넘겼다.

"죠 씨 마음 고생이 심하셨겠어요. 그러면 죠 씨가 취한 상태에서 인터뷰를 하도록 유도한 그 사람들이 딥스테이트 요원들인가요?"

"응? 아니 그건 모르겠는데. 아마 아닐 걸."

"딥스테이트 소행이라면서요?"

아저씨가 헷갈린다는 표정을 지으며 묻자, 더욱 헷갈려 하는 얼굴의 죠는 금세 고개를 휘휘 저은 후 딱 잘라 말했다.

"윗대가리들이 딥스테이트라는 말이지. 방송사 사장 같은 사람들 말야. 그들이 민주당 정치인들과 결탁하고서 딥스테이트를 위해 움직이는 거야. 그 인터뷰를 했던 사람들은 그냥 시키는 대로 하는 하수인일 뿐이고."

아저씨는 더 묻고 싶은 눈치였지만, 무례하게 여겨질까 봐 말을 아끼는 듯했다. 그래서 싸가지가 덜 충만한 내가 끼어들었다.

"그러면 딥스테이트 사람을 실제로 본 적은 없는 거죠?"

"당연하지. 자기 정체를 철저하게 숨기고서 그들만의 세상에서 사는 엘리트 놈들이니까. 최고위급 인물이 아닌 바에야 그들을 실제로 마주할 수는 없어."

"그런데 당신한테 벌어진 일이 본 적도 없는 딥스테이트의 소행이라고 확신하는 거예요?"

별로 따지는 어투로 물은 건 아니었는데, 죠의 반응은 대단히 신경질적이었다.

"나한테 직접 해코지를 해야 범인이라는 거야? 이건 조직적으로 이루어지는 음모라고. 딥스테이트 놈들은 백신으로 사람들에게 마이크로칩을 심고, 부정 선거까지 저지르며 세상을 마음대로 주무르려는 놈들이야. 그런 놈들에게는 나같은 방해꾼을 처리하는 방법은 얼마든지 있어. 찾아봐! 증거는 차고 넘친다고!"

죠는 열변을 토하기 시작했다. 나와 아저씨를 설득하기보다는, 자기 스스로의 확신을 다지기 위해 고함치는 것 같았다. 그는 말 끝마다 말했다. 이게 다 딥스테이트 놈들 때문이라고. 울분에 가까운 말들을 토해낸 죠가 조금 진정하자 아저씨가 차분히 말했다.

"죠 씨는 여기서 얼마나 활동하셨어요?"

"순렛길에 온 거? 한 달쯤 됐어. 알베르게에서 지내고 있지. 슬슬 다른 곳으로 옮길까 생각 중이야."

죠가 세워둔 가판대에는 전단지와 함께 기부함이 있었다. 아마도 지나가는 순례자들로부터 기부를 받아서 그 돈으로 이 캠페인을 이어가는 모양이다.

"혼자서 힘드시겠어요."

"그렇지도 않아. 이것 봐."

죠가 자랑스럽게 건넨 휴대폰 화면에는 그의 캠페인 페이스북 페이지가 떠 있었다. 죠가 가판대 앞에서 피켓을 들고 있는 사진이 커버 사진이었다. 이것도 일종의 직업병일까? 팔로워 숫자부터 눈에 들어왔는데, 3천 명 정도가 그 페이지를 팔로우하고 있었다.

"나랑 여기서 함께하지는 못해도, 많은 사람이 응원을 보내 주고 있어. 보람찬 일이야."

그의 얼굴에는 미소가 떠올랐다. 죠는 우리에게 전단지를 건네며 꼭 딥스테이트에 대해 알아보고, 관심이 생기면 연락 달라는 말도 덧붙였다. 기독교도로서 외면하면 안 되는 중대한 문제라면서. 그가 건넨 전단지에는 QR코드와 후원 페이팔 계정 등이 쓰여 있었다. 나는 그에게 꼭 찾아보겠다는 거짓말을 하며 슬슬 걸음을 옮길 채비를 했다. 그런데 웬걸, 아저씨가 지갑을 꺼내는 게 아닌가. 아저씨는 지갑에서 무려 100유로짜리 지폐를 꺼내 기부함에 집어넣었다.

"정말 고마워 친구."

"별 말씀을요. 죠 씨를 위해 기도할게요."

우리는 그렇게 죠에게 작별했다. 어느정도 걸음을 옮긴 후, 나는 아저씨에게 물었다.

"아저씨 돈 많습니까? 제가 상관할 바는 아니지만 100유로나 주시는 거 보고 솔직히 놀랐습니다. 혹시 아저씨도 딥스테이트 믿는 건 아니죠?"

혹시 이 사람도 음모론자였단 말인가. 괜히 긴장하며 물었는데, 아저씨는 조금 슬픈 목소리로 말했다.

"죠 씨는 순롓길로 도망쳐온 게 아니었을까요?"

아저씨는 잠시 걸음을 멈추고 뒤를 돌아봤다. 저 멀리, 죠가 뜨거운 햇살을 맞으며 피켓을 든 채 서 있었다. 그를 잠깐 바라본 아저씨는 다시 걸음을 옮기며 말했다.

"분명 이상한 사람이었지만, 저는 상처받은 사람을 보는 기분이었어요. 죠 씨는 도망친 거겠죠. 괴로운 현실로부터. 그리고 도망친 곳에서 만난 사람들로부터 받아들여지고 싶었을 거예요. 그래서 저렇게 열심히 딥스테이트와 싸우는 거겠죠."

"그게 옳은 건지 잘 모르겠습니다. 저런 음모론은 빠지면 빠질수록 오히려 스스로를 더 고립시키잖습니까."

"그럴지도 모르겠네요. 그래도 저는 제가 보탠 돈으로 죠 씨의 순롓길 여정이 좀 더 길어지기를 바랐어요. 어쩌면 이 길에서 새로운 무언가를 얻어갈 수도 있을 테니까. 어쩌면 저도 죠 씨처럼 일상을 뒤로하고 순롓길로 도망쳐온 처지일 지도 모르겠다는 생각이 들었거든요."

플렉시테리언

달그락달그락 지글지글. 알베르게의 공용 주방에서는 분주한 소리가 나고 있다. 도마에 야채를 썰고, 팬에 고기를 볶고, 냄비에 밥을 짓는 소리. 그 특유의 리듬감 있는 경쾌한 소리는 군침이 도는 냄새로 배고픈 순례자들을 유혹하고 있었다. 오늘 머무는 알베르게에서는 저녁을 제공하지 않는다. 인근에 괜찮은 식당도 없다. 그래서 아저씨가 간만에 실력 발휘를 하겠다며 근처 마트에 가서 식재료를 한가득 사왔다. 다른 순례자들과 나눠 먹을 생각이었는지, 사람 열 명은 족히 먹일 양이었다. 남으면 내일 점심 도시락을 싸면 된다나. 나는 뭘 하고 있느냐고? 배고픈 순례자들을 줄 세우고 있다.

"저기요, 새치기 안 됩니다. 줄 서세요. 이쪽 분은 뭘 가져오셨죠? 아, 현금은 안 받습니다. 장사하면 알베르게 주인이 싫어할 것 같아서요. 다른 건 뭐가 있나요? 이거뿐이라고요? 에너지바네요. 오케이 잠시만요."

나는 에너지바를 받고 1회용 접시에 아저씨가 만든 음식들을 담아 건넸다. 밥과 한국식 시금치 볶음 그리고 돼지 고추장 불고기. 근사한 돼지 불백이 스페인 시골 외딴곳의 알베르게에서 서빙되고 있는 것이다. 아저씨가 대한항공 비행기에서 챙겨둔 튜브 고추장 몇 개가 이런 마술을 부렸다. 마트에서 파는 간편식이나 통조림 따위로 대충 저녁을 해결하려고 했던 순례자들은 아저씨의 능숙한 요리 실력에 이끌려 주방에 집합했고, 매콤한 돼지 불고기 냄새에 입맛을 다시다가 같은 날 같은 숙소에서 머문다는 인연에 호소하며 음식 교환을 요청해왔다. 원래 같이 먹으려고 했다며 음식을 그냥 나눠주려는 아저씨를 만류하며 나는 말했다. 세상에 공짜란 없습니다.

이건 저 사람들을 위한 일이기도 합니다. 우리 엄마가 공짜에 익숙해지면 인생 망가진댔어요. 의미 모를 궤변에 아저씨는 고개를 갸우뚱했지만 요리하기에 바빠 음식 서빙은 내게 맡겼고, 그때부터 나는 사람들 줄을 세우고서 대가를 받고 음식을 나눠주기 시작했다. 에너지바, 초콜릿 같은 간식들은 물론, 파스, 진통제, 심지어는 남는 양말을 건네는 사람도 있었다. 배고픈 순례자끼리 째째하게 줄 세우고 대가까지 요구하는데도 사람들이 몰려드는 게 이상하다고? 그만큼 아저씨의 돼지 불고기 냄새가 죽여준다는 뜻이다. 스페인에는 매운 음식이 없다. 매콤한 게 땡기는 건 비단 한국인만이 아니었을 것이다.

분주하게 음식을 나눠주고 있는데, 식당 구석 테이블에 홀로 앉아있는 금발의 아가씨가 자꾸 눈에 걸린다. 왠지 야윈 듯한 얼굴. 다른 사람들 접시에 담겨있는 돼지 불고기를 쳐다보면서 영혼 없는 얼굴로 우적우적 자기 음식을 씹고 있는 여자. 자린고비는 천장에 매달린 굴비를 보고 그 맛을 상상하며 밥 숟가락을 넘겼다던가. 그 여자는 굴비 대신 아저씨의 요리를 쳐다보며, 밥 대신 허여멀건한 우유에 만 씨리얼을 씹어 삼키고 있었다. 안나였다. 펠리자의 집에서 만났던 그 싸가지 말이다.

안나와 재회한 건 그 날 오후였다. 체크인을 하고 배정받은 방으로 가는데, 먼저 도착해서 쉬고 있던 순례자 중 한 명이 안나였던 것이다. 아저씨는 그녀를 보자마자 안나 씨! 하며 반갑게 손을 흔들었고, 안나도 쏘 맹! 하며 기쁘다는 듯 인사했다. 꺼림칙해 하는 내 얼굴을 보고는 본인도 텐션을 확 떨어뜨렸지만 말이다.

그러고보니 안나는 채식주의자라고 했다. 순렛길 위에서 채식주의라니. 여러 의미로 대단하다. 순례자 메뉴에 채식주의 옵션이 있는 식당이나 숙소가 몇이나 될까? 큰 도시면 몰라도, 이런 시골 동네에서는 무리다. 분명 배를 곯으며 걸었을 것이다. 그렇게 며칠 고생하다 보면 '스페인 고기 살살 녹는다'라며 육식주의자가 될 법도 한데, 안나는 아무래도 순렛길에 오르고 지금까지 최소 열흘 이상 채식주의를 지켜온 모양이다. 그러니 남들이 오우 코리안 푸드 베리베리 굳 하면서 돼지불백을 흡수하는 동안 저런 얼굴로 구석에 앉아 씨리얼을 씹고 있는 거겠지. 괜히 안쓰러운 마음이 들려고 하는데 아저씨가 주방에서 접시 하나를 들고 안나에게 다가갔다.

"안나 씨, 괜찮으시면 이거 한 번 드셔보세요. 마파두부 덮밥이에요. 채식주의자용으로 고기 없이 따로 조리했으니까 걱정 말고 드셔도 괜찮아요."

아까 장을 보면서 두부를 사더니, 아무래도 안나를 위해 샀던 것 같다. 종종 느끼는 건데, 아저씨는 낯선 사람에게도 참 친절하다. 본인은 부끄러움이 많다고 주장하지만 말이다. 안나는 감동했는지 두 눈을 글썽이며 공손히 접시를 받아 들었다.

"음식 때문에 힘들죠? 순례할 때는 잘 먹어야 하는데… 더 있으니까 많이 드세요."

안나는 고맙다며 몇 번을 인사한 후 허겁지겁 밥을 먹기 시작했다. 이미 눅눅한 씨리얼에는 관심도 없는지 한쪽으로 치워 두고, 쏘 맹 잇츠 쏘 굿!, 오 갓! 쏘 굿!, 감탄사를 남발하며 마파두부를 삼켰다. 자신들이 먹는 것과 다른 걸 먹는 안나에게 호기심을 느낀 순례자들이 다가오자, 안나는 밥그릇을 지키려는 고양이처럼 경계하는 자세를 취해 아저씨를 웃게 만들었다. 그녀가 식사를 마칠 때쯤 나와 아저씨가 테이블에 합석했다.

"너무 잘 먹었어요, 소망."

"입에 맞으셨다니 다행이에요. 순렛길에서 채식, 쉽지 않죠?"

"선택지가 많이 없기는 해요. 채식주의 메뉴가 있냐고 물어

보니까 어이없어 하는 식당도 있었고요. 거의 빵이랑 샐러드만 먹었는데, 소망 덕분에 오늘 저녁은 정말 근사했어요."

듣고 있던 내가 물었다.

"채식주의에도 종류가 많던데? 어떤 채식주의를 하는 거야?"

"나는 락토-오보 베지테리언. 유제품이랑 달걀은 먹어. 원래는 채소만 먹는 비건이었는데, 순례하면서 바꿨어."

바꿀 수도 있는 거구나. 그나저나 앙칼진 태도를 기대했는데, 의외로 사근사근하게 대답하는 안나. 아무래도 배가 불러서 기분이 좋은 모양이었다. 세계 평화라도 달성한 듯 흡족한 얼굴의 안나를 보니 역시 전형적인 바보구나 싶다. 있잖은가. 음식으로 얼마든지 조련이 가능한 타입들. 아저씨와 잘 맞겠는 걸?

"어떤 이유에서 하는 거야? 종교? 건강?"

"동물들이 불쌍하니까."

안나는 어느 날 공장식 축산업에 대한 다큐멘터리를 보고 충격을 받았다고 한다. 좁아터진 축사에서 태어나 각종 호르몬제로 고문당하다가 도살당하는 생명들을 보고 평소 먹던 고기에 대한 인식이 바뀌었다고. 우리한테 스마트폰으로 그 다큐멘터리를 검색해서 보여주며 적극 추천하기도 했다.

"대부분 사람은 고기를 먹을 때 그게 어디서 왔는지, 어떤 과정을 거쳤는지 생각하지 않아. 마트 진열대를 보면 꼭 원래부터 생명이 아니었던 것처럼 예쁘게 포장된 고기들이 구매자를 기다리고 있어. 그 고기 한 덩이를 얻기 위해 얼마나 많은 비극이 있었는지는 아무도 모른 채, 필요보다 많은 고기를 왕창 사버리곤 해. 우리는 돈을 냄으로써 그 과정을 전부 건너뛰게 됐어."

"그런 대규모 축산업 덕분에 많은 사람이 싼 가격에 고기를 먹게 됐잖아? 한국만 하더라도 반세기 전에는 부자 말고는 고기 못 먹었거든."

"요즘은 못 먹어서 문제가 아니라 낭비해서 문제인 걸. 많은 사람이 건강이 나빠질 만큼 육식을 하잖아? 나는 미국 오레건 주 출신이야. 고기를 너무 먹어대서 공중 보건이 위험한 나라. 먹다 남겨서 버리는 고기도 많고. 그런데 축산업을 유지하기 위해 계속 그런 낭비를 부추겨. 고작 그런 이유로 그 많은 생명이 고통받는 일은 납득할 수 없어. 납득해서도 안 되고."

아저씨는 안나의 말에 동의한다는 듯 고개를 끄덕였다. 아니, 순롓길 내내 소만 보면 맛있겠다며 입맛을 다시는 양반이 저러고 있다. 안나는 말을 이어갔다.

"나 한 명이 이 문제를 해결하고 세상을 바꿀 수는 없겠지만, 적어도 문제의 일부가 되지 않겠다는 선택을 할 수는 있어. 육류 소비를 하지 않음으로써 그 비인간적인 시스템의 일부가 되기를 거부하는 거야. 나 한 명의 소비자 분만큼 동물들이 받을 고통도 줄어들기를 바라면서. 조금 더 나은 사람이 되고 싶어서 한 나와의 약속이야."

✻

다음 날 아침, 배낭을 챙기며 출발 준비를 하는 우리에게 안나가 다가왔다. 아저씨 덕분에 맛있는 저녁을 먹은 만큼, 꼭 점심 식사를 사고 싶다는 청이었다. 아저씨는 물론 대환영이었다. 나도 사주는 거냐고 물어보니, 하는 거 봐서 라며 시크하게 대답하는 안나. 우리는 그렇게 함께 길을 나섰다.

안나는 꼭 애같은 구석이 있었다. 언덕을 넘어 해바라기 밭이 나오자 환호성을 지르며 해바라기 밭에 뛰어들었다. 가을이라 거의 대부분은 거무칙칙하게 시들어 있었는데도 뭐가 그리 좋은지 아직 노란 잎이 남아 있는 해바라기들을 만지작거리며 즐거워했다. 기운이 넘친다. 나는 불필요한 걸음은 한 발자국도 하기 싫은데.

"다 죽은 해바라기가 그렇게 좋냐?"

"하지만 아직 살아 있는 걸. 잎을 꼭 붙잡고 있잖아. 여기 나 아직 살아 있어요, 하면서. 그래서 더 아름다운 거야, 바보야."

우리는 종종 길에서 이탈하는 일도 있었다. 특이한 건물이나 풍경이 보이면 안나가 꼭 가보려고 했기 때문이다. 정해진 길을 걷는 것만으로도 충분히 지쳐 있는데, 자꾸 길이 없는 곳으로 나와 아저씨의 멱살을 잡고 끌고 간다.

"저기 위에 가보자. 멋진 풍경이 있을 거야."

"야야, 힘들어 죽겠어. 길도 없는데 저길 가자고?"

"금방일 거야! 얼른!"

안나는 그렇게 길에서 벗어나 풀숲을 헤쳐나갔다. 아저씨는 나를 보며 어깨를 으슥한 후 안나의 뒤를 따랐다. 순간 짜증이 올라왔다.

"불필요한 낭비야! 시간 낭비, 체력 낭비. 나는 빨리 도착해서 쉬고 싶다고."

그러자 안나는 내게 성큼성큼 되돌아왔다. 그리고는 내 얼굴을 빤히 쳐다보며 물었다.

"너 말이야, 그런 기분으로 걸으면 즐겁니?"

"무슨 말이야?"

"여기 즐기러 온 거잖아? 그런데 왜 일이라도 하는 것처럼 생각하는 거야? 보려고 하지 않으면 아무 것도 보지 못해."

안나는 내 손을 덥석 잡더니 언덕을 향해 달리기 시작했다.

외간 여자에 손을 붙들린 나는 저항조차 하지 못한 채 터덜터덜 손길에 이끌려갔다. 만약 내가 그랬으면 대뜸 성희롱이네 추행이네 하면서 난리쳤을 거면서. 아저씨는 그런 내 모습을 보며 빙긋 웃었다. 그렇게 반강제로 이끌려 올라간 언덕 위에는 풍경이 있었다. 인정하긴 싫지만, 잊지 못할 풍경이었다.

안나는 이렇게 기운이 넘쳐나는 여자였다. 한참을 걸었는데도 콧노래를 흥얼거리고, 팔짝팔짝 가볍게 뛰기도 했다. 보통 나와 아저씨는 이 정도 걸으면 딱히 대화를 안 한다. 그런데 안나는 계속 무언가를 말한다. 자기 이야기를 하기도 하고, 한국에 대해 묻기도 하고, 심지어 지나가던 순례자에게도 말을 건다. 그 셔츠 참 예쁘네요, 이러면서. 아저씨에게 초코파이 더 없냐며, 자기가 가진 껌이랑 교환하자고 할 때는 무슨 소풍 나온 초딩을 보는 기분이었다. 20대 후반은 되어 보이는데 정신 연령은 딱 10대 소녀다.

그런데 이런 활기찬 안나가 엉엉 우는 일이 벌어졌다. 오후 늦은 점심쯤 되어 도착한 마을의 식당에 들어갔는데, 여기서 일이 터진 거다. 아저씨는 생선 구이를, 안나는 야채 스튜를, 나는 어제 과식으로 배가 불러 샐러드를 주문했는데, 이 샐러드가 문제였다. 아저씨가 화장실에 간 사이에 나온 음식들. 그런데 내 샐러드를 보니, 면 사리 같은 게 얹혀 있는 게 아닌가. 스파게티 정도 되는 굵기의 흰색 면들이 새끼손가락 정도 크기로 잘려 있었는데, 줄무늬처럼 회색 선이 있었다.

"그게 도대체 뭐야?"

번역기는 이렇게 해석했지만, 안나는 분명 '왓더뻑?'이라고 말했다.

"파스타 면을 썰어서 샐러드 위에 올린 것 같은데?"

내가 포크로 면을 들어올리자, 구경하던 안나는 기겁하며 물러났다. 이윽고 내 입으로 들어가는 면들을 보며 안나는 마치 지렁이 떼라도 먹는 사람을 쳐다보는 듯한 얼굴이 되었다.

"음, 별 맛 안 나는데?"

"면이야?"

"응, 그냥 면 같은데."

"그런데 왜 면에 줄무늬가 있어?"

안나는 몹시 의심스럽다는 얼굴이었다. 사실 나도 이게 뭔지 도통 모르겠지만, 유난을 떠는 안나를 보니 괜히 골리고 싶어졌다. 나는 한숨을 쉬며 말했다.

"안나, 너 말이야. 다른 나라의 음식을 그런 태도로 대하는 건 무례한 거 아니야? 한국인으로서 외국인들이 우리나라 식당 와서 음식 시켜놓고 인상 팍팍 쓰며 못 먹을 음식 취급하면 몹시 기분이 나쁠 것 같은데. 인종 차별이라고 보는 사람도 있을 거야.”

예상대로 안나의 반응은 걸작이었다. 자신이 정치적으로 올바르지 못한 행동을 했다는 걸 용납하지 못하는 게 PC충들의 특징이다. 늘 깨어있는 시민이어야만 하는 사람들이니까. 안나는 자신이 한 행동이 인종 차별로 보일 수 있다는 사실에 놀랐는지 몹시 당황하며 변명을 늘어놓기 시작했다. 처음 보는 음식이라 궁금해서 그랬다, 호기심이었을 뿐 차별이나 비하는 아니지 않았느냐, 어쩌고 저쩌고.

“먹어봐 그럼.”

내가 포크에 면을 한 가득 담아 들이밀자 안나는 얼어버렸다. 미지의 면을 억지로 먹을 것인가, 아니면 나에게 인종차별 자라며 놀림받을 것인가. 안나는 결심을 굳힌 듯 심호흡을 하더니 자기 포크로 직접 면을 떴다. 새끼 손가락 길이의 면 딱 한 줄기. 그리고 입으로 집어넣는다. 눈까지 질끈 감고서 억지로 먹는 안나를 보며 폭소하고 싶었지만 나는 꾹 참으며 물었다.

“어때, 생각보다 괜찮지?”

입을 오물거리던 안나는 망설이며 말했다.

“이거 면이 아닌 것 같은데? 비린 맛이 나는 걸.”

“아니야 면 맞아.”

나는 포크로 면을 한껏 떠서 삼켰고, 이번에는 샐러드까지 곁들여 먹었다.

"그렇게 깨작깨작 먹으니까 모르지. 보통 사람처럼 먹어봐."

안나는 애써 아무렇지도 않은 척, 이번에는 스파게티 한 입 정도의 면을 삼켰다. 그때였다.

"어, 앙굴라네? 어어? 안나 씨 그거 먹어도 괜찮아요?"

화장실에서 돌아온 아저씨였다. 아저씨의 말에 면을 씹던 안나의 턱이 멎었다. 아저씨도 뭔가가 잘못되었음을 직감한 모양이다.

"앙굴라가 뭐예요?"

내가 묻자 아저씨는 내 귓가에 속삭이듯 말했다.

"실뱀장어요!"

안나는 이미 휴대폰으로 앙굴라를 검색하고 있는 듯 했다. 햄스터 마냥 볼 안에 덜 씹은 앙굴라를 저장해둔 채 말이다. 잠시 후 그녀의 얼굴이 파랗게 질렸다. 그녀가 내 면전에 들이 댄 휴대폰 화면 안에는 에일리언이 알을 까고 거기서 부화한 기생충들이 저렇게 생기지 않았을까 싶은 비주얼의 실뱀장어 들이 꿈틀대고 있었다. 궁금하신 독자분들은 지금 휴대폰을 열어 검색해보시기 바란다. 조리된 앙굴라는 정말 면처럼 생 겼다. 조리되기 전 앙굴라는 악마의 뱃속에서 나온 기생충처럼 생겼다. 안나의 새파란 두 눈에는 눈물이 고이기 시작했다.

"어… 하하하. 미안, 면 아니래."

그 말과 동시에 안나는 자리를 박차고 일어나 화장실로 달려갔다. 자세를 보니 토하러 가는 모양이다. 아니, 구토를 당하러 가는 거라고 정정. 도대체 무슨 짓을 한 거냐며 꾸짖는 듯한 눈빛으로 나를 보는 아저씨. 잠시 후 안나는 자리에 돌아왔는데 눈물을 흘리고 있었다. 앙굴라라는 징그러운 새끼 물고기들을 삼켰다는 데서 오는 자괴감, 지금껏 온갖 고난에도 채식주의를 지켜왔건만 본의 아니게 이를 깨게 된 데에서 오는 허무함, 그리고 무엇보다 나에 대한 분노. 이런 갖가지 감정이 섞인 눈물이었다.

"흑흑… 두 달이나 참았는데…."

으잉? 너 채식주의 두 달밖에 안 됐어? 워낙 유난이라 몇 년은 된 줄 알았네. 라고 말하고 싶었지만, 그래도 그리 눈치 없는 사람은 아니라 가만히 있었다. 어쨌든 내가 죄인이니까. 안나는 하소연을 하면서 울고, 아저씨는 그런 안나를 위로하고, 나는 음식 식는데 먹어도 되는 건가 고민하는 상황. 다행히 잠시 후 안나는 진정했다. 아저씨가 말했다.

"앙굴라 조금이었잖아요. 뭔지 모르고 드신 거고. 저는 안나 씨가 채식주의를 깼다고 생각하지 않아요."

얼굴이 빨갛게 되어 훌쩍이던 안나가 말했다.

"나 이제부터 고기 먹을 거예요."

"채식주의 포기하는 거야?"

안나는 냅킨에 코를 흥하고 푼 후 말했다.

"자기 자신과의 약속을 깨버렸어. 나 그동안 정말 고기 한 번도 안 먹었거든. 빵만 먹으면서 쫄쫄 굶을 때도 있었어. 나와의 약속을 지키려고. 그런데 조금이라도 고기를 먹어버린 이상 계속 채식주의를 해도 이전처럼 느껴지지는 않을 거야. 계속 찜찜한 마음일 거라고. 너 때문에."

그 어색한 점심식사를 마치고 안나가 계산했다. 놀랍게도 안나는 내 몫까지 냈다. 미안한 마음이 더 커져서 다시 한 번 정중하게 사과를 했는데, 의외로 안나는 담담했다. 내 도발에 반응한 자기 잘못도 있다며 쿨하게 넘어가자는 식이었다. 쉽게 화내고 쉽게 용서하는 그런 스타일인가보다. 그때 아저씨가 제안했다.

"안나 씨는 숙소 예약을 안 한다고 하셨죠? 그러면 오늘 저희랑 같은 알베르게에서 머무는 게 어떨까요? 그동안 참느라고 고생하셨을 텐데, 오늘 제가 맛있는 거 해드릴게요."

안나는 기뻐하며 동의했고, 우리는 다음 마을로 이동해 아저씨가 예약한 알베르게에 체크인했다. 그리고 함께 장을 본 후 약속대로 아저씨가 요리를 했다. 안나는 마치 주인 옆에 꼭 붙어 꼬리를 흔들며 사료를 기다리는 강아지 같았다. 아저씨를 돕겠다며 주방 보조 역할을 자처했는데, 요리하는 도중 계속 이것저것 주워 먹어서 내가 먹을 게 있을까 걱정될 정도였다.

"여기 주방 화력이 좋아서 스테이크를 구워 봤어요. 안나 씨 단백질 보충도 해드릴 겸."

아저씨는 스테이크와 더불어 볶음밥과 스프를 대접했다. 다른 투숙객들은 아저씨가 차린 진수성찬을 보며 하나같이 감탄했다. 불과 몇 시간 전만 하더라도 앙굴라를 먹었다며 엉엉 울던 안나는, 잘 구워진 스테이크 앞에 침을 질질 흘리고 있었다. 그리고 마침내 스테이크 한 조각을 썰어 입안에 넣는데, 마치 요리왕 비룡의 한 장면을 보는 것 같았다. 공중제비를 돌며 춤이라도 출 것 같은 얼굴. 안나는 온갖 감탄사와 이상야릇한 신음을 섞어가며 음식들을 흡수하기 시작했다.

"너 사실은 이 때를 기다려왔던 거 아냐? 채식주의를 관둘 핑계가 생기는 걸."

그러자 입 안 한가득 고기를 씹고 있던 안나의 눈에 또 살짝 눈물이 고인다.

"소들아, 미안해…"

일부러 저러는 것 같은데. 죄책감 느끼라고. 행복한 건지, 슬픈 건지, 아무튼 복잡한 얼굴로 저녁을 먹어 치우는 안나. 방심했다가는 내가 먹을 게 모자랄 것 같아서 나도 서둘러 칼질을 했다.

"안나 씨, 여기 소들은 행복한 소들이에요. 다 방목으로 키우거든요. 육질도 조금 다르죠? 스페인식 드라이에이징 공법으로…"

또 아저씨는 고기에 대한 길고 난해한 설명을 시작했고, 안나는 묵묵히 고개를 끄덕끄덕 하면서 열심히 먹어 치웠다. 아무래도 저 둘, 음식으로 통하는 게 많은 것 같다. 마침내 그 큰 스테이크를 혼자 끝장낸 안나가 다짐하듯 말했다.

"이제부터 난 플렉시테리언이야."

"그게 뭔데?"

"채식주의자지만 가끔 고기도 먹는 사람."

"…그냥 보통 사람이라는 말이잖아?"

식사를 마친 안나는 제법 정중하게 동행을 요청했다. 아저씨랑 다니면 맛있는 걸 많이 먹을 수 있을 것 같단다. 아저씨는 물론 대환영이었고, 나는 좋을 대로라는 입장이었다. 우리는 플라스틱 컵에 담은 싸구려 와인으로 건배했다. 그렇게 두 달간 비건이었다가, 락토-오보 베지테리언이었다가, 마침내 플

렉시테리언이 된, 마치 뜨거운 아이스 아메리카노 같은 여자
가 우리의 새로운 동행자가 되었다.

안나 관찰기

동행자로서 안나를 관찰하며 알게 된 것들이 있다. 안나는
꾸미는 걸 좋아한다. 그런데 절대 안 꾸미는 척 한다는 게 포
인트다. 잠은 충분히 자고 교과서 위주로 공부했다는 서울대
생처럼 말이다. 아침에 일어나서 화장실에 가는데 여자 화장
실에서 나오는 안나와 마주친 적이 있다. 안나는 당황하다니
후닥닥 뭔가를 등 뒤로 숨긴다. 그러면 안 보이는 줄 아나? 고
데기였다. 안나는 매일 아침 머리를 따거나, 고데기로 알듯 말
듯 살짝 컬을 넣는다. 마치 원래 그런 머리결인 것처럼. 화장
도 하는데, 마찬가지로 화장한 티가 날듯 말듯 은근슬쩍 한
다. 자기는 꾸미는 것 따위는 하지 않는 쿨하고 멋진 여성이라
는 듯. 피곤할 법도 한데, 매번 남들보다 일찍 일어나서 저러
는 거 보면 그 정성이 갸륵하다.

그리고 보면 패션에도 신경을 많이 쓰는 것 같다. 순례자가
말이다. 대부분의 순례자는 기능성 옷을 입는다. 형형색색 원

색의 등산복이다 보니 패셔너블하다는 생각은 확실히 안 든다. 그런데 안나가 입은 옷들을 보면 당장 데이트를 하러 나가도 될 것 같다. 아웃도어 의류를 싫어하는 건지, 아니면 멋 부리는 걸 좋아하는 건지, 딱히 불편한 옷들은 아닌데 그렇다고 순례자라고 보기는 좀 애매한 그런 옷차림. 액션 영화 여주인공 같은 옷차림이랄까. 그런 주인공들이랑은 다르게 비 오는 날 우비 사이로 들어오는 빗물에 옷이 다 젖어서 초딩 마냥 코를 훌쩍대고 다녔지만 말이다.

사실 안나야 입만 안 열면 호감이 생기는 미인이다 보니, 반 노숙자 같은 차림의 순례자들만 보다가 잘 꾸민 안나를 보면 눈 호강도 하고 나쁘지는 않다. 다만 내가 불만이 있는 부분은, 꾸미는 거에 전혀 관심이 없는 척을 한다는 것과 심지어 이런 행위는 가부장적 남성 중심의 사회에서 여성에게 강요된 노동이라는 식으로 말한다는 거다. '꾸밈 노동'이니 뭐니 하면서. 배낭 무게 때문에 양말 한 켤레 더 챙기는 것도 고민하는 순롓길에 고데기를 가져온 주제에 말이다.

"여자가 겨드랑이 털을 안 깎는 게 잘못이야?"

"아니 잘못이라는 건 아닌데, 그냥 보는 사람 입장에서 시선 처리를 어떻게 해야할지 모르겠다는 거지."

"남자 겨드랑이 털 봤을 때도 그래?"

"남자가 팔 올려서 수북한 털 보여주면 당연히 부담스럽지. 비주얼적으로 소녀 같은 여자가 팔을 들어올렸는데 수북한 게 더 부담스럽지만."

"그게 바로 성 차별이야. 겨드랑이 털을 깎을지 말지는 오롯이 그 사람의 선택일 뿐이야."

"털 안 깎았다고 경찰이 체포해야 한다는 말이 아니잖아. 그 사람 선택은 존중하는데, 그냥 보는 사람 입장에서 깜짝 놀랄 때가 있다, 이 정도야. 왜 이렇게 민감해 해? 혹시 너도 안 깎아?"

"내가 깎든 말든 니가 참견할 일은 아니야."

"아…. 안 깎는구나. 미안해. 가급적 니 겨드랑이 의식 안 하도록 노력할게. 사실 나도 놀란 티 같은 거 내고 싶지 않은데 연기력이…"

"나 깎거든!!!"

"깎으면 깎는 거지 왜 그렇게 화를 내냐."

아직 소녀 티를 못 벗은 숙소 종업원이 팔을 올렸는데 뭔가 수북하길래, 나도 아저씨도 당황해서 쭈뼛대니까 안나가 허리를 쿡 찌르며 한 대화다. 여성 인권 문제에 할 말이 많은 고매하신 페미니스트인 건 알겠는데, 시도 때도 없이 그러니 영 피곤하다. 아저씨가 매번 진지하게 듣고 고민하는 모습을 보여주는 바람에 신나서 더 그러는 것 같다. 우리를 계몽한다는 생각이라도 하는 걸까?

독자 분들은 예상했겠지만 안나는 정치 이야기를 아주 좋아한다. 뜬금없이 시사 이슈에 대해 이야기할 때가 많다. 아무래도 그런 어렵고 심각한 이야기를 하는 자기 목소리를 듣는 게 너무 좋은 모양이다. 세상에! 온두라스에서 시위대가 경찰한테 짓밟혔대! 이럴 수가! 팔레스타인 가자 지구에서 병원이 폭격을 당했대! 오 마이 갓! 중국 정부를 비판하는 기사를 쓰던 기자가 실종당했대! 이런 식이다. 물론 여기에도 반전이 있다. 안나는 그런 이야기를 겉핥기 식으로만 한다. 그래서 아저씨와 대화하는 모습을 보면 웃긴다. 대충 그래그래 하면서 무시하는 나와는 다르게, 아저씨는 안나의 말을 곰곰이 듣고, 고민한 후, 의도하지는 않았겠지만 안나를 난처하게 만드는 질문을 던진다. 아저씨만큼 깊이 생각해보고 말하는 게 아니라, 그냥 아는 척 좀 해보려고 막 던지는 안나 입장에서는 스텝이 꼬인다.

"스페인 공주 생일이라고 저렇게 성대한 국가 행사를 하는 건 부끄러운 일이에요."

"안나 씨는 공주님이 싫은가 봐요?"

"소망, 21세기에 왕이 있고, 공주가 있고, 귀족이 있는 게 정말 괜찮다고 생각해요? 귀족 핏줄을 타고났다는 이유로 특혜를 누리는 거잖아요? 인간은 모두 평등해야죠."

아저씨는 고개를 끄덕이며 다시 숙소 TV를 쳐다봤다. 막 성인이 된 스페인 공주가 사람들의 열렬한 환호 속에 연설을 하고 있었다.

"안나 씨 말씀도 일리가 있지만, 스페인 사람들이 저렇게 좋아하는 걸요. 국민들의 사랑을 받는 왕족은 국가 단합에 도움이 되지 않을까요?"

"모든 인간이 평등하지 않은 나라에서 산다면 저는 불행할 것 같아요."

"군주제 국가에 사는 사람들의 삶의 만족도가 공화제 국가 사람들보다 높다는 연구가 있더라고요. 이건 왜 그런 걸까요?"

아저씨는 이런 식으로 안나의 허를 찌른다. 딱히 비판이나 반박을 하는 게 아니라 정말 궁금해서 묻는다는 식이다. 사실은 자기도 잘 모르면서, 가르치는 입장에서 잘난 척 하며 떠들던 안나는 이럴 때마다 얼굴을 붉히면서 앞뒤가 안 맞는 말을 하다가 화제를 바꿔버린다. 물론 재빨리 폰으로 검색해본 내가 '봐봐, 안나. 진짜 군주제 국가가 경제 안정도도 높고 삶의 만족도도 높네?' 하면서 물고늘어졌지만 말이다.

내가 안나에게 꼭 시비를 걸려고 딴지를 거는 건 아니다. 가끔은 정말로 이해가 안 되어서 물어볼 때도 있다. 한 번은 같은 숙소에 묵는 순례자가 나와 아저씨에게 중국인이냐고 물어본 적이 있는데, 안나가 인종 차별이라며 우리를 위해 항의를 했다. 그래도 동행자라고 우리 편을 들어주는 것 같아 고마워서 일단 잠자코 있었는데, 도무지 안나가 화를 내는 이유를 모르겠어서 나중에 물어봤다.

"중국인이냐고 묻는 게 왜 인종 차별이야?"

"동양인이라는 이유만으로 중국인이라고 추측한 거잖아. 당신들은 한국인인데."

"중국인 숫자가 훨씬 많으니까, 확률상 중국인이라고 추측하는 게 나쁜 건 아니잖아?"

"인종을 가지고 다른 사람의 국적을 함부로 추측하는 건 무례해. 미국같은 다인종 국가에서 나고 자란 사람이 동양인이라는 이유만으로 외국인 취급을 받으면 기분이 얼마나 나쁘겠어? 자기 나라가 자기 나라처럼 안 느껴질 거 아냐."

"그럴 수 있겠네. 그런데 동양인인 미국인을 보고, '당신은 동양인이기 때문에 진정한 미국인이 아니다' 라면서 헐뜯는 거랑, 그냥 '중국인이세요?' 하고 묻는 거랑은 전혀 다른 맥락 아닌가? 동양인 보고 중국인이냐고 묻는 거에는 나쁜 의도가 없는 것 같은데."

"무지는 악의 만큼이나 나쁜 거야."

안나는 악의 없는 언행도 충분히 인종 차별이 될 수 있다고 설명했다. 글쎄, 정말 그럴까? 동양인 보고 중국인이냐고 묻는 걸 인종 차별의 영역에 넣는 건 지나친 과장이라고 생각하는데 말이다. 특정 인종이라고 주먹질부터 하는 망나니들과 같은 인종차별주의자로 취급하는 게 정말 맞는 건가?

아저씨와 둘이 있을 때 이런 의문에 대해 상담한 적이 있다.

"안나는 걸핏하면 성 차별이다, 인종 차별이다 하면서 지적하잖습니까?"

"안나 씨가 그런 문제에 열정적이긴 하죠."

"차별하려는 의도 없이 한 언행도 차별이 될 수 있는 걸까요?"

"저도 잘 모르겠어요. 배려심이나 매너의 문제일 수는 있을 것 같은데, 차별주의자라고 하면 듣는 입장에서는 억울할 수도 있을 것 같아요."

"나쁜 의도 없이 한 언행을 도덕적으로 함부로 꾸짖는 건 잘못이라고 생각합니다. 오만한 거죠. 미국은 이런 문제로 시끄럽다고 들었습니다. PC충들이 뭐만 하면 불편하다면서 논란을 만들고, 자기들만 옳다고 그런다는데, 안나가 딱 그런 과인가봅니다. 미국인이라 그런가?"

"컴퓨터 많이 하는 분들이 그러나 봐요? 몰랐어요."

"아, 그 PC가 그 PC가 아니라, '정치적 올바름'이라는 뜻입니다. 나중에 검색해보세요. 정치적으로 올바르다는 개념을 멋대로 정하고서, 거기에 맞지 않는 걸 죄다 비판하고 교정하려고 드는 사람들을 PC충이라고 합니다. 왜 영화 주인공은 다 백인이냐, 하면서 흑인으로 대체시키고, 기독교 안 믿는 사람도 있는데 왜 메리 크리스마스라 그러냐, 해피 홀리데이라 그래라, 이런 주장도 하고요."

"또 하나 배우네요. 안나 씨도 그런 부류의 사람이라는 거죠?"

"네, 아마도요."

아저씨는 잠시 생각에 잠기더니, 말을 이었다.

"그래도 안나 씨는 역시 좋은 사람이네요."

"왜 갑자기 그런 뜬금포 결론으로?"

"그 PC라는 게 뭔지는 아직 잘 모르겠는데요. 어쨌든 미국에서 유행하는 거잖아요? '이건 올바른 거다!', '이건 나쁜 거다!' 하면서요."

"그렇죠."

"안나 씨가 만든 유행은 아니죠?"

"아마도 아닐 겁니다. 정치인이나 활동가들이 멋대로 떠드는 거일 뿐이죠."

"그러면 안나 씨는 그런 사람들의 말에 따라서 올바른 사람이 되려고 노력하는 것일 뿐이잖아요. 착한 사람이 되려고 노력하는 건 나쁜 게 아니라고 생각해요."

"그거 위선 아닙니까? 뭐가 옳은지 그른지, 여러 입장을 살피면서 스스로 고민해보지 않고, 그냥 유행에 동참하는 걸로 자기가 도덕적으로 우월한 사람이라도 되는 것처럼 포장하는 거니까요."

"선한 사람이 되려는 의도 자체는 좋은 거라고 생각해요."

안나의 거슬리는 점을 지적하는 나와는 달리, 안나의 좋은 점을 보려는 아저씨. 그런데 이런 아저씨도 안나를 거슬려 하는 것처럼 보일 때가 있었다. 도장도 찍고 구경도 할 겸 한 성당에 들렀을 때였다.

"예수야말로 가스라이팅의 원조네요."

"그게 무슨 말이에요?"

경건한 표정으로 성당을 둘러보던 아저씨가 물었다. 안나, 아저씨는 모태 신앙이야. 조심해. 충고해주고 싶었지만 그럴

새도 없이 안나가 떠들기 시작했다.

"여기 이 문구 보세요. '예수님은 우리 모두를 위해 희생했습니다'. 십자가에 못박힌 모습 보여주면서, 이게 다 너희 때문이라고 가스라이팅하는 거잖아요. 죄책감 느끼라고."

"우리 모두의 원죄 때문에 희생하신 거예요."

"제가 태어나기 2천 년 전에 벌어진 일인데, 제 죄 때문이라는 건 웃기잖아요?"

"안나 씨가 살아오면서 저지른 그 모든 죄가 이 원죄에서 출발해요. 주님은 이런 우리 모두의 죄를 용서하기 위해 예수님을 통해 죄사함을 허락하신 거고요."

"그래 놓고는 자기 안 믿으면 다 지옥 보내겠다고 협박을 해요? 그 대단한 신치고는 좀 째째하네요."

"안나 씨는 종교가 싫으신가봐요?"

"솔직히 말하면 그래요. 종교 때문에 많은 사람이 고통받아 왔잖아요. 전쟁으로 얼마나 많은 사람이 죽었어요? 아직도 중동에서는 종교 때문에 전쟁이 벌어지죠. 신의 이름으로 자행되는 차별은 어떤가요? 성 소수자들은 자신의 성 정체성이 남들과는 다르다는 이유만으로 죄인 취급을 받아요. 말로는 사랑을 실천하는 게 종교라면서, 실제로는 자신들의 편협한 마음을 정당화하는 용도로 쓰여요."

아저씨는 한숨을 쉬었다. 노골적으로 답답하다는 표현. 처음 보는 아저씨의 모습에 안나도 살짝 놀란 모습이었다.

"꼭 한번씩 있더라고요. 안나 씨처럼 자기가 원래부터 타고난 착한 사람이라고 굳게 믿는 사람들이. 안나 씨가 말하는 종교의 그 '가스라이팅'이 없었더라면, 안나 씨가 지금처럼 나름대로 선행을 하며 착한 사람이 되려고 했을 것 같아요? 오늘날 우리 사회를 지탱하는 도덕 관념, 윤리, 법 같은 게 원래부터 인간에 내재되어 있었던 본성에서 출발한다고 생각하신다면 그건 큰 착각이에요. 선사시대부터 종교는 인간이 화합해서 무리를 이루고 사회를 만들 수 있도록 하는 중요한 도구였어요. 안나 씨가 종교를 믿지 않는 건 제가 상관할 바가 아니지만, 종교가 도구적 측면에서 인류 발전에 기여해온 부분까지 폄하해서는 안 돼요. 그건 오만이에요."

뭐야 이 아저씨, 우파 유튜브라도 보시는 건가. 아저씨는 밀도 높은 말을 한 후 조금 민망한지 머리를 긁적였다. 아저씨가 슬슬 이동하실까요? 라고 할 때까지 나와 안나는 무슨 일이 벌어진 건가 싶어 멍하게 있었다.

이렇듯 천방지축인 안나지만, 우리가 안나를 알아가듯, 안나도 우리를 알아가며 서서히 일행 속에 녹아들었다. 아저씨가 요리를 할 때마다 배우겠다는 명목으로 옆에 들러붙어 음식을 주워 먹고, 식당이나 술집에 가면 주문은 무조건 아저씨의 추천을 받았다. 아저씨는 자신의 음식 사랑에 동조해주는 사람이 있어 내심 기쁜 모양이었다. 안나는 멋진 풍경이 나올 때마다 유튜브 영상에 넣으면 좋을 것 같다며 내게 촬영을 권했고, 카메라 앵글이 잘 나오는 곳으로 안내했다. 내가 촬영을 하는 동안 본인은 쪼그려 앉아 스케치북에 그림을 그리고 말이다. 특이한 사람이 있으면 인터뷰를 해보라며 끌고 오기도 했다. 대부분은 자기 소개 1분하고 더 할 말이 없어서 머뭇거리다가 어색하게 끝났지만 말이다. 하루 종일 걷고, 쉬고 싶을 때 쉬고, 배고프면 먹었다. 다양한 풍경을 보고, 여러 사람을 만나고, 이런저런 마을을 구경하는 단조롭고 평화로운 일상의 반복. 우리 셋은 이 여정을 함께 나누며 꽤 괜찮은 삼총사가 되었다.

인간의 향기

대한민국 국적의 신체 건강한 남성이라면 군대 훈련소 시절을 기억할 것이다. 그 기억이 유독 인상적으로 남아있는 이유는 딱히 아름다운 추억들로 가득해서가 아니다. 그곳에서 우리는 육체 활동으로 지친 자기 자신과 동료들의 인간성을 있는 그대로 느꼈다. 보고, 듣고, 맡았다는 말이다. 생활 습관 변화와 긴장으로 변비를 앓던 수백 명의 전우가 훈련소 입소 일주일쯤 되었을 때 화장실을 어떤 공간으로 만들었는지 기억하는가? 나는 아마 그 모습과 소리와 냄새를 평생 잊지 못할 것이다.

같은 의미에서 산티아고 순례길 역시 순례자들로 하여금 평생 잊지 못할 기억을 남겨준다. 생각해보라. 매일매일 행군을 하는 순례자들이 한 방에 모여 자는데, 훈련소 시절과 딱 유사한 상황 아닌가. 전 세계에서 모인 각기 각색의 순례자들이 저마다의 독특한 인간성을 드러낸다는 점이 차이라면 차이겠다.

한 번은 화생방 가스실 훈련이 떠오른 적이 있다. 알베르게에서 저녁 식사로 스페인식 콩 수프를 내놨던 날이다. 아마도 그 콩이 문제였을 것이다. 그 날 저녁을 먹을 때까지만 해도 우리 방 사람들은 앞으로 동행이라도 할 것처럼 좋은 분위기였다. 우리 일행 세 명이 배정받은 방은 6인실로 2층 침대 세 개가 놓인 비교적 좁은 방이었다. 평소처럼 아저씨가 1층 침대에, 내가 그 위 2층 침대에, 그리고 안나가 옆 침대의 2층에 자리잡았다. 나머지 세 자리는 싱가포르에서 온 젊은 남자, 브라질에서 온 중년 남성, 포르투갈에서 온 중년 여성으로 채워졌다. 이들은 하나같이 친근한 성격들로, 다들 여행 경험이 많아서인지 금세 친해지며 화기애애한 분위기를 만들었다. 저녁 식사 전에 이미 맥주 여러 캔을 비웠을 정도다. 자연스럽게 우리는 한 테이블에서 식사를 했고, 방으로 돌아와 기분 좋게 잠을 청했다.

그리고 냄새가 나기 시작했다. 꿈의 편린을 쫓아 슬슬 의식이 흐릿해지는데, 순간 코를 찌르고 들어오는 냄새. 방귀 냄새다. 분명 방귀 냄새는 맞는데, 내가 아는 방귀 냄새랑 뭔가 많이 다르다.

"아저씨, 주무십니까?"

"아뇨."

"이게 도대체 무슨 냄새죠?"

"어디 배관이라도 터진 걸까요? 냄새가 사라지질 않아요."

우리가 속삭이고 있는데, 옆 침대의 안나가 우리가 들릴 정도의 크기로 작게 말했다.

"으웩. 입으로 숨쉬고 있는데 공기에서 똥 맛이 느껴질 정도야."

"너 똥도 먹어 봤어?"

"비유가 그렇다는 거지. 혹시 니가 범인 아냐? 소망, 그 밑에서 괜찮아요?"

아저씨가 꼼지락거리길래 내려다보니 쌍코피라도 난 것처럼 휴지로 두 코를 막고 있었다. 그 모습을 보면서 딱히 '오버한다'라는 생각이 들지 않을 정도로 지독한 냄새였다. 정말 안나 말대로 공기에서 맛이 느껴질 정도의 농도였다. 눈도 따끔거리는 것 같다. 그냥 지독한 방귀 냄새라면 웃고 넘길 수 있는 일인데, 이건 이미 그 수준을 한참 넘었다. 보통 방귀는 잠시 지독했다가 금세 공기중에 흩어지지 않는가? 그런데 어떻게 된 게 이 놈의 방귀는 밤새도록 자기 존재감을 과시할 모양이다. 아예 터를 잡고서 떠나지를 않는다. 어느 똥꼬 출신인지 정말 독하다. 아무래도 우리만 이리 괴로웠던 건 아니었던 것 같다. 커흠 흠, 하면서 누군가가 헛기침으로 불편함을 드러냈다. 이런 수준이면 좀 나가서 뀌는 게 어떻겠냐는 질책. 아마도 브라질에서 온 아저씨인 것 같다. 후, 하면서 한숨인지 심호흡인지 모를 긴 숨을 내뱉는 소리도 들린다. 결국 포르투갈에서 온 아줌마가 침대에서 일어나 창문을 열었다. 그런데도 냄새는 나아지지 않았다.

다음날 우리 여섯은 모두 퀭한 얼굴로 알베르게에서 제공하는 아침 식사 자리에 앉았다. 밤새 뒤척이는 소리가 났으니, 다들 나처럼 잠을 설친 거겠지. 어제 저녁 그 화기애애한 분위기는 어디 가고, 아침 식사에는 어색한 침묵만이 흘렀다. 속으로 대체 누가 그런 끔찍한 생화학 테러를 저질렀는지 추리하고 있을 것이다. 나만 해도 그랬으니까. 우리는 별다른 대화 없이 식사를 했고, 그렇게 어색하게 헤어졌다. 서로 민망한 눈치였는지, 눈도 제대로 마주치지 않은 채 작별해버렸다. 재미있는 점은, 우리 셋이 출발하기 직전 브라질 출신 아저씨가 포르투갈에서 온 그 아줌마가 의심스럽다며 말을 걸어왔다는 점이다. 냄새가 우리 침대 쪽에서 왔다는데, 제정신인 이상 그런 냄새를 풍기는 인간하고 동행할 리 없으니 함께 다니는 우리 셋은 용의자 선상에서 제외되고, 따라서 안나 밑에 있던 그 포르투갈 여자가 범인이라는 거다. 글쎄, 나는 맥주를 몇 캔이나 마시고 콩 수프를 두 그릇이나 먹은 그 아저씨를 의심하고 있었지만 말이다.

물론 우리 일행도 인간이기에, 이런 인간성의 비린내에서 자유롭지는 못하다. 예를 들어 나는 코골이가 심하다고 한다. 이도 간다. 산티아고 순례에 와서 처음 알게 된 사실이다. 몸이 피곤해서 그런가? 안나의 말에 의하면 자다가 깜짝 놀라서 깰 정도라고 한다. 그동안 아무 말 하지 않은 아저씨가 대단하다나.

"아주 복합 서라운딩 스피커 수준이야. 코로 저음 베이스를 깔고, 이빨로 드럼 비트도 넣어주고. 클러빙해도 될 것 같아."

잘난 척 하다가 길바닥에서 똥을 싸지를 뻔한 적도 있었는데, 안나가 그 때 내 꼴을 봤으면 얼마나 놀려댔을지 상상하기도 싫다.

머리 까진 중년 주제에 상당히 깔끔한 편에 속하는 아저씨 역시 생리 현상 때문에 민망해 한 적이 있다. 하루 종일 비가 추적추적 내리던 날이었다. 아무리 방수 장비와 우비를 써도 이런 날에는 온 몸이 젖는다. 힘들게 숙소에 도착한 우리 일행이 체크인을 하는데, 숙소 주인이 실내에 들어오기 전 신발을 벗으라고 했다. 젖은 흙바닥을 걸어온 만큼 신발을 신고 들어가면 물기와 진흙으로 엉망이 될 테니 합당한 요청이었다. 그런데 웬 걸, 아저씨가 입구에서 이러지도 저러지도 못하고 가만히 서있는 게 아닌가.

"아저씨?"

"먼저들 들어가세요."

"왜 그래요, 소망?"

"신발 벗기가 좀 그래요. 냄새가 지독할 거예요."

하루 종일 축축한 상태로 걸은 만큼 얼른 들어가서 씻고 옷부터 갈아입고 싶었던 나는 짜증 섞인 투로 말했다.

"우리 사이에 고작 발 냄새가 대수입니까?"

"소망, 걱정 말고 벗어요!"

안나는 직접 무릎을 꿇고 아저씨의 등산화 끈을 풀기 시작했다. 아저씨는 기겁하며 물러나려고 했지만 이미 안나가 신발을 잡고 있어서 그럴 수도 없는 노릇이었다. 아저씨는 무슨 순결을 잃는 처녀마냥 눈을 질끈 감고 고개를 돌리고 있었고, 안나는 괴롭히는 게 재밌다는 표정으로 끈을 풀어헤치고 신발을 힘껏 벗겼다. 그 순간이었다. 우읍. 나도, 아저씨도, 숙소 주인도 분명히 들었다. 안나의 목 울대에서 나는 소리. 무언가가 올라오는 걸 억지로 끌어내리는 소리. 안나는 황급히 고개를 돌린 채 숨을 고르고 있었다. 무슨 일이 벌어졌는지 이해가 될 무렵, 악취가 코를 찔렀다.

"신발이 젖어서 그래요. 하루 종일 젖은 발이 갇혀서…"

아니 아무리 젖은 발로 걸어도 그런 냄새가 나지는 않죠. 이건 병원을 가셔야 할 것 같은데. 이렇게 말하지는 않았다. 아저씨는 수치 플레이라도 당하는 듯 시뻘건 얼굴로 시선을 피하고 있었다. 놀리기라도 하면 울면서 뛰쳐나갈 것이다. 일어나서 몇 걸음 뒤로 물러난 안나는 숨을 고르며 말했다.

"생리 현상일 뿐이잖아요… 괜찮아요 소망. 저 잠시 화장실 좀."

파리한 얼굴을 하고서 종종 걸음으로 화장실로 향하는 안나. 그녀의 뒷모습을 바라보는 아저씨의 눈가가 왠지 촉촉했다. 그때 숙소 주인이 비닐 봉투 두 장을 던지며 말했다.

"당신은 신발 신고 들어가. 이걸로 신발 싸서."

제대로 말리지 않은 신발이 발 냄새와 섞이면서 그런 저주받은 냄새를 풍겼던 모양이다. 다음날 아저씨는 아웃도어 용품 판매점을 찾아서 새 신발을 샀다.

안나는 어떻냐고? 멋 부리기 좋아하는 금발의 미녀도 인간은 인간이다. 사건은 부르고스에서 벌어졌다. 부르고스는 산티아고 순례 프랑스길의 중간 지점에 조금 못 미치는 곳에 위치한 도시였는데, 여태껏 지나온 도시 중 가장 큰 곳이었다. 마침 축제가 벌어지고 있었고 우리 일행은 한껏 들떴다. 광장을 따라 나있는 큰 도로에 노점상들이 늘어서서 다양한 물건을 팔고 있었고, 안나는 신이 나서 깡총깡총 뛰며 물건들을 구경했다.

"이것 봐! 친환경 수제 데오드란트래. 데오드란트 쓸 때마다 약품 냄새가 심해서 걱정이었는데, 이건 허브랑 오일로 직접 만든 거래!"

딱 안나같은 사람들을 노린 물건이었다. 왜 그런 유형 있잖은가? 아무튼 자연친화적인 건 몸에도 좋다고 믿고, 뭔가 화학적인 이름은 무조건 나쁘다고 믿는 사람들. MSG니 글루텐이니 뭔지도 모르면서 절대 안 먹겠다는 유형. 마침 포장도 갈색 재생지에 노끈이었다. 안나는 새로 산 데오드란트를 보며 오늘도 한 층 더 나은 사람이 되었다는 기쁨을 누리고 있었다.

바로 그 데오드란트가 안나를 배신했다. 다음날 안나가 세수를 하고 나오는데 아주 독한 화학 약품 냄새가 났다. 딱히 더러운 냄새는 아닌데, 절대 몸에 좋을 것 같은 냄새는 아니었다.

"너 소독약이라도 한 잔 했어? 약 냄새가 나는데."

"새로 산 데오드란트야. 향이 좀 세지? 친환경 수제 제품이라 그런가 봐."

평소 쓰던 데오드란트는 냄새가 심해서 싫었다며? '친환경 수제'라는 라벨만 붙으면 청산가리도 음미할 것 같은 여자다. 아무리 생각해도 저 냄새는 절대 친환경도, 수제도 아닐 것 같은데 말이지. 아무튼 우리는 그 날 부르고스에서 하루 쉬어가기로 했다. 마침 축제도 하고 있겠다, 그동안 쉬지 않고 걸어온 만큼 간만에 휴식하자는 데 모두가 동의했다. 우리는 각각 찢어져서 오전을 보냈는데, 혼자 도시를 둘러보며 시간을 보내는 게 퍽 즐거웠다. 우리 모두는 가끔 타인으로부터 휴식이 필요하다. 오후에 숙소에서 일행을 다시 만났는데, 사건은 여기서 발생했다. 어디 헬스장 탈의실 구석에 처박혀 있던 썩은 런닝이라도 입고있는 건지 안나에게서 아주 역한 냄새가 나는 것이다. 꼬릿꼬릿한 땀냄새가 독한 소독약 냄새와 섞여서 근처에 가면 현기증이 날 지경이었다. 본인은 자각을 못하는 건지 평소처럼 쾌활한데, 그 옆에 있는 나와 아저씨는 아주 고역이었다. 속이 안 좋아지는 냄새였다.

"안나 씨한테 말해줘야겠어요."

아저씨는 결심을 다진 듯 말했다.

"어떻게 그럽니까. 그래도 여잔데. 충격 받을 것 같은데요."

"아니에요 용석 씨. 용석 씨가 저런 상황이라고 생각해보세요. 용석 씨 입에서 아주 심한 입 냄새가 나고, 그래서 말할 때마다 듣는 사람이 몹시 괴롭고 토할 것 같은데 본인만 모르는 상황이라고요. 그런데 다른 사람들이 배려하려는 의도로 애써 모른 척 한다면 그게 용석 씨를 돕는 일일까요?"

"끔찍하네요. 저라면 알고 싶을 것 같습니다. 그런데 잠깐만. 뭐야, 저 입 냄새 나요?"

"그렇죠? 안나 씨를 위해서라도 말해줘야 해요."

"저 입 냄새 나느냐고요."

"안나 씨!"

아저씨는 내게 심각한 고민을 남긴 채 답도 해주지 않고 안나를 불렀다. 그리고는, 안나 씨 잘 들어요, 하면서 그냥 돌직구를 던졌다. 안나 씨한테 아주 역겨운 냄새가 나요. 그 데오드란트가 원인인 것 같아요. 이 말에 안나는 멍해졌다. 얼굴을 보니 안나의 존재 한 부분이 죽어버린 것만 같았다. 멋 부리며 사는 아가씨가 냄새 난다는 말을 돌직구로 들어본 적이 있을까? 잠시 후 무의식 상태에서 빠져나온 안나는 그럴 리가 없다며 안구에 습기가 맺힌 채 항변하기 시작했다. 아저씨는 아주 차분한 태도로, 아무리 따져도 사실은 변하지 않는다며 안나를 다시 설득했고. 그런 식으로 한동안 똑같은 대화가 반복되었다.

"안나 씨 냄새 나요."

"소망도 냄새 나요. 인간은 원래 냄새 나는 존재예요."

"아니에요. 안나 씨 겨드랑이 냄새는 다른 사람들한테 다 나는 그런 냄새와는 달라요. 격에 차이가 있어요."

"다들 남 냄새는 그렇게 유별나게 느끼는 거예요, 소망."

임종 환자가 죽음을 받아들일 때에는 총 다섯 단계를 거친다고 했던가. 부정, 분노, 타협, 우울, 수용. 아무래도 안나는 그 첫번째 단계를 성실히 이행하고 있는 것 같다. 영혼이 죽어버린 듯한 얼굴로 애써 현실을 부정하고 있었다. 자기는 남들과 똑같은 냄새가 날 뿐이며, 아저씨가 유별나다는 식. 아저씨는 그런 안나를 돕겠다는 선의로 안나의 냄새에 대한 어마어마한 독설을 내뱉고 있었고. 평화로운 휴일이었다.

페로

우리는 부르고스를 떠나기 전 기억에 남을 만찬을 했다. 무슨 일이 있어도 꼭 부르고스의 블러드 소세지를 먹어야겠다는 아저씨의 고집 때문만은 아니었다.

"내일부터 우리는 메세타 평원에 들어가요. 230km나 되는 허허벌판이래요. 중간중간 나오는 마을에는 딱 알베르게만 있다고 하네요. 한동안 제대로 된 식당이 안 나오니 부르고스에서 많이 먹고 필요한 물자도 보충하래요."

아저씨는 여기저기 줄이 쳐져 있고 포스트잇이 붙어있는 순례 가이드북을 보며 말했다. 스마트폰으로 검색하면 다 나오는 시대에 무겁게 굳이 그런 책자를 가져온 게 이해가 안 됐었는데, 의외로 우리 일행은 이 가이드북의 도움을 많이 받았다. 아는 만큼 보이는 게 여행이라던가. 마을이나 명소를 지날 때마다 아저씨가 가이드북에 있는 정보들을 알려준 덕분에 그냥 지나칠 뻔한 것들도 새롭게 보곤 했다. 저 건물은 500

년 전에 지어졌대요. 이건 순례자들이 말이나 당나귀에게 물을 먹이는 곳이래요. 여기는 순렛길에서 죽은 순례자들을 묻어주는 공동 묘지래요. 풍경 속에 그냥 스쳐 지나갔을 것들도 이런 말에 의해 의미를 얻게 된다.

부르고스의 특산물이라는 블러드 소시지도 가이드북 덕분에 알게 됐다. 특이한 이름 때문에 어떤 음식인지 상상하기가 힘들었는데, 그래서 식당에서 블러드 소시지가 나왔을 때 적잖이 당황했다.

"이거 순대 아닙니까?"

돼지 내장에 피, 고기, 야채 등을 채워 넣은 음식. 색깔부터 맛까지 딱 순대였다.

"순댓국 생각이 나네요. 뜨끈한 국물이 그리워요. 그런데 안나 씨는 괜찮아요?"

내장으로 만든 음식인 만큼 아저씨는 안나를 걱정했지만, 이미 그녀는 햄스터마냥 양 볼 한가득 블러드 소시지를 넣고 우물거리고 있었다. 너무 삼켜서 목이 막히는지 맥주를 벌컥벌컥 들이키고는 캬하! 하고 소리를 낸다. 며칠 전 앙굴라 먹었다고 엉엉 울던 그 아가씨가 맞나 싶다. 그동안 어떻게 채식주의를 했는지 모르겠는데, 안나는 상당한 먹보였다. 나도 순례를 하면서 음식량이 늘었지만 말이다. 그렇게 마지막 만찬이라는 비장한 각오로 실컷 먹고 마시자 어느새 하루가 저물어버렸다. 휴일의 시간은 늘 서운할 정도로 빠르다.

다음날 부르고스를 떠난 우리는 마침내 메세타 평원 지역에 접어들었다. 도시를 벗어나자 아무 것도 없이 쭉 펼쳐진 길과 언덕이 나왔는데, 조금 더 걷다 보니 어느새 우리는 사방이 지평선인 기묘한 공간을 걷고 있었다. 정말 허허벌판이라는 표현이 딱이었다. 눈 앞에 펼쳐진 건 흙길과 들판, 그리고 저 끝에 선을 이루며 맞닿아 있는 높고 파란 하늘뿐이었다.

공간에 압도되는 기분이었다. 그러고 보면 한국에는 어딜 가든 사방에 건물이 있다. 인가가 드문 시골에 가더라도 반드시 산이 있다. 내가 지평선이라는 걸 본 적이 있던가? 사방이 뻥 뚫린 이런 평원에서 낯선 행성에 불시착한 우주인이라도 된 듯한 기분을 느끼는 건 당연한 걸지도 모르겠다. 원근감, 거리감, 공간감, 평소 느껴오던 그 모든 감각이 눈 앞에 펼쳐진 이 거대한 공간에 의해 왜곡된다. 비교 대상이 없으니 저 앞에 보이는 갈림길이 실제로 얼마나 멀리 있는지 모르겠다. 그렇게 지평선 끝에 걸린 하늘을 쫓으며 우리 일행은 한동안 아무 말 없이 걸었다.

"많은 순례자가 여기서 고비를 맞는다고 해. 아무 것도 없는 평원을 며칠씩 걷다 보면 심리적으로 한계에 부딪치나 봐."

"나는 나쁘지 않은데? 한국에는 이렇게 넓고 파란 하늘이 없거든. 미세먼지 때문에 늘 회색빛이 도는데다 주변 건물들이 가리고 있어. 하늘을 보려면 고개를 완전히 들어야 해. 그런데 여기는 사방이 하늘이네."

"땅 하고 하늘, 그리고 우리 밖에 없는 것 같은 기분이 들어요. 이런 건 처음인데 속이 뻥 뚫려요."

아저씨가 내 말에 공감한다는 듯 덧붙였다. 안나는 입술을 둥글게 모으고는 고개를 끄덕였다. 나와 아저씨가 자신과 다른 관점으로 이야기를 할 때마다 저런 얼굴을 한다. 아무래도 한국인의 낯선 시각에 대해 생각해보는 듯 했다. 그때 갑자기 아저씨가 말했다.

"멍멍이다!"

지금 나이 쉰이 다 되어가는 사람이 멍멍이라는 단어를 쓴 건가. 저 앞 나무 아래 그늘에 개 한 마리와 순례자 둘이 있었다. 사방이 들판인데 홀로 서있는 나무라 유독 눈에 띄었다. 떠돌이 개를 데리고 노는 건가? 그런데 조금 더 걷다 보니 어딘가 낯이 익은 사람들이 보인다.

"어라, 저 사람들?"

놀라서 아저씨를 쳐다보는데, 아저씨는 사람들에게는 관심도 없다는 듯 그 '멍멍이'만 쳐다보고 있었다. 개를 좋아하는 모양이다. 아저씨가 물었다.

"아는 사람들이에요?"

"박튜브랑 그 동행인이잖아요. 기억 안 나요? 론세스바예스 식당에서 봤던."

"아 그 유명인!"

궁금해하는 안나에게 론세스바예스에서의 일을 설명해준 우리는 손을 흔들며 그들에게 다가갔다.

"박튜브님, 저희 기억나세요?"

우리 일행이 다가가자 박튜브는 경계하듯 눈을 게슴츠레 뜨고는 우리를 살펴봤다. 나를 보고 의심하는 눈빛, 안나를 보고 약간 놀란 눈빛, 그리고 아저씨를 보더니 낯이 익은 지 기억을 더듬는 얼굴이었다. 두 사람은 왠지 뚱하게 있는데, 떠돌이 개만이 꼬리를 흔들며 반갑게 인사했다.

"아아, 론세스바예스에서 그 오지랖!"

그제서야 기억이 났는지 박튜브의 동행인이 끼어들었다. 아저씨를 손가락으로 가리키며 말했는데, 그래도 그렇지 자기보다 한참 나이 많은 사람한테 오지랖이 뭐냐, 오지랖이. 그도 말실수를 했다고 생각했는지 멋쩍어 하며 손을 내렸다. 생각 없이 말부터 나가는 스타일인가 보다. 다행히 아저씨는 기분 나빠하기는커녕 멍멍이랑 인사하느라 바빴다. 쓰다듬고 안고,

아주 조만간 키스도 할 것 같았다.

　박튜브와 그 동행자의 행색은 특이했다. 박튜브는 위 아래로 등산복을 입고 배낭도 메고 있는 영락없는 순례자였는데, 얼굴에는 화장기가 있었다. 촬영 때문인가? 한편 동행인은 순례자라기보다는 관광지에 멋 부리고 나온 관광객 같았다. 후드티에 청바지, 운동화를 신고 있었는데 죄다 커다란 명품 로고들이 박혀 있다.

　"지난번 식당에서 봤는데 인사를 못 드렸네요. 영상 잘 보고 있습니다. 팬입니다."

　"그냥 의례상 하는 말입니까 아니면 진짜 팬입니까?"

　왠지 뼈가 있는 박튜브의 말투. 보통 그냥 감사합니다 하지 않나? 어째 심술을 부리는 것 같아 최대한 사근사근하게 말했다.

　"찐팬이죠. 일본에서 '잇쇼니 오사케 노무까' 시리즈 할 때부터 봤습니다."

　그제서야 박튜브 얼굴에는 반가움이 떠올랐다. 그의 말에 따르면 팬이라며 다가와서 나중에 인터넷에 이상한 후기나 저격 글 같은 걸 쓰는 사람이 많단다. 조심성이 많은 건지 아니면 일종의 연예인병인지는 모르겠지만, 아무튼 사람을 경계하는 듯한 느낌이었다. 방송 이미지와는 꽤 다른 모습. 내 기억으로 30대 중후반인 그는 다니던 중소기업 회사를 그만두고 유튜브를 해 대박이 난 케이스다. 누구나 주위에 하나둘쯤 꼭 있을 법한 지극히 평범하고 착한 이미지로, 그게 그의 유튜브 인기의 비결이었다. 친근한 평범남이 세계 곳곳을 여행하며 사람을 만나고, 여러 에피소드를 겪고, 가끔 망가지는 모습도 보여주는 것. 일상에 지친 평범한 사람들로 하여금, 재도 하는데 나도 언젠가 떠날 수 있지 않을까, 하며 흥미진진한 일탈을 상상하게 하는 것이다. 그런데 실제로 본 박튜브는 어쩐지 직장 상사처럼 사람을 불편하고 긴장하게 만드는 사람이었다. 유명인이라 그런가? 옆에 있던 동행인은 자신이 박튜브의 직원이라고 소개했다. 최진호라는 이름의 그는 박튜브보다 조금 어려 보였는데, 박튜브의 일거수일투족을 챙기는 모습이 꼭 비서를 보는 것 같았다.

한편 나를 제외한 우리 일행은 박튜브인지 뭔지한테는 별로 관심 없다는 듯한 태도여서 나를 당혹케했다. 안나한테 무려 100만 유튜버라고, 한국에서 유명하다고 얘기를 해줘도, 안나는 응 그렇구나 정도의 답변만 하고 떠돌이 개하고 노느라 바빴다. 아저씨도 마찬가지다. 인사를 나눈 뒤로는 줄곧 개만 쓰다듬었다. 멍멍아, 멍멍아 하면서 말이다. 그 개가 유독 친근한 편이기도 했다. 진돗개 크기 정도 되는 잡종 개였는데,

순례자처럼 조개 껍데기 목걸이를 하고 있었다. 개에게만 관심이 쏠려서 박튜브가 무안해 하지 않을까 눈치를 봤는데, 외려 박튜브보다는 최진호가 못마땅해하는 느낌이었다.

"원래 대화는 지능 수준이 비슷한 사람들끼리 하는 거랬죠. 바보들이라 개 보고 신나서 저러는 거니 신경쓰지 마세요."

내 말에 아저씨와 안나가 항변했지만 적당히 무시하고 개에 대해 물었다.

"이 개를 촬영하시려고요?"

"예, 다음 영상 소재로 다룰 생각입니다. 촬영은 이미 했고요."

박튜브가 답했다.

"실례가 안 된다면 어떤 영상인지 알려주시겠어요? 저도 여행 유튜브를 하는데 박튜브님한테 좀 배우고 싶네요."

내가 유튜브를 한다는 대목에서 박튜브의 얼굴에는 노골적인 경계심이 피어올랐다.

"유튜버예요?"

"순렛길을 소재로 여행 유튜브 한 번 해보려고요. 아직 채널도 안 만들었습니다."

내가 그간 여러 플랫폼에서 다양한 채널을 운영해왔다는 이야기는 일부러 하지 않았다. 기껏해야 구독자 도합 2만 명 정도일 뿐이고, 무엇보다 박튜브의 얼굴에서 유튜버를 적대하는 게 느껴졌기 때문이다. 누군가에 대한 폭로를 늘어놓으며 저격을 하는 걸로도 떡상을 하고 돈벌이를 하는 시대다. 박튜브쯤 되면 조심하는 게 당연한 건지도 모르겠다. 예상대로 아직 채널도 없다는 말에 박튜브는 다시 누그러졌다. 유튜브 한번 해볼 생각이라는 말을 하는 사람치고 실행에 옮기는 사람은 극소수니까. 그리고 그 중에서도 자리를 잡고 꾸준히 하는 사람은 더욱 극소수다.

"그래서 이 개로 어떤 영상을 만드셨어요?"

"순례자들 사이에서 유명한 개라고 합니다. 이야깃거리가 있더군요."

우리 일행이 귀를 기울이는 가운데, 박튜브가 이야기를 시작했다.

✻

순례자들은 그 개를 '페로'라고 불렀다. 페로는 스페인어로 '개'라는 뜻인데, 언젠가부터 그게 이름이 되어버렸다. 한국으로 치면 개의 이름이 개인 셈이다. 아마도 스페인어를 모르는 순례자들이 그 개에 대해 묻는 과정에서 오해를 해서 붙어버린 이름인 것 같다. 페로에게는 별명이 있는데, '순례하는 개'다. 누가 달아줬는지 모를 조개 껍데기 목걸이를 하고 메세타 지역을 돌아다닌다고 한다.

"그러면 그냥 길 잃은 개 아니에요?"

안나는 불쌍하다는 듯 페로의 목덜미를 껴안으며 물었다. 그런데 박튜브에 따르면 마을 주민들이 페로를 자기 집에 데리고 가려고 해도, 페로가 항상 가출을 한다고 한다.

순례자들이 산티아고 커뮤니티 사이트에 메세타 지역에서 만난 떠돌이 개 이야기를 공유하기 시작하면서 페로는 유명세를 얻게 되었다. 메세타는 프랑스길 중반부에 자리잡고 있다. 심신이 지친 순례자들은 끝없이 펼쳐진 평원을 걸으며 인내심을 시험 받는다. 많은 사람이 몸에 이상을 느끼는 게 이때 즈음이다. 물집 때문에 고생하는 사람, 관절이 아픈 사람, 허리가 말썽인 사람, 육체적 괴로움보다 정신적 괴로움을 더 강하게 느끼는 사람들도 있다. 가족에 대한 그리움부터 중년의 위기에 이르기까지. 원인도, 증세도 다양하다. 저마다의 고통을 짊어지고서 걸어가는 순례자들. 그저 지평선을 향해 끝없이 펼쳐진 길만이 모두에게 똑같이 주어진 숙제다.

"메세타를 걷는 건 명상을 하는 거랑 비슷해요. 아무 것도 없는 벌판을 혼자 걷다 보면 자기 속에 완전히 파묻혀버리거든요. 그렇게 한참을 걷는데 갑자기 눈물이 터져 나왔어요. 왜 인지는 몰라요. 마음 한 구석 어딘가에 쌓여있던 것들이 갑자기 폭발하듯 튀어나왔어요. 길 위에는 나뿐. 그래서 그 자리에 주저앉아 목놓아 울어버렸지요. 내가 왜 울고 있는지 영문도 모르면서. 그런데 그 때 어디서 왔는지 개 한 마리가 다가오는 거예요. 그 개는 위로라도 하듯 볼 위를 흐르는 눈물을 핥아줬어요. 그러더니 저를 따라오기 시작했어요. 길 잃은 개가 따라오는 건가 싶어서 마을에 가면 도움을 구하려고 했는데, 우리가 마을에 다다르자마자 개는 작별 인사도 없이 떠나가버렸어요. 그 개가 '순례하는 개' 페로였다는 걸 여기 사이트에서 알게 됐어요."

샤인이라는 이용자가 커뮤니티 사이트에 올린 글이란다. 페로는 이런 식으로 메세타 지역을 돌아다니며 여러 순례자를 만났고 그들에게 깊은 인상을 남겼다. 순례자들은 페로가 메세타에서 심적으로 힘들어하는 사람들을 돕기 위해서 그런 순례를 계속하고 있다고 주장한다. 우울증 환자나 발달장애자에게 정서적 안정감을 주도록 훈련 받은 치료견 같은 거라는 거다.

박튜브와 최진호는 이 페로의 이야기를 좀 더 알아보기 위해 메세타에 있는 마을 사람들을 인터뷰했다.

"순례자들이 음식을 나눠주니까 순례자들이 보이면 다가가는 거야. 몇 년 전 주인이 죽었거든."

"옛 주인이 알베르게를 운영했었어. 그래서 유독 순례자들을 좋아하는 건지도 모르지. 우리 마을 사람들한테는 잘 안 다가오거든. 데리고 가려고 해서 그러나?"

"미친 거야. 주인이 보는 앞에서 자살했대. 미친 개가 하는 행동을 이해하는 건 불가능하지."

마을 사람들은 저마다의 해석을 내놨지만, 페로가 왜 순례를 하고 있느냐는 질문에 분명한 답을 내놓는 사람은 아무도 없었다. 다만 전 주인이 메세타 지역에서 알베르게를 운영하던 사람이고, 몇 년 전 자살했다는 건 분명해 보였다. 상주 인구가 얼마 안 되는 지역인 만큼 유명한 가십인 모양이었다.

박튜브와 최진호는 페로의 주인이 있던 동네를 찾았다. 마을이라고 부르기도 애매한, 고작 건물 네다섯 채가 모여있는 곳으로, 하나 있던 알베르게가 주인의 죽음으로 문을 닫은 이후로는 아무도 찾지 않는 버려진 곳이 되어있었다. 도보로 한 시간 거리에 더 큰 마을이 있었기에 사람들은 전부 거기로 모이는 것 같았다. 박튜브와 최진호는 페로의 주인 이야기를 듣기 위해 주변을 살폈는데, 죄다 폐가라서 이야기를 듣기는커녕 사람을 만나는 것도 힘들 것 같았다.

"그 때 버려진 줄 알았던 건물 하나에서 웬 노인이 나왔습니다. 진호는 귀신이라도 본 줄 알고 깜짝 놀라서 욕을 하더군요. 혼자 사는 할머니였는데, 우리가 길을 잃은 줄 알고 도와주려고 했던 겁니다."

박튜브와 최진호는 그 할머니에게 페로와 그 주인을 아느냐고 물었다. 그러자 할머니의 주름 가득한 눈가에 눈물이 맺혔다. 페로의 주인, 세르히오는 할머니의 유일한 이웃이자 말상대였다. 세르히오는 메세타 지역에서 나고 자란 토박이었다. 부모는 알베르게를 운영했는데, 세르히오가 10대였던 시절 교통사고로 같이 세상을 떠나는 바람에 세르히오 홀로 남게 되었다. 옆집 이웃이었던 할머니는 그런 세르히오를 불쌍하게 여겼고, 그가 독립할 수 있도록 여러 도움을 줬다. 세르히오가 어린 나이에 알베르게의 주인이 된 사연이었다. 그게 벌써 20년도 더 된 이야기다.

알베르게를 운영한다는 건 순례만큼이나, 아니 순례 이상으로 인내심을 요구하는 일이었다. 끝없는 반복을 견뎌야 하는 일이다. 매일매일 새로운 순례자들이 찾아오고, 세르히오는 그들을 챙겼다. 순례자들이 길을 떠나자마자 침대보와 수건을 세탁하고 청소를 했다. 그렇게 한나절을 꼬박 보내고나면 곧바로 그 날 순례자들에게 대접할 저녁거리를 준비한다. 이윽고 순례자들이 도착하고, 그들을 챙기다 보면 어느새 밤이다. 그게 세르히오의 하루였다. 매일매일, 월화수목금토일, 똑같이 반복되는 하루. 알베르게 문을 닫는 겨울을 제외하면, 세르히오의 십여 년은 그 반복 속에 흘러갔다.

"세르히오는 아마 불행했을 겁니다. 본인은 자각하지 못했을 수도 있겠지만, 할머니 말로 유추해보건대 그에게는 아무 욕망도, 목표도 없었던 것 같더군요. 어느 날 죽어버린 부모로부터 물려받은 알베르게를 매일매일 운영하면서, 그저 반복 속에 자기 마음을 죽여간 거겠죠. 손님을 안 받는 겨울에도 그 텅 빈 알베르게에 홀로 지내며 술만 마셨다고 합니다. 말을 걸어오는 사람은 기껏해야 그 할머니 정도뿐이었고. 모르긴 해도 아마 우울증이 있었을 겁니다."

매일매일 새로운 여행자들이 오고, 그들의 수발을 들고, 그들을 떠나 보낸다. 행복에 겨운 그들의 뒷모습을 보며 세르히오는 어떤 기분이었을까. 하나 확실한 건, 세르히오가 괴로워 보였다는 거다. 그리고 그런 괴로움을 나눌 사람조차 없었다. 가족을 만들기는커녕 사랑을 찾을 기회조차 없는 삶. 애초에 세르히오를 제외하면 젊은 사람이 없는 동네기도 했다. 어린 시절 부모가 죽은 이후부터 느껴오던 고독은 그렇게 세르히오의 일부가 되었다. 혼자인 게 당연했기에 외로움을 느끼지도 않는 것 같다는 생각이 할머니를 괴롭혔다. 그런 세르히오를 위해 어느 날 할머니가 무작정 데려온 강아지가 바로 페로였다.

"세르히오는 처음에는 그 개를 거절했었네. 개 같은 거 키울 여유가 없다고 그랬지. 이름조차 지어주지 않았어. 하지만 쫓아내지는 않았다네. 갈 곳 없는 강아지에게 잘 곳과 음식을 줬지. 조금씩 마음을 열었던 걸 게야."

할머니의 말이다. 할머니는 페로가 세르히오의 외로운 삶에 위안이 되어주기를 바랐다. 실제로 세르히오는 페로와 놀아줄 때 즐겁게 웃곤 했다. 하지만 몇 년 후, 그는 스스로 목숨을 끊어버렸다.

"어느 겨울날 개가 낑낑거리며 우는 소리가 들렸다네. 창문을 보니 웬 일인지 알베르게의 문이 닫혀 있고, 개가 안으로 들어가려고 문을 긁고 있었다네. 그릇에 고깃덩이가 놓여있었는데 쳐다도 보지 않고 필사적으로 문을 열려고 하더군. 뭔가가 이상해서 문을 열고 들어가봤는데 거기에는…"

할머니는 말을 잇지 못했다고 한다. 아이고, 불쌍한 녀석, 하면서 그저 오열했다. 세르히오는 목을 매고 죽어 있었다. 그 이후 페로는 할머니가 돌보려고 했다. 그런데 페로가 이를 거부했다. 굳게 닫힌 알베르게의 문 앞을 고집스럽게 지켰다고 한다. 할머니의 집으로 데려오려고 음식을 가지고 유인해봤지만, 그릇을 비우고 나면 늘 다시 밖으로 나가려고 했다. 결국 할머니는 페로가 춥지 않도록 알베르게 문 앞에 상자와 담요를 두는 걸로 타협했다.

겨울이 지나고 봄이 왔다. 배낭을 멘 순례자들이 동네를 지나갔다. 그런데 웬 걸. 알베르게 앞에서 꼼짝 않던 페로가 순례자들을 보자마자 꼬리를 흔들며 그들을 따라가는 게 아닌가. 할머니는 차라리 다행이라고 생각했다. 페로는 며칠에 한번씩 세르히오의 알베르게에 돌아왔고, 그때마다 할머니에게 인사했다. 페로는 건강해 보였다. 순례자를 따라다니는 페로에게 조개 껍데기 목걸이를 해준 것도 할머니였다.

"페로가 왜 순례자들을 따라다니는 건지 물어봤는데, 할머니도 모르겠다고 했습니다. 다만 며칠에 한번씩 꼭 세르히오의 알베르게로 돌아온다고 합니다. 자기 집에 돌아오는 건지, 할머니에게 인사를 하러 오는 건지는 모르겠지만요. 마침 할머니랑 이야기를 나누던 그 때 페로가 돌아왔습니다. 할머니에게 달려와 애교를 부리더군요. 그리고 우리가 떠날 때 우리를 따라왔습니다."

박튜브가 이야기를 마치자 잠깐 침묵이 흘렀다. 우리 모두는 그의 이야기를 숨죽여 듣고 있었다.

"페로야!"

침묵을 깬 건 안나였다. 안나는 감정이 복받치는 듯 콧소리를 내며 페로에게 안겼다. 누나 따라올래? 누나랑 같이 살까? 하면서 부담스러울 정도로 페로에게 들이대는 안나. 아저씨는 뭔가 훈훈한 장면이라도 보는 듯 눈시울을 붉히며 둘을 바라보고 있었다. 박튜브는 약간 어이없다는 표정이었고, 최진호는 감수성이 참 풍부한 일행이라며 감탄했다.

"그러면 결국 페로가 왜 순례를 하는 건지는 아무도 모르는 거네요?"

내가 묻자 최진호가 말했다.

"개의 마음을 읽는 기술이 등장하지 않는 이상, 그건 우리의 상상으로 채워나갈 부분이겠죠."

"알베르게를 운영하던 세르히오와의 추억 때문에 순례자들을 따라다니는 게 아닐까?"

안나가 말했다.

"주인이 우울증으로 그렇게 갔으니까…. 힘들어하는 사람들을 보고 도와주려고 하는 건 아닐까요?"

아저씨가 말했다.

"그러면 준비하시는 유튜브 영상도 이렇게 열린 결말이겠네요."

저마다의 추측을 내놓는 가운데 내가 말하자 박튜브가 답했다.

"아, 그건 아닙니다. 사람들은 결말이 분명한 이야기를 원합니다. 대중은 고민하는 걸 좋아하지 않죠. 그런 영상은 조회수가 안 나옵니다. 문제 의식을 제기하는 사회 비평 영상에서는 누굴 욕하면 되는지 돌 던질 대상을 알려줘야 하고, 무언가를 리뷰하는 영상에서는 그 물건이 좋은지 나쁜지 분명하게 말해줘야 합니다. 이런 이야기를 소개하는 영상에서는 웃음이든, 감동이든, 슬픔이든 확실한 테마를 정하고서 결말을 줘야 하죠. 그래서 페로의 이야기는 약간 각색을 할 생각입니다."

그러자 아저씨가 물었다.

"그래도 괜찮을까요? 사실을 왜곡하는 게 될 수 있잖아요."

"여기서 '사실'이라는 게 뭡니까? 애초에 '순례하는 개'라는 별명도, '페로'라는 이름도 순례자들이 멋대로 붙인 것뿐입니다. 우리가 사실로 아는 건 세르히오라는 알베르게 주인이 죽었고, 그의 개가 떠돌이가 되었다는 것뿐이죠. 하지만 사람들은 이 개가 순례를 한다고 믿고, 또 지친 순례자들을 위로한다고 믿습니다. 저도 그런 믿음을 바탕으로 이야기를 만들 뿐입니다."

박튜브는 페로를 부드럽게 쓰다듬으며 말을 이어갔다. 개를 바라보는 그의 눈에는 잠깐이었지만 따뜻함이 스쳤다.

"설령 그게 진실은 아닐지언정, 이 떠돌이 개 페로의 여정에 도움을 줄 수는 있을 겁니다. 순례자들을 귀찮게 하는 흔해빠진 유기견보다, '순례하는 개'라는 유명한 개가 더 좋은 대접을 받을 테니까."

 박튜브

우리 일행은 자연스럽게 다음 마을까지 박튜브, 최진호와 함께 걷게 됐다. 그들이 딱히 동행을 반기는 것 같지는 않았지만, 어차피 길은 하나뿐이다. 졸지에 거물 유튜버와 함께 순렛길을 걷게 된 거다. 들뜰 만도 한데 아저씨와 안나는 페로가 따라온다는 사실에 더 기뻐하는 눈치였다.

박튜브, 최진호와 동행한다는 설렘이 짜증으로 바뀌는 데까지 걸린 시간은 놀라울 정도로 짧았다. 둘은 시도 때도 없이 카메라를 들이대며 사진과 동영상을 찍어댔다. 멀쩡하게 걷던 박튜브가 갑자기 쩔뚝거리며 막 마라톤이라도 마친 사람처럼 혼이 담긴 연기를 하는데 최진호가 그걸 동영상으로 찍고 있었다. 우리 일행이 카메라 구도 속에 들어가지 않도록 저리 가라고 짜증스레 손짓까지 하면서 말이다. 괜찮은 풍경이 나올 때마다 박튜브는 자연스러운 듯 아주 작위적인 포즈를 취했고 최진호는 더욱 다채로운 자세로 이를 촬영했다. 박튜브의 다리가 길게 나오도록 땅바닥에 아예 엎드려서 위를 향해 찍는다거나 하는 식으로. 놀라운 점은 이 모든 걸 서로 상의 한 마디 없이 자동적으로 한다는 거다. 박튜브가 걷다 연기를 하거나 포즈를 잡으면 최진호가 곧바로 카메라를 들어올렸고, 반대로 최진호가 카메라를 들어올리면 박튜브는 곧바로 자세를 잡았다. 환상의 호흡이었지만 함께 걷고 있는 우리 일행은 안중에도 없는 모양이었다. 우리는 그때마다 걸음을 멈추거나 카메라를 피해 숨어야 했다. 자꾸 걷다 서다를 반복하는데 오죽하면 페로도 지치는지 한숨을 쉴 정도였다. 박튜브와 최진호에게는 모든 게 콘텐츠였고 전시 대상이었다. 그중 연출되지 않은 자연스러운 모습은 하나도 없었다는 게 아이러니.

박튜브가 멘 배낭의 진실을 알게 됐을 때 그리 놀라지 않을 수 있었던 것도 박튜브라는 사람을 어느정도 파악했기 때문이다. 간만에 그늘이 보여 우리는 잠깐 쉬어가기로 했는데, 배낭을 푸는 박튜브의 모습이 영 이상했다. 배낭에 무게감이 전혀 느껴지지 않는 동작. 알고 보니 박튜브의 배낭은 비어 있었다. 부피를 위해서 에어백을 넣어뒀다고 한다. 진짜 짐은 캐리어에 담아서 운송 서비스를 이용해 매일 예약해둔 숙소로 이동시킨단다. 순롓길에 와보니 의외로 이 운송 서비스를 이용하는 사람이 많았는데, 가짜 배낭을 메고 다니는 건 박튜브가 처음이었다. 게다가 박튜브와 최진호는 평소에는 택시를 타고 다닌다고 한다. 필요한 장면들을 찍고 차로 이동하는데, 오늘은 페로 때문에 걷게 되었다고. 그늘에서 쉬던 최진호는 어떻게 매일 이렇게 걷는 거냐며, 시간 낭비에 에너지 낭비라고 빈정대기까지 했다. 나와 아저씨는 어이없는 얼굴이 되었고, 안나는 노골적으로 못마땅한 얼굴이 되었다.

말하자면 박튜브는 연기다. 카메라 앞에서 충실히 자신의 캐릭터를 연기하는 배우라는 말이다. 지금 그의 캐릭터는 순롓길에 오른 여행가이다. 갖은 고생을 하며 인생의 참된 의미를 깨닫는 그런 순례자 말이다. 그는 이 연기를 위해 현지 촬영에 왔고, 꼼꼼하게 소품도 챙겨왔다. 등산복과 등산화, 그리고 빈 배낭. 박튜브는 우리에게 이를 딱히 숨기려 하지도 않았다. 하긴, 배우가 소품을 쓴다 한들, 우리가 이를 못마땅하게 여길 이유가 있을까? 내가 유튜브로 봤던 박튜브와 실제 박튜브는 말투부터 성격에 이르기까지 완전히 다른 사람이었고, 그는 이중인격자가 아닐까 싶을 정도로 자신의 실제 모습과 동떨어진 유튜브 캐릭터를 완벽하게 연기한다는 점에서 내심 존경심마저 들 정도였다. 그런데 아저씨는 아무래도 할 말이 있는 것 같았다.

"연기 말고 박튜브 님의 진솔한 모습을 보고 싶어하는 사람도 있지 않을까요?"

아저씨는 조심스럽게 물었고, 박튜브는 잠시 아저씨의 얼굴을 지긋이 쳐다보고는 다른 이야기를 하듯 말했다.

"옛날에는 드라마에서 악역을 연기하는 배우가 길을 가다가 욕을 먹는 일이 종종 있었다고 합니다. 극중 악역 캐릭터와 배우라는 직업을 가진 현실 속 인간을 구분하지 못하는 사람들이 화를 내며 욕을 했던 거죠."

박튜브는 말을 잠시 끊고 목을 축였고, 그래서 우리 일행은 그가 무슨 말을 하려는지 이해하지 못한 채 의미를 곱씹었다. 박튜브가 말을 이었다.

"그 '진솔한 모습'이라는 게 도대체 뭡니까? 사람들은 유튜브 속 박튜브와 현실의 저를 구분하지 못합니다. 유튜브에서의 제 모습이 현실 속 저와 100% 똑같을 거라고 생각합니다. 제 구독자들은 전부 유튜브 캐릭터 박튜브의 언행을 보면서 '진솔한 모습'이라고 합니다. 여기에 실제 제 모습, 그러니까 신경질적이고 예민한 모습이나, 보시다시피 이런 싸가지 없는 모습 같은 게 조금이라도 비춰지면 실망감들을 표현합니다. 자기들이 기대하는 박튜브의 모습이 아니니까."

"익숙하지 않아서 그런 게 아닐까요? 저는 박튜브 님 유튜브를 안 봐서 잘 모르겠지만, 실제 모습도 멋지신데요. 말씀도 잘 하시고."

아저씨의 따뜻한 말에 박튜브는 어쩐지 쓸쓸하게 웃었다.

"얼마 전 제가 큰 돈을 벌었다는 기사가 나간 적이 있습니다. 그 때 대규모 구독 취소 운동이 벌어졌죠. 실망했다, 초심을 잃었다, 잘난 척 하지 마라, 어쩌고 저쩌고. 직원을 줄여야 할 정도로 큰 위기가 왔었습니다. 내가 열심히 살아서 번 돈을 가지고 왜 난리들인지는 모르겠지만, 아무튼 그건 박튜브가 아니랍니다. 애초에 돈 벌려고 유튜브를 시작한 거였는데, 박튜브 보고 초심으로 돌아가랍니다. 그 때의 진솔한 모습이 좋았다고요. 화면 안에서 좌충우돌 사고치고, 사서 고생하고, 바보처럼 헤헤 웃는 찐따 같은 모습들. 질투나 시샘이 생기지 않는 만만한 이미지. 그게 박튜브입니다. 그리고 그게 제 진솔한 모습이랍니다. 이게 무슨 말이냐면, 유튜브의 박튜브와 현실의 저는 완전한 별개의 인물이라는 겁니다. 그리고 박튜브의 진솔한 모습이라는 건 대중이 정하는 거고요. 저는 이걸 충실히 연기할 뿐입니다. 제가 그 역할을 잘했는지 못했는지는 영상마다 조회 수가 아주 냉정하게 알려줍니다. 박튜브가 아닌 저 자신은 여기에 낄 자리가 없습니다. 껴서도 안 되고."

그리고 박튜브는 뼈가 있는 한 마디를 보탰다.

"여러분만해도 저를 박튜브라고 부르고 계십니다. 그게 이름인 것처럼요. 그리고는 제 '진솔한 모습' 이야기를 하시는군요."

아저씨는 아차 하는 얼굴이었다. 박튜브는 확실히 뭔가 쌓인 게 있는 모양이다. 아니면 그냥 속이 배배 꼬인 사람이거나. 아저씨는 또 침중한 얼굴로 고민에 들어갔고, 그래서 내가 끼어들었다.

"영화나 드라마랑은 다르게 유튜브는 일상의 모습을 보여준다는 느낌이 강하잖아요? 연기가 아니라 사는 모습을 그대로 보여준달까. 예능에 나오는 연예인들처럼요. 순례자를 연기하는 게 아니라, 박튜브가 실제 순례를 하는 모습을 보여주는 게 더 자연스럽지 않았을까, 아저씨는 뭐 이런 뜻이었던 것 같습니다."

"예능에서 자기 집 살림살이 보여주는 연예인들이 진짜 자기 모습을 보여준다고 생각하시나요? 관심으로 먹고 사는 사람들이 카메라 앞에서 진짜 자기 모습을 보여준다?"

"요즘 예능은 거의 다 그런 스타일이던데. 화장도 안 하고 나와서 그냥 먹고 사는 모습 보여주는 식."

"유튜브 영향 때문에 방송가 컨텐츠도 그렇게 변하기는 했습니다. 일상을 연출하는 것. 그게 유튜브의 기믹이죠. TV 속 세상에 존재하는 연예인이 아니라 우리와 같은 공간에서 일상을 살아가는 사람들. 이게 시청자들이 더 공감하는 소재입니다. 그리고 단언하는데, 그런 일상 예능이나 유튜브에서 자기 본 모습을 있는 그대로 아무 여과 없이 보여주는 사람은 단 한 명도 없습니다. 평범한 일반인이 인스타그램에 사진을 올릴 때조차 연출을 합니다. 자신의 삶에서 남에게 전시할 만한, 보여주고 싶은 극히 작은 일부를 과장하고 포장하고 치장해서 올립니다. 그런데 일상 모든 걸 아무렇지도 않게 만인 앞에 내놓는다? 물어보죠. 누가 지금 그쪽 핸드폰 앨범에 저장돼있는 개인적인 사진 전부를 인스타그램에 전체 공개로 올린다 그러면 어떨 것 같습니까?"

"엄마가 제 직박구리 폴더 발견했을 때의 악몽이 떠오릅니다."

"그것보다 훨씬 끔찍할 겁니다. 전시의 대상이 '모두'니까요. 다 그런 겁니다. 우리 모두는 자신의 진짜 모습을 부끄러워합니다. 인간은 추하니까요. 컨텐츠로서 남 앞에 자기 모습을 보일 때는 모두가 연출을 하고 연기를 합니다. 그리고 할 거면 제대로 하는 게 맞습니다. 특히 저처럼 수많은 불특정 다수를 상대로 얼굴을 파는 사람은 더욱 그렇습니다. 캐릭터와 자기 자신의 경계를 제대로 구분하지 못하면 힘들어집니다. 온라인은 아무 이유 없이 남을 미워하려는 사람들로 가득하죠. 남에게 상처를 줌으로써 자기 삶에 위안을 얻으려는 인간들이 얼마나 잔인해질 수 있는지 아십니까? 유튜브의 박튜브는 제가 연기하는 캐릭터일 뿐, 저 자신이 아닙니다. 인터넷에서 사람들이 씹고 뜯고 즐기는 박튜브도 저 자신이 아닌 캐릭터입니다. 그 경계를 분명히 하는 건 자기 자신을 지키는 방법이기도 합니다. 그게 프로 의식입니다."

하나 확실한 건, 현실 박튜브는 절대 말싸움에서 안 지려는 타입이라는 거다. 그의 말을 가만 생각해보면 궤변인 것 같은데 말이지. 그래서 순례하는 척 힘든 연기로 시청자들을 속이는 게 옳다는 건가? 그런데 아저씨는 박튜브를 보며 진정으로 안쓰럽고 안타깝다는 표정을 하고 있었다.

"어떻게 들리실 지는 모르겠지만, 박튜브 님은 사람한테 실망을 많이 하셨네요."

아무튼 박튜브가 말한 그 '프로 의식'이라는 건, 그가 뜬금없이 안나를 섭외할 때도 느낄 수 있었다. 목적지인 마을에 거의 다 왔을 때쯤, 박튜브는 아주 유창한 영어로 안나에게 말을 걸었다.

"두 유 노 BTS?"

"케이팝 보이 밴드? 잘은 몰라."

"한국 드라마 같은 건 보니?"

"들어본 적은 있는데 직접 본 적은 없어. 재미있어?"

"딱히. 그러면 한국에 대해서 아는 건?"

"소망, 용석한테 들은 것 정도?"

박튜브는 최진호와 잠시 의논을 하더니 안나에게 물었다.

"너 인터뷰할래?"

"이미 용석이 하자고 한 거 거절했는 걸. 할 말이 없어. 대단한 사연도 없고."

"아니, 스토리는 우리가 만들 거야. 너는 그냥 연기를 하면 돼. 이름도 가명으로 쓰고."

"뭘 하면 되는데?"

박튜브는 안나에게 어떤 연기를 하면 되는지 차근차근 설명해주기 시작했다. 설명을 듣는 안나의 표정 변화가 인상적이었는데, 무슨 의도인지 이해가 잘 안 된다는 듯 고개를 갸웃거리며 듣다가, 진심이냐고 따지는 듯한 얼굴로 바뀌었고, 급기야 분노했다.

"말도 안 돼. 완전 사기극이잖아. 게다가 뭐야 그 내셔널리즘은?"

"전문 용어로 '국뽕'이라고 하는 거야. 아주 잘 먹히는 소재야."

"절대 안 해."

안나는 생각할 가치도 없다는 얼굴이었는데, 그래서 박튜브가 다음 말을 꺼내자 급 당황했다.

"200 유로 줄게. 딱 10분 촬영하고 200 유로야."

냉큼 승낙하는 게 민망했는지 안나는 기어들어가는 목소리로 흥정을 시도했다.

"…300유로."

"200유로. 싫음 말고."

안나는 변비에 걸린 사람이 변기 위에서 짓는 표정으로 한참을 끙끙거리다가 마침내 고개를 끄덕였다. 그렇게 거래가 성사되었다. 안나는 여전히 꺼림칙하다는 표정이었지만, 최진호가 돈을 건네주자 결심을 굳힌 듯 뭘 하면 되는지 이것저것 묻기 시작했다. 할 때는 제대로 하는 게 안나다. 그리고 잠시 후 우리는 박튜브와 안나를 촬영하는 최진호 옆에 서서 카메라에 담긴 안나의 모습을 구경했다. 카메라 디스플레이 속에는 완전히 다른 모습의 여인이 있었다.

묵묵히 길을 걷고 있는 박튜브. 그에게 웬 금발의 미녀가 다가온다. "저기요." 조심스럽게 박튜브의 어깨를 두드리는 여성. "혹시 한국인이세요?" 여성이 묻자 박튜브는 당황하며 답한다. "네, 어떻게 아셨어요?" "저 BTS 팬이에요. 한국 드라마도 너무 좋아해요. 한국인은 딱 보면 알 수 있어요." 여성은 수줍은 듯 얼굴을 살짝 붉히며 말했다. 나와 아저씨는 어안이 벙벙해서 서로를 쳐다봤다. 저거 안나 맞죠? 저런 표정도 짓네요? 화면 속 여인은 카메라를 쳐다보더니 빙긋 웃으며 물었다. "유튜버예요?" 최진호는 그녀의 얼굴이 잘 보이도록 클로즈업했다. "나도 찍어줄래요?" 그러더니 그녀는 자기 소개를 시작했다. 이름은 베티란다. 한국을 너무 좋아해서 곧 한국으로 이직을 할 생각이라고. 한국인 친구를 많이 사귀고 싶댄다. 카메라 화면 속에는 뭇 한국인 남성들의 가슴에 불을 지를 이상적인 외국인 여자 친구가 있었다.

박튜브가 아저씨한테 받아둔 초코파이를 베티가 감탄하며 맛있게 먹는 장면. 박튜브에게 여자친구 있느냐고 베티가 묻는 장면. 그리고는 심지어 BTS 누구 닮았다며 들이대는 장면까지. 저러면 BTS 소속사에서 소송 안 거나? 아무튼 카메라로 본 안나는 한국인 남성들의 희망과도 같은 존재였다.

"'잇쇼니 오사케 노무까' 시리즈도 이렇게 만들어졌던 거구나…"

어딘가 허탈하게 들리는 내 혼잣말에 최진호는 피식 웃으며 말했다.

"다 주작인 건 아녜요. MSG가 약간 뿌려졌을 뿐이지."

*

그 날 오후 우리가 도착한 마을의 이름은 호르니요스 델 까미노라는 곳이었다. 마을이라고 부르기도 애매한 곳이었는데, 사방이 허허벌판인 메세타 평원의 순롓길을 따라 양 옆에 건물 몇 개가 모여 있는 곳이다. 바 겸 식당 하나, 슈퍼 하나, 알베르게 두어 개가 전부다. 우리가 마을 어귀에 도착하자, 듣던 대로 페로는 그 자리에 멈춰섰다. 자기는 여기까지만 동행하겠다고 알리는 듯한 모습. 일행들은 각각 페로에게 인사했고, 페로는 가만히 꼬리를 흔들며 이를 지켜봤다. 그런데 유독 안나가 다가가자 마치 안아달라는 듯 안나의 무릎을 짚고 두 발로 서는 페로. 그 모습에 안나는 무너지듯 쪼그려 앉아 페로를 안았고, 페로는 안나의 얼굴을 핥았다. 그새 안나한테 정이 든 건가? 안나는 페로를 떠나 보내는 게 힘든지 데려가고 싶다는 말을 반복했다. 그런데 박튜브가 단호한 말투로 끼어들었다.

"끝까지 책임질 자신 없으면 섣불리 손을 내밀면 안 돼."

박튜브가 혼잣말처럼 한 말에 안나는 잠깐 심각한 얼굴이 되었고, 잠시 후 결심을 굳힌 듯 페로에게 작별 인사를 했다.

"내가 너를 데리고 가면 무책임한 짓이 될 거야. 행복해야 해."

안나는 페로의 이마에 키스를 하고서 그대로 뒤돌아 걸음을 재촉했다.

얼마 안 가 박튜브와 최진호도 작별 인사를 했다. 들어보니 순례자 숙소가 아니라 다른 어딘가에서 묵는다고 한다. 어딘가에 개인실을 예약해둔 곳이 있는 모양이다.

"따로 작별 인사는 하지 않겠습니다. 워낙 좁은 마을이라 또 만날 것 같으니까요."

휴, 다행이다. 박튜브가 선수 쳐서 딱 잘라 말한 덕에 서로 뻘쭘하게 눈치만 보는 어색한 인사 장면이 연출되지는 않았다. 그렇게 우리는 대수롭지 않게 만났던 것처럼, 대수롭지 않게 헤어졌다. 순례자들의 만남과 헤어짐은 대개 이런 식이다.

"배들 안 고파요? 우리 밥부터 먹어요."

아저씨의 제안. 강력한 동의를 보내는 안나. 그래서 우리는 체크인하기 전에 식당부터 가기로 했다. 점심이라기에는 너무 늦고, 저녁이라기엔 조금 이른 식사. 애매한 시각이었지만 호르니요스 델 까미노의 유일한 식당은 이미 제법 붐비고 있었다. 일행과 함께 식당 구석에 들어가 자리를 잡는데, 한 벽면에 이상한 게 눈에 들어왔다.

"아저씨 저거 보세요."

"시가 있네요? 그것도 한글로"

식당 한 벽면에는 누군가 크게 한글로 써둔 시가 걸려 있었다. 아저씨는 궁금해하는 안나를 위해 카메라 번역기를 켜서 보여줬다.

*

여기서부터 산티아고

양경희

빠르지 않아도 괜찮아
멈추어 있는 시간은 보여줄 거야
흐르는 하늘색과 파도 치는 금빛 갈대를

아프고 힘들어도 괜찮아
시련이 없었다면 알지 못했을 거야
나무 그늘의 응원과 햇살의 보듬어줌을

비싼 시계가 없어도 괜찮아

행복을 위해 내어줄

빛나는 시간을 가지게 되었음을

* Hornillos del Camino의 식당에 실제로 붙어있는 순례자 양경희 씨의 시

❋

"정말 아름다운 시야."

"번역기로 이해가 되긴 해?"

"원래 시라는 건 머리가 아니라 가슴으로 이해하는 거야. 언어를 뛰어넘어서 전달되는 게 있어. 너는 단순해서 모르겠지만."

안나는 갑자기 또 감수성 많은 여인이 빙의되어 시에 찬사를 보내기 시작했다. 정말 번역기로 시를 이해하는 게 가능하긴 한 건가? 아니면 이해한 척을 하는 건가? 벽에 적힌 손 글씨를 느끼기라도 하려는 듯 시가 적힌 하얀 벽을 매만지기까지 했다.

"야, 너 손 씻었어? 때 묻어!"

분위기를 망치는 나를 흘겨본 안나는 이내 자기 손이 진짜 더럽다는 걸 깨닫고는 민망해 하며 화장실로 쪼르르 달려갔다. 하루 종일 흙바닥을 걷고, 개랑 껴안고 뽀뽀까지 했으니 당연히 더럽지. 그 와중에 아저씨는 아랑곳 않고 시를 감상하

고 있었다.

"양경희라는 분, 시인일까요? 메세타를 걷는 순례자의 마음이 그대로 담겨 있네요."

"여기서 생뚱맞게 한글 시를 보게 될 거라고는 생각도 못 했습니다."

식사를 마치고 숙소에 도착한 우리 일행은 평소보다 좀 더 지친 상태였다. 페로를 만났고, 박튜브와 최진호를 만났다. 육체적 피로야 평소랑 크게 다를 게 없었지만, 많은 대화를 나눈 덕에 서로에게 좀 지쳤다고 표현하는 게 맞겠다. 그래서 우리는 각자 휴식하기로 했다. 아저씨는 침대에 누워 책을 읽었고, 안나는 음악을 들으며 요가를 했다. 나는 빨래를 한 후 스마트폰을 뒤적이며 뒹굴거리다가 홀로 나와 아까 식당으로 향했다. 맥주 한 잔이 생각나서다. 마을에 있는 유일한 바이자 식당. 길 위에서 스쳐 지나간 순례자들이 앉아서 식사와 술을 즐기고 있었다. 그 중에는 구석에서 홀로 맥주를 마시고 있는 박튜브도 있었다.

뭐가 그리 못마땅한 건지, 살짝 인상을 쓰고서 스마트폰 액정을 쓸어내리고 있는 박튜브. 유튜브의 박튜브 말고, 순렛길에서 만난 박튜브가 자주 짓는 표정이다. 그의 앞에는 한 모금쯤 마신 맥주잔이 놓여 있었다.

"또 만나네요. 옆에 앉아도 될까요?"

박튜브는 화면에서 눈을 떼는 시간마저 아까운 지 나를 힐 끗 쳐다보고는 고개를 끄덕인 후 곧바로 다시 폰을 응시했다. 자리에 앉아서 가장 싼 생맥주를 주문하고는 나도 괜히 멋쩍 어서 폰을 뒤적였다. 이윽고 맥주가 나오고, 한 모금, 두 모금. 차라리 다른 곳에 앉을 걸, 어색한 침묵이 고통이 되어갈 때 쯤 박튜브가 입을 열었다.

"할 말 있어서 앉은 거 아닙니까?"

보통은 오늘 날씨가 좋아서 다행이네요, 라든지, 여기 맥주 맛 별로죠? 라든지. 이렇게 친근한 말로 대화를 시작하지 않 나? 그래야 나도, 아 예 오늘 날씨가 쨍쨍한 게 피부암 걸리기 딱 좋았죠, 라든가, 보리차랑 오줌으로 칵테일을 만든 맛이네 요 같은 무난한 말들로 대화를 이어갈 것 아닌가. 그런데 박 튜브는 134번째로 들어온 취준생을 대하는 면접관 같은 사무 적이고 심드렁한 태도로 물었다. 할 말 있는 거 아니었느냐고. 박튜브에게 다가오는 사람들은 늘 용건이 있었던 거겠지.

"딱히 할 말이 있는 건 아니었는데, 아무 말이라도 할까 요?"

박튜브는 그제서야 폰이 아니라 내 얼굴을 쳐다봤다. 뭐 이 런 놈이 다 있나, 내가 그렇게 한가해 보이나 하는 표정으로.

영 불편한 분위기라 돌직구를 던졌다.

"저보다 나이 많으신데 말 놓으시죠. 그래야 저도 편합니다."

"어, 그래."

아저씨랑은 정반대의 반응이다. 아저씨 보고 말 놓으라고 했을 땐 아니 그래도 어떻게 그러겠느냐며 호들갑을 떨며 거절했는데, 박튜브는 꼭 기다렸던 것처럼 곧바로 승낙했다. 나는 맥주를 벌컥벌컥 들이키고는, 아까 낮부터 하고 싶었던 말을 하기로 결심했다.

"솔직히 놀랐습니다. 방송에서 봤던 이미지랑 너무 달라서. 캐릭터를 연기한다고는 하셨지만… 달라도 너무 다르네요."

"방송에서의 박튜브는 호감형 인간이야. 그러니까 뜬 거지."

"그럼 실제로는 비호감형 인간이라는 뜻?"

"아니 그냥 평범하고 정상적인 인간. 원래부터 그냥 호인인 사람 같은 건 없어. 다들 필요나 상황에 따라서, 상대에 맞춰서 호감을 연기할 뿐이지. 일상적인 만남에서 눈에 띄는 호인을 만났다? 조심하는 게 좋을 거야. 보통 그런 사람들이 가장 위험한 부류니까."

아까 아저씨가 박튜브 보고 사람에 실망을 많이 한 것 같다고 했는데, 이런 의미였구나. 참 어두운 인간관을 가지고 있는 것 같다. 이런 사람이 힐링 여행 장르 인플루언서중 탑이라는 사실은 괜히 내 기분까지 칙칙하게 만드는 것 같았다.

"방송에서 보여주는 것처럼 늘 텐션이 높은 사람이 있다면 이상할 것 같긴 하네요. 그런데 그렇게 계속 연기하는 거, 힘들지 않습니까?"

"연기라는 거창한 말을 쓰니까 거창하게 느껴지는 거야. 그런데 사실 우리는 모두 연기를 하면서 살거든. 인격이라는 말을 영어로 퍼스널리티라고 해. 그 어원이 뭔지 아니? 페르소나. 라틴어로 가면이라는 뜻이야. 부모님 앞에선 효도하는 자식의 페르소나. 처음 보는 미녀 앞에서는 쿨하고 멋진 남자의 페르소나. 뭐 이런 거지. 나는 박튜브라는 페르소나가 워낙 유명해서 좀 골치 아픈 케이스고."

"그럼 여행은 어때요? 여행을 좋아한다는 것도 박튜브의 캐릭터 설정일 뿐이에요? 이렇게 말하면 기분 나쁘실 수 있겠지만, 저는 박튜브 님이 사실은 여행을 별로 안 좋아한다는 인상을 받았습니다."

산티아고 순롓길에서 만난 박튜브. 유튜브 속 박튜브가 아니라, 실제 여행길 위에서 만난 박튜브는 내내 심드렁해 보였다. 늘 인상을 쓰고 있었고, 말과 행동은 신경질적이었다. 적어도 박튜브가 영상에서 보여주는 여행과는 매우 다른 모습이었다. 지금만 하더라도 그렇다. 박튜브 구독자들은 박튜브가 술집에 가면 세계 각지에서 온 젊은이들과 파티를 하며 청춘을 반짝반짝 빛내는 모습을 상상할 것이다. 지금처럼 츄리닝에 슬리퍼 차림으로 펍 구석에 앉아 혼자 인상 쓰며 폰이나 만지고 있는 모습을 떠올리기는 힘들다. 당연한 거 아닌가? 다른 사람도 아니고 그 박튜브다. 그가 여행하는 영상을 보는 것만으로 치유를 받는 기분이 든다. 그의 여행에는 늘 모험과, 웃음과, 감동이 있었고, 박튜브는 행복해 보였다. 그런데 지금 그는 오히려 불행해 보인다. 그런 것들이 모두 연출이라는 걸 알게 되어서일까.

"아니. 여행은 좋아해. 아주 많이."

"그럼 이번 산티아고가 마음에 안 드시는 겁니까? 별로 즐거워 보이지 않으셔서요."

박튜브는 그제서야 손에 들려 있던 휴대폰을 테이블 위에 내려놓았다. 굳이 액정이 바닥을 향하도록 뒤집어 놓는 건 습관 같았다. 그는 맥주를 몇 모금 마시더니 말했다.

"아마 유튜브 구독자 10만쯤이었을 거야. 혼자 여행을 간 적이 있어. 방송 장비 하나 없이. 채널이 망해갈 때였지."

"박튜브 님도 그런 때가 있었어요?"

"누구나 있을 걸. 그때 즈음이면 다들 번아웃이 오거든. 초반에야 다들 할 말도 많고 아이디어도 넘쳐나. 그렇게 좋은 콘텐츠들을 만들어내지. 그런데 그런 초반 성장세는 반드시 멎게 돼. 소셜미디어에서 하는 콘텐츠 활동은 단거리 질주가 아니라 마라톤이거든. 장기간 꾸준히 괜찮은 콘텐츠를 만들어야 성공하는 건데, 대부분의 사람들은 매너리즘에 빠져버려. 그냥 하던 대로 계속 하면 성장할 거라고 기대하고, 그렇게 영상을 올리기 위한 영상을 찍어내지. 어쩌면 이번 영상은 대박이 날지도 모른다는 그런 막연한 기대감이랑, 무언가를 계속 바쁘게 하고 있다는 분주함으로 불안을 해소하려는 거야. 그러다 보면 채널 성장은 멎고, 결국 망해. 모르긴 몰라도 다른 사업들도 아마 이거랑 비슷할 거야."

"오, 그럼 채널이 망할 뻔 했는데 나홀로 여행을 통해서 깨달음을 얻고 오늘의 박튜브가 됐다?"

박튜브는 뭐가 그리 재미있는지 껄껄 웃었다. 박튜브가 진심으로 웃는 건 처음 보는 것 같았다.

"그런 콘텐츠에나 나올 법한 이야기는 아냐. 내가 그때 홀로 여행을 갔던 건 일종의 강박 때문이었어. 여행을 주제로 영상을 만들다 보니까, 여행이 일이 되더라고. 그러다 보니 여행이 괴로워지기 시작했어. 즐거움은 사라지고, 내내 일 생각만 히

게 되더라고. 여행을 전혀 즐기지 못하게 됐어. 콘텐츠를 만든 다는 게 그런 거야. 조회수가 잘 나오는 영상, 좋아요를 많이 받는 사진, 공유가 많이 되는 글을 올리기 위해서 내내 그 생각만 하게 돼. 이러니 여행이 더이상 여행 같지 않게 되지."

"그래서 혼자 떠난 거군요? 여행을 즐기기 위해서."

"맞아. 콘텐츠를 만들어야 한다는 강박없이 예전처럼 여행을 즐기고 싶었어. 누가 뭐래도 나는 여행가야. 20대에 전 세계 100개국을 다닌, 말 그대로 여행에 미친 놈이야. 이건 내 정체성이자 자존심에 관한 문제기도 했고. 그래서 타인에게 전시하지 않는, 오로지 나만을 위한 여행을 떠날 의무가 있다고 생각했어. 그렇게 떠난 거야. 아마존 열대우림으로."

박튜브는 잠시 말을 멎고 맥주를 들이켰다. 딱 좋은 타이밍에 말을 끊는 거 보면 타고난 유튜버는 맞구나 하는 생각이 들었다.

"그리고 깨달았어. 나는 이미 틀려먹었다는 걸. 매 순간, 좋은 추억이 생길 때마다 카메라 생각이 나더라고. 거의 본능적인 수준이었지. 이걸 이렇게 편집해서 올리면 대박일 텐데, 이건 쇼츠나 틱톡으로 딱인데, 여기서 이 각도로 사진 찍으면 인생샷 찍히겠는데. 정신차려보니까, 이미 내 손에는 휴대폰 카메라가 들려있더군. 그 영상을 그 날 편집도 안 하고 올렸는데, 무려 5백만 뷰가 나왔어.”

“아, 뭔지 압니다! 전설의 영상! 〈아마존 악어가 팬티 안에 들어갔는데 왠지 기분이 나쁘지 않았?!〉 이거 맞죠? 그러고보니, 그… 소중한 곳은 괜찮으세요? 그때 이후로 유독 여성스러워졌다면서 구독자들이 진상 규명 캠페인까지…”

“어 그거 맞고, 이야기 계속 들어. 그 영상을 올리고 다음날부터는 아예 현지인 카메라 알바를 고용했어. 그리고 그때 만들었던 아마존 영상들이 망해가던 채널을 떡상시키는 역할을 했지. 대박이 터진 거야. 지금 채널의 성공, 다 그 영상들 덕분이야.”

“되게 부러운데요? 본인이 좋아하는 게 직업이 된 거잖아요.”

“이야기의 포인트를 완전히 잘못 짚었네. 좋아하는 게 직업이 되면 그건 축복이 아니라 저주라는 말이야. 내 인생에서 가장 즐겁고 중요한 게 여행이었는데, 이제 여행은 못하게 됐어. 일이 되어버렸지.”

“잘하는 사람은 즐기는 사람을 못 이긴다라는 말도 있잖아요. 박튜브 님이 어쨌든 여행 유튜버로서 그 일을 즐길 수 있으니까 그렇게 성공하신 거 아니겠어요?”

그러자 박튜브는 아주 차가운 미소를 지으며 말했다.

"그런 소리는 어떤 분야에서 업적을 이뤄보지 못한 사람이나 하는 말이야. 우리는 지금 일에 대해서 말하고 있지. 일에서 중요한 건 열심히 하는 것도, 즐기는 것도 아냐. 그냥 잘 하는 거야. 여행이 취미라면? 얼마든지 즐길 수 있겠지. 그런데 일이라면 그래서는 안 되는 거야."

*

다음날 아침, 마을을 떠나기 전 우리는 광장에서 박튜브와 최진호를 만났다. 그들과의 작별이었다. 박튜브는 더이상 순례자의 차림새가 아니었다. 둘 다 캐주얼한 평상복을 입고 있었는데, 머리부터 발 끝까지 명품 로고로 가득했다. 안나는 지나가듯 한 마디로 그들의 모습을 표현했다. "인간이 된 제품을 보는 것 같아." 그들은 끄는 것도 힘들 것 같은 거대한 캐리어를 하나씩 붙들고서 콜택시를 기다리고 있었다.

"좋은 아침이에요, 두 분. 이제 순례는 그만하시는 건가 봐요?"

아저씨가 반갑게 손을 흔들며 다가가자 최진호가 답했다.

"필요한 장면을 다 찍어서요. 이제 기차역으로 가야죠."

"이제 겨우 절반 정도인데 그걸로 순례 영상이 가능합니까?"

내가 묻자 최진호는 왠지 거만함이 느껴지는 말투로 답했다.

"그게 바로 편집과 연출의 힘이죠. 걷는 장면은 이미 충분히 찍었어요. 어차피 풍경은 다 거기서 거기고. 오늘 내일 유명 스팟 몇 군데 들러서 인증용 영상 좀 찍고, 산티아고 콤포스텔라 가서 감동받은 척 울면서 몇 장면 더 찍으면 끝. 완주한 사람보다 더 실감나게 보일 걸요?"

최진호는 드디어 이 프로젝트가 끝나는 게 기쁜 모양이었다. 그러고 보면 어제부터 시간 낭비다, 에너지 낭비다 하면서 걷는 내내 투덜대지 않았던가. 최진호가 신이 나서 떠드는데, 박튜브는 일종의 영업 비밀을 함부로 떠벌리는 최진호가 못마땅한 듯 했다. 그를 노려보고 있는데, 나와 눈이 마주쳤다.

"순례, 그렇게 별로셨습니까?"

내가 묻자 박튜브는 어깨를 으쓱하며 말했다.

"한 두 달씩 걸을 여유가 없을 뿐이야."

"조금이라도 순렛길을 걷기는 하셨잖아요. 박튜브 님도 진호 씨처럼 의미없는 시간 낭비였다고 생각하세요?"

내가 왜 항변을 하고 있는 건지는 잘 모르겠다. 하지만 왠지 박튜브만큼은 알아줬으면 하는 마음이었다. 지난 수백 년간 수많은 사람이 땀과 눈물을 흘리며 걸어온 이 길. 우리가 걸어온 이 길이 그에게 '의미 없는 시간 낭비'로 기억되지 않기를 바랐다.

"유튜버로서 여기서 더 걷는 건 시간 낭비겠지. 이미 영상 몇 개를 만들고도 남을 만큼 찍어뒀으니까."

"유튜버가 아니라 여행자로서는?"

박튜브는 바로 답하지 않았다. 대신 우리 일행을 지긋이 쳐다보더니, 피식 웃었다.

"유튜버가 아니라 여행자로 온 거였다면… 나쁘지 않은 여행이었을지도 모르겠네. 당신들을 보면 말야."

이 사람, 지금 우리한테 호의를 보인 건가? 늘 쌀쌀맞던 박튜브의 따뜻한 말투에 아저씨는 감동한 얼굴로, 안나는 짓궂은 얼굴로, 나는 멀뚱멀뚱 멍청한 얼굴로 답했다. 박튜브는 민망해졌는지, 다시 가시 돋힌 투로 말했다.

"그건 그렇고, 저랑 만나서 보고 들은 것들, 어디 가서 발설하지 않겠다고 약속들을 해줘야겠습니다. 안나는 돈도 받았으니까 불만 없지?"

우리가 어디 가서 본인에 대한 폭로라도 할까 봐 불안한 모양이다. 박튜브는 휴대폰 카메라를 꺼내서 동영상까지 찍어대며 약속할 것을 요구했다. 아저씨는 곧바로 당연하다며 약속했지만, 나는 순순히 이 기회를 놓칠 생각이 없었다.

"대신 저 유튜브 시작하면 소개나 좀 해주세요."

내 말에 박튜브는 곧바로 눈을 가늘게 뜨며 경계 모드가 되었다.

"너 진짜 유튜브하게? 하지마."

"왜요?"

"못 생겼잖아. 그 얼굴론 무리야."

박튜브는 한 치의 망설임도 없이 말했다. 진심으로 딱하다는 표정을 지으며. 그 말을 듣자마자 안나는 푸키키킥 원숭이 같은 소리를 내며 노골적으로 웃기 시작했다. 아저씨는 진심으로 안타까워하며 동정하듯 말했다.

"괜찮아요 용석 씨. 얼굴이 다는 아니잖아요."

"잠깐만. 아무리 그래도 내가 아저씨한테 그런 말을 들을 처지는 아닌 것 같은데요?"

그러자 단호하게 박튜브가 치고 들어왔다.

"차라리 그쪽 아저씨가 유튜브하면 더 나을 거야. 개성 있는 얼굴이라 자꾸 보면 호감은 생기거든."

"오, 그렇죠? 저도 그렇게 생각했어요. 친숙한 삼촌 같은 느낌이랄까. 그에 비해 용석 씨는…"

이번에는 최진호가 거들었다. 안나는 번역기 어플을 보며 아예 박장대소를 하고 있었다. 내 어깨를 툭툭 치면서 아주 얄밉게도 웃는다.

"소개까지는 모르겠고, 채널 열면 댓글은 달아줄게. 대신 여기 카메라 보고 약속해. 따라해. '나 최용석은 어떤 일이 있어도 박튜브와의 만남에 관해 온라인상 공개적으로 발설하지 않을 것이며, 이 약속을 어길 시 민형사상의 책임을 지겠습니다'."

박튜브는 내가 그의 말을 정확히 따라할 때까지 반복해서 약속을 시켰고, 결국 원하는 동영상을 찍었다. 나는 짜증스레 말했다.

"이렇게까지 해야 합니까?"

"네가 아직 유튜버의 세계를 몰라서 그래."

여러모로 피곤한 사람이구나 싶었다. 아니, 불쌍한 사람인 건가? 아저씨가 왠지 안쓰러운 얼굴로 박튜브를 쳐다봤던 이유를 알 것 같기도 했다. 박튜브와 최진호는 내게 명함을 건넸고, 우리는 그렇게 작별했다. 우리와 인사하기 무섭게 그들은 곧바로 휴대폰을 꺼내 온라인 세상으로 뛰어들었다. 그렇게 100만 유튜버와 그 직원과의 만남을 뒤로 하고, 우리 일행은 우리의 길을 걸어나갔다.

메세타 평원을 걸은 지 벌써 일주일이 지났다. 이전에도 말했듯 이 곳에서는 시공간이 왜곡된다. 순례를 시작하고 쌓은 추억들이 벌써 머릿속에서 뒤죽박죽 뒤엉켰다. 생 장에서 아저씨와 술을 마셨던 건 얼마 안 된 것 같은데, 메세타 입구에서 페로와 박튜브 일행을 만났던 건 아주 오래 전 일인 것 같다. 거리감도 이상해졌다. 이 드넓은 평원을 그저 지평선만 바라보며 걸어가는데, 한 시간 내내 걸어도 풍경이 변하지 않아 제자리인 것 같은가 하면, 어느새 정신을 차려보면 지평선 저 끝에 지나쳐온 마을이 걸려 있다. 반복되는 걸음 속에 시간도, 공간도, 그리고 나 자신조차도 희미해지는 것 같다. 우리의 여정에는 이런 식으로 가속도가 붙었다.

"순례에 오면 뭔가 특별한 일들이 생길 줄 알았어."

아저씨의 뒤통수를 바라보며 안나가 혼자 중얼거렸다. 아저씨는 후미진 곳에 가서 노상 방뇨를 하는 중이었다. 허허벌판인 메세타 지역 특성상 순례자들은 어쩔 수 없이 노상 방뇨를 하는 일이 많다. 여자들도 마찬가지다. 확실히 이런 건 출발 전 상상했던 순례의 모습은 아니다. 나는 순렛길에 오면 전 세계에서 모인 쿨한 사람들과 청춘 드라마에 나오는 모험 같은 걸 즐기게 될 줄 알았다. 안나도 비슷한 생각이었겠지.

생각해보면 순례자의 이미지는 다소 과장된 감이 있다. 산티아고 관련 영상이나 사진들을 보면 순례자들은 모두 반짝반짝 빛이 난다. 남녀노소 청춘과 낭만을 한껏 즐기고 있다는 느낌이랄까. 스페인의 아름다운 시골길을 걸으며 낯선 이를 만나고, 순례 동료가 되고, 추억을 만들고, 그렇게 성숙해가는 사람들. RPG 게임이나 소년 만화가 현실에서 펼쳐지는 듯한 인상. 그런데 현실은 어떤가. 일단 우리 일행부터가 그런 멋지고 아름다운 순례자들의 이미지에서 많이 벗어나 있다.

당장 나만 해도 그렇다. 애초에 내가 순렛길에 오른 건 거창한 인생 철학 같은 것 때문이 아니었다. 그냥 일하지 않고 돈 벌고 싶다는 속물적인 생각으로 유튜브 대박을 위해 온 것이다. 덕분에 호시탐탐 영상 각을 재며 누군가를 만날 때마다 카메라를 들이대며 인터뷰를 요청하는 입장이다. 다른 순례자들이 기피한다 해도 딱히 할 말이 없다.

순례자로서 보자면 아저씨도 딱히 훌륭한 모델은 아니다. 나름 사전 조사와 준비를 잘해와서 우리 일행의 사실상 리더 같은 역할을 하고 있지만, 음식 집착이 좀 심하다. 특히 길가에서 소나 양이 보일 때마다 군침을 질질 흘리는 모습은 사람을 불편하게 한다. 혼잣말로 뭐라고 자꾸 중얼대길래 귀를 기울였다가 깜짝 놀랐다.

"맛있겠다. 너 정말 맛있겠다. 너는 스테이크보다는 오븐 로스팅이 어울릴 거야. 잘빠진 다리 곡선 좀 봐. 이 요망한 것. 그대로 직화구이하면 기름이 뚝뚝 떨어지겠지. 살도 통통한 게, 너 육즙도 많겠구나? 아, 데려가고 싶다." 성범죄자인 줄 알았다. 순례자가 할 법한 대사가 절대 아니다.

그나마 그럴듯한 순례자 비주얼을 하고 있는 건 안나다. 수려한 미모에 멋진 옷차림. 그런데 입을 여는 순간 그 이미지를 산산조각 낸다. "뭘 봐? 성희롱으로 고소한다?" 이런 식이다. 그래도 예쁘면 괜찮다고?

"이거 냄새 나는지 좀 맡아봐."

빨래가 귀찮았던 안나가 빨래주머니에 넣어놨던 양말을 도로 꺼내서 또 신을지 말지 진지하게 고민하다가 내게 한 말이다. 냄새 이상성애자가 아닌 이상 노숙자 냄새가 나는 양말을 건네며 평가해달라는 여인을 보면 호감이 뚝 떨어질 것이다. 자꾸 코에 들이대길래 신경질을 냈는데, 안나는 결국 "이만하면 나쁘지 않은 듯" 하면서 하루 더 신는 걸로 결정했다. 그럴 거면 굳이 물어본 이유는 뭐란 말인가?

물론 모든 순례자가 다 이 모양은 아니다. 끼리끼리 뭉친다고 했던가. 우리 일행이 조금 특이할 뿐이다. 꼭 산티아고 순례 홍보물에서 본 듯한 이상적인 모습의 순례자들도 존재했다. 특히 기억에 남는 장면이 있는데, 우리 일행이 사하군을 지나갈 때였다. 사하군은 산티아고 프랑스 순롓길의 딱 중간 지점에 위치한 도시다. 생 장에서 출발해 400km 정도를 걸으면 사하군이 나온다. 꽤 작은 도시인데도 불구하고, 중간 지점이라는 상징 때문에 메세타 지역에 있는 도시치고 순례자들을 위한 각종 시설들이 잘 갖춰져 있다. 이 사하군의 중앙에는 성지로 분류되는 큰 교회가 있는데, 여기에서 프랑스길 절반 지점을 통과했다는 순례 증서를 내준다. 우리 일행은 그 증서를 받으러 교회에 갔다가 한 순례자 그룹이 눈물을 흘리며 서로에게 작별을 고하는 장면을 봤다.

"나는 여기까지예요. 완주하지 못하는 건 아쉽지만 그래도 여러분과 함께 여기까지 올 수 있어서 기뻐요. 제 몫까지 열심히 해주세요. 저는 언젠가 꼭 다시 와서 완주할게요."

한쪽 다리에 압박붕대를 칭칭 감은 여성이 일행에게 포옹하며 작별하고 있었다. 아마도 다리 통증이 심해서 더이상 걷지 못하게 된 모양이다. 그녀의 일행은 시작부터 동행한 사람들이 아니라 길 위에서 만난 사람들로 보였는데, 번역기를 통해 소통하고 있었기 때문이다. 여러 인종이 섞인 그룹이었다.

보라. 이것이 순롓길의 아름다움이다. 같은 길을 걸으며 그들은 인종, 국가, 문화, 나이, 성별 등등 그 모든 차이를 뛰어넘어 동료가 되었다. 눈시울을 붉히며 아쉬운 작별을 하는 그 모습을 보면 그동안 동고동락하며 많은 추억을 함께 쌓았다는 걸 알 수 있었다. 애써 눈물을 감추고 마지막으로 함께 기념 사진을 찍는 모습을 보면서 우리 일행도 왠지 눈물이 핑 돌았다. 순롓길에 오른 모든 순례자는 산티아고 콤포스텔라에 도착해 환호하는 자신의 모습을 상상한다. 모두가 완주를 꿈꾼다. 하지만 누군가의 순례는 결말을 얻지 못한 채 길 위에서 끝난다.

"몸 상태 때문에 저렇게 중도 하차하고 홀로 돌아가야 한다면 어떤 기분일까. 결말을 맺지 못한 여정이라니. 많이 괴로울 거야."

안나는 떠나는 여자의 심정에 공감하듯 쓸쓸하게 말했다. 아저씨가 덧붙였다.

"참 웃기죠? 우리가 선택해서 온 여행인데, 그게 꼭 저주처럼 우리를 옭아매요. 저는 제가 완주하지 못할까 봐 겁이 나요."

아마 모든 순례자가 그럴 것이다. 나도 겁이 난다. 심신이 지치면 자기 자신과 타협하게 된다. 나도 언젠가 그런 타협 끝에 완주를 포기하게 될 지도 모른다. 이 여정이 실패로 끝나는 건 괴로운 일일 것이다. 산티아고 순례에 관해 찾아보면 이런 말들을 종종 볼 수 있다.

'모든 순례자는 제각각의 길을 걷는다.'

다들 다른 길을 걷는다는 말. 누군가의 길은 느리고, 누군가의 길은 빠르다. 또 누군가의 길은 남들보다 일찍 끝난다. 순례를 포기하고 도중에 돌아간다고 한들, 이 길을 걸어본 순례자라면 그 누구도 함부로 업신여기지 않을 것이다. 하지만 돌아가는 사람은 상처를 받는다. 다른 사람에 의해서가 아니라 자기 자신에 의해.

완주를 포기하고 돌아가는 사람의 심적 고통. 분명 모든 순례자가 공감하고 이해할 수 있을 것이다. 다들 언제든 그게 자기 자신이 될 수 있다는 걸 알고 있기 때문이다. 이 정도 걸어오면 누구든 몸에 어느정도 무리가 온다. 아킬레스건염, 관절염, 근육통, 물집 등등. 이런 흔한 문제부터 흔하지 않은 문제까지. 증상과 원인은 다양하다. 그동안 약국을 지나칠 때마다 그곳에는 항상 고통을 호소하는 순례자들이 있었다. 순례자를 위한 약국이나 병원이 특별히 마련되어 있을 정도다. 과거에는 순례하다 죽는 일도 많았다던데, 실제로 순례하다 죽은 사람들을 위한 공동묘지도 종종 보인다.

우리 일행도 각각 몸 어딘가에 통증을 느끼고 있었다. 나는 발바닥이 너무 아프다. 물집이나 근육통 같은 걸 걱정했는데, 발바닥이 아파올 줄이야. 망치로 발바닥을 여러 번 두드린 듯한 그런 통증. 난생 처음 느껴보는 고통이었다. 아저씨한테 받은 파스로 도저히 해결이 안 되어서 약국에 갔는데, 젤리처럼 말랑말랑한 신발 깔창을 권했다. 그걸 신발 안에 넣고 걸으니 미묘하게 나아진 것 같기도 했는데, 이게 심리적인 건지 아니면 진짜 효능이 있는 건지 애매해서 신발을 신을 때마다 매번 고민한다. 아저씨는 허리가 아프단다. 휴식을 할 때마다 배낭을 풀고는 '아이고' 하면서 주먹으로 허리를 툭툭 친다. 지팡이 짚고 다니는 노인이 할 법한 동작이라 놀린 적이 있는데, 아저씨는 아주 진지한 얼굴로 말했다.

"용석 씨도 얼마 안 남았어요. 마흔 지나면 슬슬 허리에 신호가 올 거예요."

우리 중 가장 멀쩡해 보이는 건 안나다. 몸 어딘가에 탈이 났을 법도 한데, 잘 참는 건지, 그냥 무식하게 튼튼한 건지, 늘 쌩쌩하다. 기운찬 성격 덕분인 것 같기도 하고. 그런데 매일 아침 어마어마한 양의 알약들을 꼬박꼬박 챙겨 먹는다. 영양제가 아닌가 싶은데, 약발로 버티는 걸지도 모르겠다. 어쨌든 우리 일행의 몸 상태는 다른 순례자들에 비해 그리 나쁘지 않은 편이다. 정신 상태는 어떻냐고?

"다들 무슨 생각하면서 걸어요?"

꽤 긴 시간 지속되던 침묵을 깨고 안나가 느닷없이 물었다.

"소셜미디어 시대에 심해지는 중우정치 경향과 자유민주주의 체제의 시대적 한계에 대해서 고민하고 있었어요."

이건 대체 뭔 소리람. 안나는 번역기가 이상한 건 줄 알고 고개를 갸웃했다. 아저씨는 별 것 아니라며 얼버무리고는 안나 씨는 무슨 생각을 하냐고 되물었다.

"저는 놀라울 정도로 아무 생각이 없어요. 순례 오면 이런저런 생각을 많이 할 줄 알았거든요. 자기를 돌아보고, 인생의 참된 의미를 깨닫고, 뭐 이런 느낌으로? 그런데 정말 머리가 텅텅 비어 있어요. 이게 명상이라는 걸까요? 나를 완전히 비우는 것? 어쩌면 나 불교에서 추구한다는 열반에 이른 걸지도."

"불교를 모욕하지마."

"용썩 너는 무슨 생각하면서 걷는데?"

"나는 몇 시간째 머릿속으로 노래 부르고 있어."

"무슨 노래?"

"산와 산와 산와머니. 산와 산와 믿으니까. 산와 산와 산와머니…"

"그게 무슨 노래야?"

"대출 회사 광고 음악이야."

머릿속에서 케이블TV에서 들은 광고 음악들이 무한 반복되는 상황. 그것도 하루 종일. 정신이 이상해지고 있는 게 분명했다. 이상한 놈이라고 욕하지 마시라. 메세타를 걷는 다른 순례자들의 사정도 그리 다르지는 않다. 길에서 본 순례자들은 하나같이 멍한 얼굴에 좀비같은 몸짓으로 걸어가고 있었다. 들판과 하늘밖에 없는 이 곳에서 며칠에 걸쳐 그저 걷기만 하는데 정신줄을 놓는 건 당연한 거다. 많은 순례자가 메세타 지역을 건너 뛰는 이유다.

그런 이유로 메세타는 다른 지역에 비해 비교적 한적하다. 순례자 숫자가 확실히 적고, 그만큼 시설도 적다. 그렇다고 다른 순례자들과 교류가 없는 건 또 아니다. 다들 힘들어하는 구간이어서 그런지, 같은 알베르게에 머무는 사람들과 이야기를 하다 보면 오히려 동료 의식 때문에 좀 더 친해지는 듯한 느낌마저 있다. 문제는 이런 환경 때문에 원치 않은 동행을 하게 될 때도 있다는 거다.

마리사의 경우가 그랬다. 아일랜드 출신으로 홀로 순례를 왔다는 중년 여성 마리사. 마리사를 만난 후 아저씨는 이렇게 말했다.

"가족들이 따라오지 않은 이유를 알 것 같아요."

아저씨가 남 험담 비슷한 걸 하는 걸 본 건 처음이었다.

마리사는 내가 지금까지 살면서 만나본 사람 중 말이 가장 많은 사람이었다. 10년간 어디 갇혀서 강제로 묵언수행하다 풀려난 사람도 마리사를 만나면 도망치려 할 것이다. 사실은 괴롭히려는 게 아닐까 싶을 정도로 시도 때도 없이 말을 건다. 그런데 그 목적이 대화가 아니라는 건 분명하다. 대화라는 건 참여자가 서로 말을 주고받는 행위 아니던가. 그런데 마리사는 주고받는다기보다 그냥 일방적으로 쏘아댄다. 그게 무슨 소리냐고?

마리사를 만난 건 길 위에서였다. 우리 일행 셋은 늘 그렇듯 덕담과 농담을 가장한 독설을 주고받으며 화기애애하게 걸어가고 있었다. 그런데 저 앞에서 '헤이' 하며 한 아줌마가 다가오는 게 아닌가. 뭐랄까, 본 적은 없지만 미국 팬케이크 상자 같은 데에 마스코트로 그려져 있을 것 같은 인상의 백인 아줌마였다. 그때 번역기를 켠 게 문제의 발단이었다.

"혹시 오다가 키 큰 남자 못 봤어요? 갑자기 배가 아프다고 알베르게로 돌아가야겠다고 해서 헤어졌는데, 잘 갔는지 모르겠네."

이 때 알아차렸어야 했다. 돌이켜보면 그 키 큰 남자는 마리사로부터 도망친 게 틀림없다. 마리사는 이 질문을 계기로 자연스럽게 우리와 동행했다. 그리고 그때부터 끊임없는 말들을 쏟아냈다. 그 시작은 그 키 큰 남자에 대한 뒷담화였다. 덩치는 산만해서는 걸음이 느려서 답답했다, 엄살이 얼마나 심한지 배 아프다고 굳이 숙소로 돌아가겠단다, 총각인 것 같았는데 칠칠치 못해서 결혼하기는 글렀을 것이다. 그렇게 한참을 떠들더니 이윽고 안나, 아저씨, 나에 대해서 꼬치꼬치 캐묻기 시작했다.

"아직 결혼을 못 했다고? 순례나 다닐 때가 아니네. 그러다 우울증 걸려서 자살하는 사람도 있어요. 인터넷으로도 만나는 시대에 왜 그러고 있담? 세실리아라고 내 절친이 있는데 걔도 이혼한 이후 말이야…"

마리사는 아저씨의 손에 왜 결혼반지가 없느냐고 물었다가 미혼이라는 말이 나오자마자 그렇게 한참을 떠들었다. 농담과 덕담을 가장한 독설을 말이다. 난생 처음 본 아줌마가 그런다는 거다. 나에게도 마찬가지다. 정신 똑바로 안 차리면 아저씨처럼 늙어서 혼자가 될 거라며, 내 진로와 미래에 대해서 잔소리를 해댔다. 아저씨는 그저 허허 웃으며 적당히 넘겼지만, 나는 성격상 그러지 못했다.

"내 인생은 내가 알아서 할 테니 신경 끄시죠."

신경질적으로 말하며 마리사의 말을 끊었는데, 마리사는 귓구멍에 노이즈캔슬링 기능이 탑재되어 있는지 내 항변이 전혀 들리지 않는 듯한 태도로 계속 자기 말을 이어갔다. 그나마 안나한테는 덜 무례했는데, 어쩐지 안나에게는 조심한다는 느낌이 강하게 들었다. 같은 영어 사용자라 그런 건지, 아니면 안나의 피곤한 PC충 성격 때문인지, 혹은 비주얼 때문인지. 뭔지는 몰라도 아무튼 안나에게는 '덜' 무례한 느낌이었다. 아저씨와 내가 만만한 건가? 그렇게 영 불편한 심정으로 다음 마을까지 반나절 가량을 함께 걸었다.

마을에 도착했을 때 나와 아저씨는 절망했다. 하필이면 마리사가 우리와 같은 알베르게에 예약을 한 것이다.

"우리 인연인가 보네! 혼자라 심심했는데 너무 잘 됐다!"

기뻐하며 박수까지 치는 마리사를 보며 심상치 않은 상황임을 직감했다. 그래서 마리사가 체크인을 하려고 알베르게 직원과 대화하는 동안 나는 슬쩍 빠져서 우리 일행에게 속삭였다.

"다른 데로 갑시다."

역시 사회 생활 짬이 있는 아저씨는 내 뜻을 빠르게 이해하고 고개를 끄덕였다.

"제가 예약을 착각했다고 할게요."

그런데 안나가 끼어든다.

"마리사 따돌리자고? 어떻게 그런 생각을 할 수 있어?"

나는 한숨을 쉬며 말했다.

"안나, 지금은 순진한 이상론을 펼 때가 아니야. 어쩌면 순례 최대의 위기일 수도 있다고. 이대로라면 계속 같이 동행하게 될 수도 있어."

"그게 어쨌다는 거야. 모르는 사람이랑 만나고, 인연이 생기고, 함께 길을 걷는 거. 그런 게 순례 아니야? 우리도 처음에는 삐걱댔잖아. 마리사와도 좋은 관계가 될 수 있어. 잠깐의 만남 가지고 함부로 판단하면 안 돼."

곧바로 반박을 하려는데, 아저씨가 먼저 끼어들었다.

"안나 씨한테는 늘 배우네요. 제가 너무 닳고 닳은 사람 같아서 부끄러워요."

아저씨는 안나의 질책에 부끄러운 얼굴로 진심으로 반성해버렸고, 그 결과 2:1로 도망치자는 내 안은 철회되어버렸다. 결국 마리사와 우리 일행은 같은 숙소에 머물게 되었다. 예상할 수 있다시피 그 날 저녁은 고문이었다. 여느 때처럼 아저씨가 요리를 하고 우리가 거들었는데, 너무 볶는 거 아니냐, 이건 간이 너무 세다, 한국인 요리라 입맛에 안 맞는 것 같다.

마리사는 온갖 평을 해댔다. 정작 본인은 볶음밥을 두 그릇이나 먹었으면서 말이다. 마리사는 모두가 잠들 때까지 계속해서 중얼댔고, 나는 노골적으로 무시를, 아저씨는 영혼 없는 대답을, 그리고 안나는 본인이 우리 앞에서 한 말이 있어서인지 나름대로 적극적으로 마리사의 말을 받아줬다.

다음 날 아침, 예상대로 마리사는 우리 일행에 들러붙었다. 동행하는 게 확정이라도 된 것처럼 너무나 자연스럽게 합류했다. 본인은 아침에 느긋하게 화장실을 가야 하는 성격이라며 우리에게 기다리라는 지시까지 하면서 말이다. 그렇게 마리사와의 이튿날 동행이 시작되었다. 나는 이미 지난 밤 대책에 대해 생각해둔 상태였고, 곧바로 실행에 옮겼다.

"어라? 휴대폰이 왜 이러지?"

나는 번역기 어플에 문제가 생긴 척, 마리사의 대화 상대에서 이탈했다. 번역기가 고장나서 마리사의 영어를 알아듣지 못하는 척 한 거다. 그리고는 아저씨를 불렀다.

"아저씨, 저 외로우니까 말상대 좀 해주시죠."

그렇게 우리 일행은 약간의 거리를 두고 둘둘 찢어져서 걷게 되었다. 아저씨는 내게 고마운 눈길을 보내면서도 한편으로는 안나를 자꾸 뒤돌아봤다. 안나는 못마땅하다는 얼굴로 나를 노려봤지만, 마리사가 끝없이 말을 거는 덕분에 대꾸하느라 바빠졌다.

그 날 오후, 마리사는 우리의 알베르게로 따라왔다. 어디에서 묵느냐고 묻더니, 아예 자기 예약을 취소해버리고 따라온 거다. 숙소에 도착했을 때, 안나의 얼굴은 썩어 있었다. 영혼이 떠난 건지, 정신이 나간 건지, 멍한 얼굴로 마리사의 말에 기계적으로 고개를 끄덕이기만 했다.

"마리사, 저희는 내일 좀 느긋하게 출발하려고요. 그동안 피로가 좀 많이 쌓여서요. 먼저 가도 괜찮아요."

저녁을 먹는 도중 안나가 조심스럽게 말을 꺼냈다. 이제야 본인도 깨달은 거겠지. 마리사를 빨리 떼어내야 한다는 걸. 나는 입꼬리를 슬쩍 올리며 도발적으로 안나를 쳐다봤고, 안나는 애써 내 눈길을 피했다. 그러나 마리사는 호락호락하지 않았다.

"잘됐다! 그럼 나도 간만에 느긋하게 아침이나 먹어야겠네. 그건 그렇고 말야. 안나는 매일 아침 뭘 그렇게 꾸미는 거야? 여기서 남자라도 하나 꼬셔보려고? 이 둘이랑 다니면 쉽지 않겠는데. 내가 소개시켜줄까? 내 절친 중 얼마 전 이혼한 사람이 있는데…"

안나의 얼굴은 한층 더 어두워졌고, 마리사는 나와 아저씨가 식사를 마치고 설거지까지 끝낼 때까지도 안나를 붙잡고서 아무도 관심 없는 이야기를 떠들었다.

다음 날, 이제는 당연하다는 듯한 태도로 우리와 함께하는 마리사. 가방 그렇게 싸지마라, 무거운 게 아래로 가야 한다, 그런 것도 모르냐, 신발끈은 왜 그렇게 묶는 거냐, 그러면 발목 삘 수 있다, 쉬는 시간이 규칙적이지 않아서 체력 관리가 안 된다, 기타 등등 어쩌고 저쩌고. 불만과 지적은 또 얼마나 많은지, 귀에 딱지가 앉을 지경이다. 나와 아저씨는 전날과 같은 전략으로 조금 떨어져 따로 걸었고, 안나는 귀신에 홀린 사람같은 멍한 얼굴을 하고서 마리사 옆을 걸었다. 그늘 아래서 잠깐 쉬는데, 안나 바로 옆에 찰싹 붙어 귀에다 대고 재잘대는 마리사의 모습은 공포 그 자체였다. 안나는 그 사이 10년쯤 늙은 것 같았다.

그날 밤 마리사와 같은 알베르게, 그것도 같은 2층 침대에 누워있는 안나의 표정은 가관이었다. 자신의 남은 순례 동안 마리사가 함께할 거라는 걸 실감한 안나. 순례 최대의 위기라는 내 말의 무게를 그제야 깨달은 거겠지. 안나는 분명 공포를 느끼고 있을 것이다. 그녀는 베개에 얼굴을 파묻은 채 머리를 쥐어뜯고 있었다. 물론 마리사는 그런 안나의 상태는 신경도 쓰지 않은 채, 2층 침대 위층에서 자기 절친 아무개에 대한 누구도 관심 없는 뒷담화를 열성적으로 하고 있었다. 모두가 잠들 때까지도.

이른 새벽, 한껏 단잠에 취해 있는데 누군가가 툭툭 치며 나를 깨웠다. 안나였다. 같은 방식으로 아저씨를 깨운 그녀는 우리를 조용히 복도로 끌어냈다. 처음 보는 아주 심각한 얼굴이었다.

"도망치자."

결의에 찬 안나의 목소리. 그녀의 눈빛은 강한 의지로 타오르고 있었다. 나도 아저씨도 같은 눈빛이었다. 우리는 말없이 고개를 끄덕였다. 해가 뜰 때까지 얼마나 남았을까? 시간이 촉박하다. 혹 마리사를 깨울까 플래시라이트도 켜지 못한 채, 어둠 속에 숨어 조용히 짐을 챙겼다. 그렇게 범죄자라도 된 듯한 기분으로 알베르게를 빠져나왔다. 그리고 달렸다. 묘한 해방감과 배덕감을 느끼며. 누군가가 터뜨린 폭소. 이걸 신호로 우리는 배꼽이 빠져라 웃어댔다. 이렇게 웃어본 게 얼마 만일까.

숨을 헐떡이는 우리 등 뒤로 마침내 해가 떠올랐다. 찬란한 아침 햇살은 우리를 떠밀었고, 마리사가 쫓아온다는 사실은 걸음을 재촉했다. 우리는 그렇게 빠른 속도로 드디어 메세타를 빠져나왔다.

레온에 도착했다. 마침내 메세타 지역이 끝나고, 큰 도시가 나온 것이다. 레온은 스페인어로 사자를 의미하는데, 과연 이름 그대로 도시 입구부터 곳곳에 사자상이 놓여있다.

"제국주의가 좋긴 좋아. 남의 나라에 있던 동물을 자기네 도시 이름으로 쓰다니. 아프리카 쳐들어가서 사자 보고는 멋있다고 가져와서 자기네 상징으로 쓴 거겠지?"

안나의 '깨시민 병'이 또 발동했다. 깨시민 병이 뭐냐고? 주기적으로 정치적 발언을 함으로서 자신이 깨어있는 시민이라는 것을 자각해야 하는 병을 말한다. 세상만사를 시도 때도 없이 시사 문제로 엮어서 한 마디씩 하며 자뻑에 빠지는 증상이 따른다. 나는 늘 그렇듯 못 들은 척 무시하는데 아저씨는 꼭 대꾸를 해준다.

"안나 씨, 검색해보니까 스페인에도 사자가 살았대요. 저도 덕분에 알게 됐네요. 중세 시대 이베리아 반도 북서쪽에 사자 왕국이라는 나라가 있었는데, 그 수도가 레온이었대요."

아저씨가 호의로 정정을 해줄 때에는 물론 내가 나서야 한다.

"안나야, 제국주의 아니래. 사자 있었대."

이렇게 확인 사살을 해줘야 안나가 얼굴을 붉히며 화제를 돌리는 모습을 볼 수 있다.

도시인 건 알고 있었지만, 레온은 생각했던 것 이상으로 큰 도시였다. 곳곳에 아파트와 빌딩이 보였다. 여러 층이 있는 높은 건물들을 보는 게 얼마 만인가. 한참을 허허벌판을 걸어와서 그런지, 레온은 유독 대도시처럼 느껴졌다. 그런데 이런 큰 도시에도 역사의 흔적이 그대로 남아 있었다. 도시 정중앙에는 구시가지가 있었는데, 어마어마한 크기의 대성당을 중심으로 최소 수백 년은 됐을 법한 벽돌 건물들이 자리잡고 있었다. 대부분의 건물은 보수를 해서 신식 건물 같이 보이는데, 옛날 건물 구조를 그대로 가지고 있다 보니 어딘가 어색한 느낌을 줄 때가 있다. 천장이 낮거나, 1층이 반지하 공간이거나 하는 식이다. 한국에는 이런 건물들이 없다. 오래된 건 허물어버리고 새로 짓기 때문이다. 막 촌에서 상경한 사람들처럼 간만에 느끼는 도시의 정경에 감탄하고 있는데, 아저씨가 소리쳤다.

"맥도날드다!"

마지막으로 패스트푸드 식당을 본 게 부르고스였던가? 알베르게에서 제공하는 스페인 가정식, 아저씨가 해주는 훌륭한 요리, 다 좋은데, 한 달 가까이 먹다 보면 질릴 수밖에 없다. 평소에도 가끔 그리운 게 패스트푸드인데, 순례자들이 그 붉은색 간판에 노란색 M자를 보고서 군침을 질질 흘리는 건 당연하다.

"으, 여기까지 와서 다국적 기업 정크 푸드 먹게?"

아저씨는 이미 뒤도 돌아보지 않고 맥도날드로 향하고 있는데, 안나가 딴지를 걸었다. 순롓길까지 와서 평소에 먹던 패스트푸드를 또 먹고 싶다는 생각이 드는 건 대기업의 마케팅에 세뇌된 결과라나 뭐라나. 안나는 또 열정적인 웅변을 시작했고, 나와 아저씨는 당연하게 무시하며 맥도날드로 들어갔다. 결국 그녀는 근처 빵집에서 크로와상을 사서 합류했다.

"역시 대기업이란 좋네요. 이렇게 편하게 주문도 할 수 있고."

입구에 마련된 키오스크를 조작하며 아저씨가 말했다. 어찌나 행복해하는지 엉덩이를 씰룩거리면서 말이다. 익숙한 영어로 언어 설정을 하고서 햄버거에 추가할 재료까지 세세하게 고민하는 아저씨. 우리는 빅맥이 나은지 더블쿼터파운더치즈버거가 나은지 설전을 벌였고, 둘이서 먹기에는 심히 많은 양을 주문하고서야 자리에 앉았다. 아저씨가 햄버거 두 개에 너겟까지 시킨 탓이다. 잠시 후, 눈 앞에 음식이 놓였을 때 우리는 감동하지 않을 수 없었다.

"아름답죠?"

아저씨는 노릇노릇 황금빛 감자튀김을 집어 눈 앞에서 감상하며 말했다. 사실 그동안 감자튀김은 많이 먹었다. 식당이나 알베르게에서 메인 요리와 함께 종종 내줬기 때문이다. 그런데 맥도날드의 감자튀김은 그동안 먹던 것들이랑은 격이 다르다는 느낌이다. 아저씨에게 차이에 대해 물어보자, 마치 학생의 훌륭한 질문을 받은 교사처럼 기쁜 얼굴로 대답했다.

"맥도날드 감튀는 슈스트링이라고 해서 일반적인 감튀보다 더 가늘어요. 그리고 본사에서 제휴를 한 농장에서 엄선된 감자로만 만들거든요. 그걸 급속 냉동해서 각 지점에 보내는 거예요. 튀김유도 중요한데, 카놀라 기름, 옥수수 기름, 콩 기름을 정해진 비율로 섞어 쓴대요. 각 지점 직원들은 이걸 정확한 온도와 시간에 맞춰서 튀겨내요. 그 덕분에 전 세계 어느 맥도날드 어느 지점에 가도 동일한 품질의 훌륭한 감튀를 맛볼 수 있는 거죠. 감자를 사서 직접 감튀를 만들어본 적이 있는데, 이런 맛은 안 나오더라고요."

아저씨는 버거와 감튀를 흡입하면서 잘도 맥도날드의 위대함에 대해 설명하기 시작했다. 전 세계에 체인을 가지고 있으면서도, 어디서든 비슷한 수준을 기대할 수 있는 맛과 품질의 규격화를 이루어낸 점. 대중의 오해와는 달리 다른 음식점에

비해 훨씬 균형 잡힌 식단을 제공한다는 점. 게다가 맥도날드
가 사용하는 재료와 포장지가 환경에 미치는 영향이 사실은
다른 소규모 음식점들에 비해 훨씬 적다는 이야기도 했다. 안
나 들으라고 한 소리 같아 그녀를 쳐다보는데, 은근슬쩍 쟁반
위 감튀에 손을 대고 있었다.

"내 감튀에서 손 안 떼?"

안나의 손등을 찰싹 때리자, 안나는 심히 억울하다는 얼굴
로 나를 노려봤다. 그러자 아저씨가 마치 전도라도 하는 듯한
인자한 얼굴로 감자튀김을 건네며 안나에게 말했다.

"안나 씨, 대기업은 좋은 거예요. 대기업 덕분에 세계 곳곳
에 일자리가 생기고 영세사업자나 사회적 약자들도 먹고 사
는 걸요. 지금 여기만 해도 보세요. 노인들과 장애인들이 일하
고 있잖아요."

안나는 아저씨가 권하는 감자튀김을 받을지 말지 몹시 고
민하는 얼굴이었다. 그 손길이 악마의 유혹이라도 되는 것처
럼 애써 저항하다가, 결국 받아들이는 안나. 그녀는 결국 햄버
거 세트를 추가 주문했다. 먹다 남은 눅눅한 크로와상을 배낭
안에 쑤셔 넣는 그녀의 동작에는 죄책감이 섞여 있었다.

레온은 큰 도시인 만큼 훌륭한 숙소가 많았다. 다른 곳에

비해 가격이 저렴한 데도 시설은 좋았고 깨끗했다. 숙소 간 경쟁 덕분이겠지. 우리는 간만에 프라이버시를 즐기기로 했고, 적당한 가격의 호텔에 체크인했다. 침대 둘이 놓여 있는 방에 나와 아저씨가, 그 옆 방에 안나가 묵었다. 그 날 오후 우리 일행은 간만에 호사스러운 휴식을 취했다. 호사스럽다는 게 별거인가. 크고 깨끗한 욕실에서 뜨거운 물로 느긋하게 샤워를 하고 나와 푹신하고 넓은 침대에서 뒹굴거리는 것. 공용 숙소를 전전하는 순례자에게는 그것만으로도 대단한 호사다. 이렇듯 행복이란 분명 상대적인 것이다.

우리는 해가 뉘엇뉘엇 질 때쯤 다시 밖으로 나왔다. 광장 중앙의 성당에 가서 순례자 도장을 찍기 위해서였다. 정작 성당에는 도장이 없었고, 그 옆 관광사무소에서 도장을 찍어주고 있었지만 말이다. 아무튼 레온 대성당은 정말 장엄한 건물이었다. 입구의 거대한 나무 대문에는 하나하나 장인의 손길이 느껴지는 무늬가 새겨져 있었고, 벽에는 밤이 되면 꼭 살아 움직일 것 같은 천사 조각들이 우아한 자태를 뽐내고 있었다. 성당에 들어가자 그 웅장함에 짓눌리는 것 같은 기분마저 느껴졌다. 고개를 한껏 들어올려야 보이는 높은 천장. 머리 위 빈 공간을 채우는 스테인드글라스의 화려한 빛. 그 아래 사람들의 공간에는 엄중한 어둠이 깔려 있었고, 곳곳에 놓인 촛

불이 조용히 사람들을 인도하고 있었다. 나도 모르게 숨죽이게 되는 그런 분위기. 아저씨는 중앙 단상을 향해 무릎을 꿇고 경건하게 기도했고, 안나는 스케치북에 성당의 풍경을 그렸다. 무슨 그림인지 알아보기는 어려웠지만 말이다.

"신앙심이라는 건 정말 굉장하구나."

"무슨 말이야?"

내 혼잣말에 안나가 물었다.

"이거 수백 년 전에 지어진 건물이잖아. 중장비도 없이 맨몸으로 지은 건물. 저 정교한 장식들도 하나하나 다 손으로 새긴 거고. 신앙심이라는 건 참 대단하다 싶어서."

"공포 때문 아니었을까?"

"공포?"

"권력자에 대한 공포. 그 시대 힘있는 사람들이 힘없는 사람들을 채찍질하면서 시켰을 거 아냐. 성당 지으라고. 자기 영혼의 구원을 위해서."

"그럴 수도 있겠네. 그런데 그동안 들렀던 마을에는 다 성당이 있었어. 아무리 작고 가난한 마을이어도 꽤 큰 성당들이 있었잖아. 오늘날까지도 사람들은 그 허물어져가는 성당을 관리하면서 기도를 하고 있었고. 누가 시켜서 하는 게 아니라."

그때 기도를 마친 아저씨가 다가와 말했다.

"성당은 일종의 커뮤니티라고 생각해요. 동아리나 모임처럼요. 마을 사람들이 주일마다 모여 소식을 나누고 교류하는 곳. 어쩌면 종교의 본질은 신에 대한 신앙심이 아니라 사람간의 정인지도 몰라요."

우리가 성당을 나왔을 때에는 이미 저녁이었다. 맥도날드에서 점심을 워낙 배불리 먹은지라 다들 식사 생각은 없었고, 가벼운 안주에 맥주를 마시기로 결정했다. 광장 주위에는 여러 바가 있었는데, 사람들은 야외 테이블에 앉아 광장의 분위기를 즐기며 술을 마시고 있었다. 적당한 자리를 찾아 두리번거리는데 아저씨가 깜짝 놀라며 테이블에 앉아 있는 한 남자를 가리켰다.

"왜요, 저 사람 아세요?"

"그 사람이잖아요. 피레네에서 텐션 쩔었던 사람. 미하일씨!"

오, 정말이었다. 피레네에서 숙취에 시달리던 우리를 구원했던 캡틴 아메리카. 아니 독일인이니까 캡틴 저머니. 그런데 미하일의 모습이 이상했다. 그때 봤던 말끔한 모습의 청년은 어디 가고, 술에 흠뻑 취해 혼자서 뭐라고 중얼대고 있었다. 풀린 눈, 지저분한 수염, 삐딱한 자세. 노숙하는 알콜중독자

같은 모습. 어딜 봐도 미하일이 아니다. 그러고보니 한쪽 다리
에는 깁스를 하고 있고, 옆에는 목발이 놓여 있었다. 계속 혼
자 궁시렁대는데, 거리 때문에 번역기가 안 되는 상황. 안나에
게 뭐라는 거냐고 물었는데, 안나의 표정이 영 이상했다. 마치
흉기를 휘둘러대는 또라이라도 보는 듯한 표정.

"이 냄새 나는 순례자 새끼들. 여기도 있고 저기도 있네. 다
뒈지면 좋겠는데."

갑작스러운 폭언에 나도 아저씨도 당황했다. 안나는 미하일
의 말을 그대로 옮겨주고 있을 뿐이었다.

"하는 건 걷는 것밖에 없는 주제에 대단한 일이라도 하는
것처럼 거만하게 대가리 추켜들고 다니는 꼴 좀 보라지. 개선
장군들이 따로 없구만."

미하일은 술을 퍼마시며 지나가는 순례자들을 향해 저주
를 퍼붓고 있었다. 그 때 봤던 산뜻한 청년이 어쩌다 저리 된
거지? 그 때 나와 미하일의 눈이 마주쳤다.

"하! 저 알콜중독자들도 여기까지 왔네."

안나는 이 말을 전하면서 어쩐지 미안해하는 눈치였다. 험
담을 전하는 거라고 생각한 걸까? 그 와중에 아저씨는 벌써
손을 흔들며 미하일에게 다가가고 있었다.

"미하일 씨, 저희 기억나세요?"

아저씨가 영어로 인사하며 다가가자 미하일은 술잔을 들며 말했다.

"아아, 기억나지. 피레네에서 숙취 때문에 고생했던 한국인 친구들!"

우리가 욕하는 걸 못 들었다고 생각하는 건지, 미하일은 애써 텐션을 끌어올려 인사를 받았다. 방금까지만 해도 당장 쌍욕을 퍼부으면서 쫓아낼 것 같은 분위기였는데 말이다. 가식에 능숙한 걸지도 모르겠다. 아저씨는 그에게 다가가며 말했다.

"그때는 정말 고마웠어요. 미하일 씨가 아니었으면 그 날 낙오하고 집에 돌아갔을지도 모르겠네요. 그나저나 하몽에 피노 셰리 페어링이라니. 멋진 조합입니다."

아저씨는 미하일이 마시던 와인과 안주를 가리키며 말했다. 그 고상한 말에 미하일은 약간 당황한 눈치였고, 갑자기 자세까지 어정쩡하게 고쳐 잡았다. 인생 다 포기한 노숙자마냥 의자에 기대서 술을 푸고 있다가 갑자기 멀쩡한 척 태도를 바꾸고 있는 거다. 어딘가 거친 술 취한 말투는 그대로였지만 말이다.

"멋을 아는 남자시구만. 시간 되면 앉지 그래요? 그간 이야기도 들을 겸."

아저씨는 나와 안나를 쳐다보며 여기 합석하자는 간절한 눈길을 보냈다. 그러고 보니 아저씨는 미하일을 처음 볼 때부터 동경했었지. 캡틴 아메리카 같다면서. 마침 맥주 마실 곳을 찾던 참이었겠다, 나는 흔쾌히 자리에 앉았고, 아저씨와 안나도 따라서 앉았다. 그런데 안나는 어딘가 못마땅한 얼굴이다. 누가 봐도 상태가 이상해보이는 이 사람이랑 합석한다고? 이렇게 되묻는 느낌이다. 아니면 미하일이 우리 험담을 해서 그런가? 한편 자리에 앉은 아저씨는 갑자기 양복 셔츠 깃을 정리하듯 등산복 상의 칼라를 고치더니, 테이블 위 냅킨을 들어 우아하게 편 다음 무릎 위에 얹었다. 아저씨야 원래 좀 고상한 데가 있는데, 왠지 오늘은 더 오버하는 느낌이다. 웨이터를 부른 미하일은 아저씨에게 물었다.

"스카치?"

"좋죠. 아일레이로 아무거나. 니트. 양고기가 있으면 같이 주문해주면 좋겠군요."

아저씨의 주문에 미하일은 뭔가 인정한다는 듯 고개를 살짝 끄덕였다. 둘은 어딘가 뜨거운 눈길을 주고받는 것 같았는데, 이게 취향이 통해서 그런 건지, 아니면 다른 무언가인지 잘 모르겠다. 혹시 아저씨가 미혼인 이유가 있었나?

"만나자마자 브로맨스 쩐다."

둘의 남다른 우정에 핀잔을 준 안나. 그런데 미하일의 눈썹이 꿈틀했다. 나와 안나는 그냥 맥주를 주문했고, 잠시 후 웨이터는 우리 잔부터 들고 왔다. 안나는 기다리던 맥주잔을 받자마자 내 잔에 힘껏 부딪치더니 곧바로 벌컥벌컥 들이키고는 캬 하는 소리를 냈다. 품위 있는 아저씨와는 정반대의 모습. 미하일은 그 모습을 짐승 쳐다보듯 보고 있었다.

"미국인들이란."

미하일은 농담 반 진담 반이라는 식으로 혼잣말처럼 말했다. 시비를 거는 건가? 안나가 한 핀잔에 대한 반격인 것 같기도 하고. 물론 그냥 넘어갈 안나가 아니다. 그녀는 한 술 더 떠 시원하게 트림을 한 후, 마치 연극 무대의 배우가 관객을 향해 인사하듯 우아하게 고개 숙였다.

"아까는 욕하면서 혼자 진상부리고 있더니 태도가 달라졌네요? 소망이랑 용썩한테 사과부터 하지 그래요?"

그리고는 미하일에게 당돌하게 따지고 드는 안나. 나와 아저씨가 괜찮다며 만류하는데, 미하일은 한숨을 푹 쉬더니 피로하다는 듯 엄지와 검지로 미간을 꾹꾹 누르며 말했다.

"다 들으셨군. 유감이네."

"미안합니다가 아니라 유감이라고?"

"같은 말을 두 번은 해야 알아들을 수 있는 똑똑한 아가씨인가보군. 당신이 눈치없이 여기 두 사람에게 그 말을 굳이 전달해준 게 유감이란 말이야. 마치 트러블을 바라는 것처럼."

"야, 너 지금 뭐라 그랬어?"

나와 아저씨가 끼어들 틈도 없이 상황은 급전개되었다. 안나는 주저없이 화를 내기 시작했다. 뭐 이딴 놈이 다 있냐. 맨스플레인 하지 마라. 하여간 백인 남자들은 특권에 절여져서 자기가 무슨 무례를 저지르는지도 모른다. 어쩌고 저쩌고. 안나는 얼굴이 빨개져서 노발대발하고 있는데, 미하일은 안나의 말에 맞춰 여유롭게 잔을 흔들며 리듬을 타고 있었다. 시비를 건 걸로도 모자라서 대놓고 조롱하고 있는 미하일. 피레네에서 봤던 미하일의 탈을 뒤집어 쓴 다른 누군가가 아닌가 싶을 정도다. 술을 먹으면 괴팍해지는 스타일인가? 아무튼 안나는 이 도발에 어이가 없어서 말문이 막혀버렸다.

"이 사람이랑 안면이 있다고 했죠? 어울리고 오세요. 저는 먼저 일어날게요. 숙소에서 봐요."

남은 맥주를 단숨에 들이킨 안나는 테이블 위에 10유로짜리 지폐를 놨다. 그리고는 미하일 얼굴 앞에 가운데 손가락을 세운 후 뒤도 안 돌아보고 떠나가버렸다. 아저씨는 안나에게 가려고 자리에서 반쯤 일어났지만, 그녀는 붙잡지 말라는 듯한 빠른 걸음으로 멀어져갔다.

"미하일 씨, 말씀이 심하셨습니다."

걱정스레 안나의 뒷모습을 바라보던 아저씨는 안타까운 얼굴로 말했다.

"미안해요. 저런 당찬 여자를 보면 괜히 시비를 걸고 싶어져서. 자기 주관을 시도 때도 없이 표현해야 직성이 풀리는 사람은, 정작 남의 표현은 못 견뎌 하는 경향이 있지."

"어떤 뜻인지는 알겠습니다. 그래도 좋은 애에요."

내 말에 미하일은 씨익 웃더니 잔을 들어 허공에 건배하며 말했다.

"그러니까 같이들 다니는 거겠지."

그리고 잠깐 어색한 침묵이 흘렀다. 아저씨는 술을 홀짝이며 미하일의 얼굴을 살피고 있었다. 그래서 내가 대뜸 물었다.

"그런데 다리는 왜 그런 겁니까?"

아저씨는 기겁하며 술을 뿜을 뻔했다. 용석 씨! 하면서 낮게 비명을 질렀다. 돌직구를 던지면 안 된다고 생각한 건가?

"굳이 모른 척하는 게 더 이상한 것 같은데요, 아저씨."

미하일은 우울한 얼굴로 깁스를 한 자신의 오른쪽 다리를 보며 말했다.

"십자인대가 끊어졌다는군."

미하일은 그동안 있었던 일에 대해 설명했다. 이전에 말했다시피 미하일은 독일에서 의사에 변호사 자격증까지 있는 엘리트 중의 엘리트였다. 그런 엘리트답게 건강 관리에도 철저한데, 걷기 동아리 운영부터 철인 3종 경기 대회 우승까지. 육체적으로도 만능이다. 하루 스케줄을 분 단위로 쪼개서 관리할 정도로 바쁜 미하일이 산티아고 순렛길에 오를 수 있었던 건 최단 시간 순례 기록에 도전하겠다는 구체적인 목표 덕분이었다. 현재 생 장에서 출발해 산티아고로 골인하는 프랑스 길의 최단 시간 기록은 9일 다섯 시간 29분이라고 한다. 나와 아저씨는 이 기록을 듣고 입을 다물지 못했다. 약 800km를 도보로 9일만에 주파라니. 그런데 미하일은 그 기록을 깨려고 여기 온 것이다.

피레네에서 나와 아저씨를 만난 이후에도 미하일은 계속해서 걷고 달렸다. 해가 뜨기 전에 출발해서, 해가 진 후에도 한참을 나아갔다. 하루 평균 87km 걷고 달려야 깰 수 있는 기록. 매일매일 마라톤 완주를 두 번 하고 좀 더 걸어야 하는 거리다. 미하일은 그 속도를 어렵지 않게 유지했다고 한다. 괴물 아닌가?

메세타 평원에 들어간 미하일은 좀 더 속도를 내기로 결심했다. 굽이진 길이나 경사 없이 일직선으로 주욱 펼쳐진 흙길.

달리기 편한 이 구간에서 속도를 내면 이후 산악 지역에서 편해지기 때문이다. 지금 무리한 만큼 나중에 여유가 생긴다. 이 생각은 미하일의 뜀박질을 더욱 재촉했다. 그런데 그 때, 오른쪽 무릎에서 무언가가 툭 하고 끊어지는 불길한 소리가 들렸다. 무언가가 잘못되었다는 걸 깨달을 때쯤 끔찍한 고통이 엄습해왔다. 미하일은 그대로 균형을 잃고 넘어졌다.

"구급대원이 나를 큰 병원이 있는 레온으로 이송시켰지. 십자인대가 끊어져서 수술을 받아야 한다더군. 의사는 그동안 내가 무릎을 너무 혹사시켰다고 했어. 믿어져요? 나도 명색이 의사인데 말이야. 목표에 눈이 멀어 내 상태를 몰랐던 거야. 무의식적으로 무시했던 거거나."

미하일은 그렇게 수술을 받고 입원해서 회복 중이었다. 한동안 걷기는커녕 무릎을 굽히지도 못 한단다.

"병원 침대에 누워서 가만히 천장만 바라보고 있는데 돌아 버릴 것 같았어. 술이라도 마셔야겠더군. 외출을 막는 간호사에게 소송 걸겠다고 협박까지 한 덕분에 이렇게 나올 수 있었던 거지."

미하일은 병이 빌 때까지 잔에 와인을 따랐고, 넘치기 직전까지 차오른 잔을 들어 냉수를 마시듯 단숨에 들이켰다.

"신기록은커녕 완주도 못 하게 생겼어. 후유증이 안 남으면 다행인 상황이지. 의사는 이제 격한 스포츠를 하는 건 무리라더군, 씨발."

미하일은 마치 가래를 뱉어내듯 욕을 했다. 그 목소리에는 짙은 절망과 분노가 녹아 있었다. 이렇게 혼자 술을 퍼마시며 세상을 저주하고 있었던 모양이다. 그는 웨이터를 불러 새 와인을 주문했다. 웨이터는 과음한 미하일을 보며 걱정스러워하는 눈치였지만, 별 말 없이 술을 가져왔다. 분위기를 보아하니 이미 미하일과 한 번 부딪친 모양이다. 완벽한 엘리트가 좌절하면 이렇게 어두워지나? 미하일은 또 혼잣말처럼 중얼대기 시작했다. 자기 자신을 욕하고, 세상을 욕하고, 지나가는 사람들을 욕했다. 정처 없는 분노를 그저 사방에 흩뿌리는 것 같았다.

"빌어먹을. 주변 사람들한테는 뭐라고 해야하지? 세계 기록 세워올 거라고 그렇게 큰소리치고 다녔는데. 다들 나를 실패자라고 비웃겠지."

"왜 실패자라고 말하는 겁니까?"

내가 끼어들자, 미하일은 뭘 당연한 걸 묻느냐는 얼굴로 답했다.

"기록 세우는 데 실패했으니까."

"기록이 없으면 다 실패자인가요? 순례라는 건…."

미하일은 내가 무슨 말을 하려는지 다 안다는 듯, 손을 휘휘 저어 내 말을 끊어버렸다. 그 싸가지 없는 태도에 화가 났지만 내 얼굴을 살피며 불안해하는 아저씨의 표정을 보고 일단은 잠자코 듣기로 했다.

"순례라는 건 그런 게 아니다, 성공과 실패는 없다. 뭐 그런 클리셰 말하려고? 모든 사람의 카미노는 다 다르다. 빠른 길도 있고, 느린 길도 있고, 일찍 끝나는 길도 있다. 여행사 브로셔에나 쓰여 있는 그런 뻔한 말이라도 하시게?"

미하일은 가증스럽다는 듯한 눈으로 물었고, 나는 아무 말 않고 그 얼굴을 응시했다.

"미안한데, 나는 그 따위 히피 철학 같은 거 믿지 않아. 목표라는 게 있는 사람은 성공과 실패 둘 중 하나의 결과를 받아들여야 해. '졌지만 잘 싸웠다', 이런 마인드? 실패한 사람들의 자위에 불과하지. 그렇게 결과를 부정하고서 마음이라도 편하려고 멋대로 떠들어대는 소리에 위로 받는 순간 '루저'가 되는 거야. 나는 실패했어. 그리고 그 결과에서 도망침으로써 다른 사람들 눈에 더욱 한심한 '루저'로 비춰지는 건 사양하겠어."

아마도 미하일은 늘 1등만 하는 삶을 살아왔을 것이다. 낯선 사람들인 우리에게 자신의 경력을 자랑스럽게 이야기 하는 것만 봐도 그가 엘리트, 아니 그의 표현을 빌리자면 '위너'로서 얼마나 강한 자부심을 가지고 있는지 알 수 있다. 그런 완벽한 삶을 살아왔는데, 무릎을 다쳐 기록 도전에 실패한 걸로도 모자라 앞으로 후유증으로 운동을 못 하게 될 수도 있다고 하니 저렇게 분노하고 있는 거겠지. 다른 사람들 눈에 자신이 루저로 보일까 불안해 하며. 그런 미하일의 상판을 보고 있으니 뭔가가 울컥하는 기분이 들었다. 나답지 않게 진지해져서는 말이다.

"말 끝나셨습니까?"

미하일은 어디 떠들어보라는 식으로 내게 손짓했다.

"우리는 얼마 전에 길에서 한 인기 유튜버를 만났습니다. 순례로 유튜브 영상을 만드는데, 사실 이 사람은 순례를 하는 척만 하고 있었죠. 차를 타고 돌아다니면서 필요한 영상만 찍고, 심지어 메고 있던 배낭도 가짜였습니다. 하지만 그의 영상을 보는 수백만 명의 사람은 그를 순례자로 보겠죠. 순례 완주라는 특별한 경험을 통해 길 위에서 무언가 깨달음을 얻은 그런 근사한 '위너' 말입니다. 남들의 평가라는 건 이렇게 무의미합니다. 제 눈에 그 사람은 괴로워 보였거든요. 남이 어떻게 생각할까, 남에게 어떻게 보여질까만 생각하기 때문에 스스로는 아무 것도 즐기지 못하는 것처럼 보였습니다. 겉으로는 세계를 여행하며 많은 것을 보고 듣고 이룬 사람인데, 속은 텅텅 비어 있었죠. 마치 그 배낭처럼."

의외로 미하일은 잠자코 내 말에 귀 기울였다. 아저씨는 내 관점에서 박튜브의 이야기를 듣는 게 즐거운지, 얇게 미소짓고 있었다.

"그리고 그와는 완전히 다른 순례자도 만났었습니다. 휠체어를 끌고, 목발을 짚고서 순례에 나선 사람이었죠. 사랑하는 사람과 함께 둘이서 천천히, 조금씩, 할 수 있는 만큼 걸어간다고 했습니다. 다발성경화증을 앓고 있는 젊은 여자였죠. 목발 없이는 제대로 걷지도 못하고, 금방 지쳐서 휠체어에 앉아야 하는데, 그 상태로 즐거워하면서 걷는 사람이었습니다. 아예 걷지 못하게 되기 전에 원없이 걸어보고 싶다며 여기 왔다고 하더군요. 이 사람이 완주를 할 수 있을까요? 글쎄요. 아마도 어렵겠죠. 그런데도 그 사람은 걸었습니다. C'est la vie, 그게 인생이라면서요."

어쩐지 얼굴이 뜨겁다. 화가 난 건지, 안타까운 건지, 아니면 그냥 변덕인지 나도 잘 모르겠다. 아무튼 복잡한 감정에 혀가 제멋대로 떠든다.

"미안한 말입니다만, 제 눈에는 미하일 씨가 '루저'로 보입니다. 당신이 어느 날 갑자기 다발성경화증에 걸려 온 몸이 마비

되기 시작하면 어떨까요? 아마 사는 걸 포기해버릴 것 같습니다. 남들이 자신을 환자 취급하는 걸 못 견뎌하겠죠. 위너와 루저라는 그 애매한 정의로 사람을 둘로 나누는 당신은 자기 자신이 우월한 승자의 입장에 있어야만 납득할 수 있는 사람이죠. 승자가 아닌 자기 자신은 받아들이지 못할 만큼 불안한 사람이라서 다른 루저들을 깔보며 안도감을 느끼며 살아갑니다. 자기 삶이 완벽해야만 살아갈 수 있는 사람은 사실은 겁쟁이에요. 어떤 불가항력적인 불행이 벌어지면 금세 포기해버리는 그런 루저죠. 징징대지 마세요. 불행이 넘쳐나는 이 세상에서 당신의 완벽한 삶에 새겨진 옥의 티 따위에는 아무도 관심 없으니까."

토해내듯 아무렇게 떠들어낸 말. 사실 내가 무슨 말을 하려는 건지도 잘 모르면서 막무가내로 내뱉은 말들. 논리로 정리되지 않은 채 그저 감정을 그대로 쏟아내는 이런 대화는 술자리에서 '술김에'라는 변명으로만 허용된다. 그것도 친한 사이에만. 어떻게 마무리 해야할지 몰라서 그냥 눈 앞에 있는 맥주잔을 비워버렸다. 다행히 아저씨가 내 말을 이어받았다.

"미하일 씨, 걸으실 수 있게 되면 달려왔던 길을 천천히 걸어서 되돌아보는 게 어떨까요?"

"생 장으로 돌아가라고? 산티아고로 가서 완주라도 하는 게 아니라?"

"네. 기록이나 완주 같은 속박에서 벗어나서 바람 쐬듯 천천히요. 분명 달려오면서 놓친 것들이 보일 거예요. 그리고 지금 용석 씨의 말이 좀 더 와 닿을 거라고 생각하고요."

아저씨는 테이블 위에 지폐 몇 장을 올린 후 말했다.

"술도 꽤 마셨겠다, 저희는 오지랖 그만 떨고 여기서 인사드리겠습니다. 아무쪼록 미하일 씨 쾌유를 빌게요. 부엔 까미노."

아저씨가 정리해준 덕분에 우리는 자리를 마무리하고 일어날 수 있었다. 미하일은 별 말 없이 손을 들어 인사했다. 나같은 루저가 쏘아댄 말에 다소 쇼크를 받은 모양인지, 잔을 만지작거리며 생각에 잠긴 모습이었다. 그렇게 나와 아저씨는 숙소로 향했다. 나는 술김에 아무렇게나 내뱉은 말 때문에 조금 민망한 상태였고, 우리는 어색한 침묵 속에 걸었다. 아저씨가 숙소에서 기다리는 안나가 배고플 거라는 핑계를 대며 굳이 맥도날드에 가서 또 햄버거 세트와 아이스크림을 살 때까지 말이다.

"어서 벗고 들어와. 쑥스러워하지 말고."

어쩌다가 이렇게 된 걸까. 머릿속을 잘 뒤져보면 죽은 쥐라도 나오지 않을까 싶은 복실복실한 레게머리를 한 깡마른 백인 노숙자가 탕 안에서 나와 아저씨를 향해 손짓한다. 어서 들어오라고 말이다. 탕이라고 말하면 오해의 소지가 있는데, 그건 군데군데 녹이 슬어 있는 드럼통을 개조해서 만든 야외 간이 욕조다. 벽돌이 드럼통을 받치고 있고 그 밑에서 장작이 타고 있다. 저 탕에 들어가면 씻어지기는커녕, 파상풍에 걸리거나 백인 노숙자가 앓고 있는 모종의 질병에 옮을 것 같다. 아저씨는 이미 정신이 나간 상태다. 죄송합니다 잘못했어요 살려주세요 한 번만 봐주세요. 눈을 똑바로 뜨지도 못한 채 저 말만 계속 중얼거리고 있다. 가혹한 현실에서 도피하고자 정신이 가출해버린 거다.

도대체 어쩌다가 이렇게 된 걸까. 아무리 생각해봐도 이건 안나 탓이다.

레온을 떠나 아스토르가로 향하던 우리 일행은 한적한 숲길을 걷던 중 순례자 기부 테이블을 발견했다. 순례자들을 위해 커피와 차, 빵과 과일 등이 올려져 있는 테이블 말이다. 우리는 잠깐 간식을 먹으며 휴식하기로 결정했고, 주머니의 동전들을 모아 기부함에 넣었다. 동전이라고 째째하다고 생각하지 마시라. 2유로짜리 동전 하나면 한화로 3,000원 가까이 된다. 그렇게 간식을 먹고있는데, 잘생긴 중년 하나가 풀숲에서 나오며 말했다.

"혹시 도장은 안 필요하신가요?"

우리에게 건넨 도장은 나무를 직접 깎아 만든 근사한 물건이었다. 순례자 여권을 꺼내 찍어보니 가운데에 하트가 있고, 그 하트를 따라 망치, 낫, 삽 같은 공구들이 새겨져 있었다. 그 아래 적혀 있는 글귀, 'Commune for True Happiness'. 진정한 행복을 위한 꼬뮨. 그런데 이를 읽는 아저씨의 표정이 어딘가 이상했다.

"반갑습니다. 패트릭이라고 해요."

자신을 패트릭이라고 소개한 중년 남성은 우리에게 악수를 건넸다. 새치가 섞인 긴 갈색 곱슬머리를 뒤로 넘긴 채, 하얀 이를 드러내며 활짝 웃고 있는 중년의 미남. 짙은 초록색 눈동자는 물론 면도를 며칠 안 한 듯 얼굴을 덮고 있는 수염까지도 멋스러워 보이는 사람이었다. 그의 양팔에는 문신과 팔찌가 가득했는데, 언젠가 영화에서 본 히피들이 떠올랐다. 그러고 보면 입고 있는 옷도 삼베 같은 재질이고 말이다. 내가 저런 행색이면 영락없는 노숙자로 보일 텐데, 패트릭은 꼭 연예인처럼 보였다. 인생 참 불공평하구만. 우리 일행도 통성명을 하는데, 안나의 태도가 평소와는 달랐다. 좋아하는 가수를 만난 여고생 마냥 두 눈을 반짝이는데 목소리마저 어쩐지 한 톤 올라가 있었다.

"혹시 여기에 꼬뮌이 있나요?"

그러자 패트릭은 매우 기뻐하며 그 꼬뮌이라는 걸 소개하기 시작했다. 패트릭은 두바이의 유명한 구루 아래서 수련을 했단다. 구루가 뭔지 묻지는 마시라. 검색해본 나도 헷갈리니까. 종교 지도자인지 철학 지도자인지, 아무튼 그런 도 닦는 스승이시란다. 패트릭은 그 배움을 실천하기 위해 문하생 몇 명과 함께 여기 스페인에 꼬뮌을 만들었다고 한다.

"순렛길에는 다양한 사람이 오죠. 길 잃은 사람들, 깨달음과 내면의 평화를 추구하는 사람들, 끔찍한 현실에서 도망쳐 온 사람들. 우리 꼬뮌은 그런 이들과 함께 살고 일하고 사랑하는 공간입니다."

패트릭은 우리에게 빵을 권하며 말했다. 갓 구운 신선한 빵이었는데, 테이블 위 빵을 비롯해 과일, 야채 모두가 꼬뮌에서 사람들이 직접 기르고 만든 거란다. 안나는 꼬뮌이 뭔지 아는 것 같았는데, 패트릭은 당최 무슨 말을 하는 건지 몰라 멀뚱

멀뚱 눈치를 살피고 있는 나와 아저씨를 위해 부연 설명했다.

"공동체를 뜻해요. 단, 모두가 서로를 돕고, 함께 나누며 살아가요. 각자 원하는 분야에서 원하는 만큼 일하고, 노동의 결과는 모두가 함께 나눕니다. 모두가 필요한 만큼만 가져가죠."

"그래서 도장에 낫과 망치가 있었던 거군요. 공산주의의 상징."

아저씨의 말에 패트릭은 곤란하다는 듯 웃으며 말했다.

"공산주의라 그러면 너무 심각하게 들려요. 우리는 그저 인류 원시 사회의 삶의 방식을 복원하려고 할 뿐이에요. 사람들의 탐욕과 이기심을 연료로 삼는 자본주의보다 훨씬 오래되고 지속 가능한 삶의 방식이죠."

이런 사람들도 있구나. 딱 유튜브 각인데? 나는 내가 유튜브 채널을 준비하고 있다는 사실을 알리고, 혹시 그 이야기를 카메라 앞에서 해줄 수 있냐고 물었다. 패트릭은 대환영이었다. 휴대폰을 꺼내 동영상 촬영을 시작하자, 패트릭은 잘 훈련된 대변인마냥 청산유수로 꼬뮌에 대해 설명했다. 이렇게 능숙한 사람은 처음이었다. 자신들이 이상적인 공동체를 건설하기 위해 어떤 노력을 하고 있는지 막힘없이 설명했다. 새로운 멤버는 어떻게 받는지, 어떤 규칙이 있는지, 생활 물자는 어떻게 구하고, 공동체 내 공산 경제는 어떻게 돌아가는지 등등. 당장 본인이 유튜브를 해도 수십만은 금세 모을 것 같은 언변으로 이 매력적인 공동체에 대해 알려줬다. 그런데 문제는 그 내용이 점점 산으로 간다는 거다. 불교, 시크교, 힌두교 등등 이름도 생소한 종교와 철학 이야기가 섞이기 시작했다.

"그러면 꼬뮨 구성원들은 모두 같은 철학을 공유하고 있겠네요?"

"네, 맞습니다. 우리는 이 꼬뮨에서 생활하며 세상을 구하기 위해 긍정의 에너지를 모으고 있습니다."

패트릭은 활짝 웃으며 말했다. 자신의 삶의 방식에 자부심을 느끼는 사람만이 지을 수 있는 그런 상쾌한 얼굴이었다. 가 아니라, 잠시만. 이거 좀 이상하잖아? 세상을 구하기 위해서 에너지를 모은다고?

"저, 그 에너지라는 게…?"

"차크라, 아우라, 기. 다양한 표현이 있지만, 인간에게는 현대 과학으로 측정할 수 없는 영적 에너지라는 게 있어요."

아, 걸렸구만. 도를 아시는 분들이셨구만. 잠깐 아저씨를 쳐다봤는데 위험을 감지한 얼굴이었다. 빨리 이 곳을 벗어나고 싶다는 게 온 몸에서 느껴졌다. 한편 안나는 자기 인생에서 가장 귀중한 말씀이라도 듣는 듯한 얼굴로 패트릭의 말에 귀를 기울이고 있었다.

"에너지라. 어, 그 에너지를…, 그, 어떻게 모아서 어떻게 쓰는 건가요? 배터리 같은 데에 저장하는 방식인가요?"

내 질문에 패트릭은 크게 안타까워하는 얼굴이 되었다. 이 청년을 보게, 이리 멍청할 수 있는가! 하고 꾸짖는 것 같은 얼굴이었다. 그런 얼굴을 하는 건 당신이 아니라 나여야 한다고.

"하하하, 재미있는 농담이네요. 에너지는 순환해요. 우리가 창출한 행복의 에너지는 어머니 자연을 통해 세상에 퍼져 나갑니다. 우리 꼬뮨이 커질수록, 구원할 수 있는 영혼도 늘어나죠."

나와 아저씨는 여전히 무슨 말인지 못 알아듣겠다는 표정을 하고 있는데, 패트릭이 갑자기 덧붙였다.

"원하신다면 우리 꼬뮨을 구경시켜드릴까요?"

안나는 곧바로 우리를 쳐다봤다. 아니, 노려봤다. 그녀의 두 눈은 무슨 일이 있어도 반드시 꼬뮨을 봐야겠다는 의지로 활활 타오르고 있었다.

*

꼬뮨은 테이블에서 30분 가량 풀숲을 헤치고 들어가자 등장했다. 정확한 위치를 모르면 찾기도 어려운 깊은 숲 속이었다. 그런데 그 모습이 공동체라는 말보다는, 판자촌 내지는 거지촌이라는 말에 더 어울렸다. 맹세하는데, 언젠가 유니세프 공익 광고에서 본 아프리카 난민촌이 여기보다는 훨씬 더 쾌적해 보였다.

"아저씨, 이거 아무리 봐도 거지촌 아닙니까? 제가 오버하는 거 아니죠?"

안나는 저 앞에서 패트릭과 함께 걸으며 도란도란 이야기를 나누고 있었다. 좋아하는 사람이랑 데이트라도 하는 듯한 모습이었다. 나는 뒤로 슬쩍 빠져서 아저씨에게 말을 걸었다. 아저씨의 얼굴은 공포와 불안으로 어두웠다.

"거지라는 말은 너무한 것 같아요, 용석 씨. 이렇게 산다고 가진 게 없는 건 아니니까요."

"그러면 이 모습을 뭐라고 말해야 합니까?"

"좀 더 정확하게, 노숙촌 어떨까요? 모두가 실제로 노숙을 하고 있는 노숙자니까."

우리가 노숙촌에 들어가자 포켓몬마냥 하나하나 심하게 개성 넘치는 노숙인들이 인사를 해왔다. "어이 패트릭, 신입이야?" "아니에요 라파엘 그냥 구경 온 사람들입니다." "에이, 자네가 데려왔으면 곧 우리 식구가 될 텐데 뭘." "하하, 두고 보시죠." 이런 무시무시한 대화가 오고가고 있었다. 아저씨는 이제 몸까지 덜덜 떨면서 본격적으로 두려워하고 있었다. 패닉 상태에 빠지기 직전인 게 분명하다. 다 사람 사는 곳인데 뭘 그리 무서워하느냐고? 당장 경찰을 불러도 어디로 불러야 할지 모르겠는 이런 외진 곳에 있는 노숙촌에서 아무런 공포를 느끼지 않는 사람이 비정상이다. 그런 면에서 안나는 확실히 비정상이다. 무슨 에덴동산이라도 발견한 것 같은 얼굴로 그 곳을 둘러보고 있다.

나와 아저씨는 이들이 모두 사이비 종교에 심취해 이렇게 모여 사는 건 줄 알았는데, 자세히 살펴보니 다 그런 건 아닌 것 같았다. 패트릭처럼 종교적인 유형도 존재했지만 다른 이유로 그곳에 있는 게 분명한 노숙인들도 보였다.

"히익! 약쟁이!"

아저씨는 이제 말도 제대로 못 하고 이상한 소리를 내기 시작했다. 아저씨의 시선을 따라가보니 레게머리를 한 깡마른 백인이 길쭉하게 생긴 유리병 안에서 무언가를 태워 흡연하고 있었다. 물담배인가? 그런데 저렇게 생긴 사람이 태우고 있는 이상 절대 평범한 물담배는 아닐 것 같다. 가을 날씨인데도 웃통을 벗은 채 다 헤진 반바지만 입고 있는 그 노숙자는 풀 위에 대자로 누워서 그러고 있었다.

"아저씨, 자꾸 안기지 마십쇼. 성희롱으로 신고합니다."

사방이 수상한 노숙인들로 가득한 곳이라 겁먹은 건 알겠는데, 아저씨는 자꾸 내 옆에 달라붙었다. 억지로 떼 놔도 말이다.

"우리 같이 잠도 자는 사이인데 이 정도는 괜찮잖아요."

그 때 흡연에 열중하던 그 백인 레게머리가 우리를 흐뭇하게 바라보며 엄지손가락을 추켜들었다. 마치 사랑싸움을 하는 커플이라도 본 것처럼.

"잠깐만. 매우 심각한 오해를 하신 것 같습니다만."

레게머리한테 설명을 해도 그는 무언가에 취해 그저 멍하게 웃으며, 다 괜찮다, 사랑은 혐오보다 강하다, 여기서는 자유로워져도 된다. 이런 헛소리만 늘어놨다. 본격적으로 따지려는데, 갑자기 그의 더러운 솜뭉치 같은 머리에서 햄스터 한 마리가 튀어나왔다. 나는 너무 놀란 나머지 토할 뻔 했다. 사람이 너무 놀라면 구토가 올라오더라. 레게머리는 그 햄스터를 두 손으로 소중히 잡아서 얼굴 앞에 가져간 후 뽀뽀를 해댔다. 얘가 내 사랑이에요, 라면서. 나중의 일이지만 이 사람과는 같은 탕 안에서 목욕도 했다. 아저씨는 갑자기 배가 아프다며 도망갔지만 말이다. 물론 괴인은 레게머리만이 아니었다.

"히익! 마피아!"

온 몸에 여러 흉터가 있는 대머리 남자가 도끼를 들고 장작을 패고 있었다. 날카로운 눈매에 무뚝뚝한 얼굴을 한 그 사내는 우리를 꿰뚫 듯 훑어보고는 다시 장작 패기에 열중했다. 그 우락부락한 몸은 꼭 기계 같았다. 저 사람은 분명 살인해 본 적 있을 것이다. 그것도 꽤 자주, 많이, 즐기면서. 그런 확신이 드는 사람이었다.

"히익! 마녀!"

이번에는 뭐라고 혼자 중얼대는 노파가 지나갔다. 온 몸에 희한한 장신구를 휘감고 있었는데, 동물 뼈가 분명했다. 무슨 주문인지 저주인지, 아무튼 정신이 멀쩡한 사람은 하지 않을 소리를 중얼중얼거리며 돌아다녔다. 나와 눈이 마주쳤는데, 그녀는 갑자기 미친듯이 웃기 시작했고, 나와 아저씨는 아주 빠른 걸음으로 도망쳤다. 아저씨가 나중에 알려줬는데, 레게머리와의 목욕을 피하기 위해 배가 아프다고 하자 걱정한 노숙인들이 아저씨를 이 마녀에게 끌고가 치료를 받게 했단다. 마녀는 이 노숙촌의 의료인이었다. 심하게 폭넓은 의미에서의 의료인. 치료랍시고 이상한 연기를 들이마시게 했는데, 아저씨는 폐암에 걸렸을 게 분명하다며 집에 갈 때까지 내내 걱정했다.

나와 아저씨가 이런 고초를 겪는데, 안나는 반대로 물 만난 고기 마냥 너무나 행복해했다. 무소유 정신이니, 나눔의 미학이니, 어쩌고 저쩌고 개똥철학을 늘어놓는 패트릭의 말에 완전히 심취한 상태였다. 이것 봐! 친환경 화장실이야. 노숙자들의 똥오줌이 모여 있는 구덩이를 보고 안나가 한 말이다. 이 신선한 과일 좀 봐, 농약 없는 오가닉 그 자체야! 군데군데 벌레 자국에 반쯤 썩어 있는 사과를 권하며 한 말이다. 어디서 판자와 쓰레기를 주워와 얼기설기 엮어 지은 텐트를 보고서 아늑한 숙소라고 할 때에는 멱살을 잡을 뻔했다.

그렇게 노숙촌을 한 바퀴 돌아보고, 다시 길에 나서려는데 패트릭과 무언가 대화를 나누던 안나가 우리에게 와 말을 걸었다.

"부탁이 있어요."

안나는 나와 아저씨를 쳐다보며 아주 간절한 눈으로 말했다.

"우리 여기서 조금만 쉬다 가면 안 될까요? 패트릭이 원하는 만큼 머물러도 된대요."

안나는 아주 간절하게 우리를 설득했다. 나보고는 여기서 유튜브를 찍으면 조회수가 엄청 나올 거라며 설득했고, 아저씨에게는 이 꼬뮨에는 셰프 출신이 요리를 한다며 음식으로 유혹했다. 언제 이런 경험을 해보겠느냐며 혼신을 다해 설득하는 안나. 하지만 나와 아저씨가 단호하게 거절하자, 자기는 여기서 꼭 머물고 가고 싶은데, 그렇다고 우리 일행과 헤어지는 건 또 싫다며 떼를 쓰기 시작했다. 나와 아저씨의 팔을 붙잡고 그 자리에 반쯤 주저 앉아 장난감 가게 앞 유치원생 마냥 망가지기 시작하는 안나. 그 꼴이 보기가 부담스러워서 나와 아저씨는 결국 안나의 청을 승낙할 수밖에 없었다.

*

그 노숙촌, 아니 '꼬뮨'에는 약 서른 명 정도의 사람이 살고 있었다. 20대 젊은 남녀부터 노인까지 성별과 연령은 다양했는데, 대부분이 백인이라는 점이 흥미로웠다. 스페인에 있는 꼬뮨이니 당연한 건지도 모르겠는데, 여기서 생활하는 사람들 대부분이 스페인 현지 출신이 아니다. 이 꼬뮨은 패트릭과 그 동료들이 세운 곳으로, 홍보를 보고 찾아온 사람도 있고, 순례를 하다가 이 곳을 발견해 안착한 사람, 여기서 거주하는 사람의 소개에 의해 찾아온 사람 등 다양한 유형이 있었다.

그 날 밤, 꼬뮨 구성원들은 우리를 위해 환영회를 열어줬다. 큰 캠프파이어에 다 같이 둘러앉아 음식을 먹으며 인사를 나누는 시간이었다. 아저씨는 셰프 출신이 만든다는 요리에 은근히 기대를 하는 눈치였는데, 접시를 받자마자 그 기대는 산산조각 났다.

"여기서 직접 만든 두부 샐러드에요. 근처 콩 농장에서 물물교환으로 얻은 콩을 빚어서 두부를 만들었어요. 야채는 모두 여기서 직접 기른 친환경이고, 드레싱은 여기 이 올리브

나무에서 짠 올리브유로 만들었답니다."

셰프 출신이라는 여자가 자부심 가득한 목소리로 소개한 음식. 맛은 없었다. 매우. 하긴, 두부와 야채라는 게 맛이 있어 봐야 얼마나 있겠는가. 게다가 직접 기르고 만든 거라 그런지 품질도 영 아니었다. 간도 거의 되어 있지 않았는데, 차라리 그냥 각 재료를 생으로 하나하나 씹어먹는 게 나을 것 같았다. 아저씨는 영혼 없는 얼굴로 아, 정말 맛있네요, 이야, 신선해서 참 좋네요, 신선해서. 다른 적당한 말이 떠오르지 않는지 신선하다는 말만 계속하며 억지로 음식을 씹어 넘겼다. 그나마 꼬뮨에서 직접 만들었다는 와인은 나도 아저씨도 많이 마셨는데, 맛이 좋아서가 아니라 취하기 위해서였다. 도저히 맨정신으로 있을 자리가 아니었으니까.

환영회에서 만난 꼬뮨의 구성원들은 하나같이 이해하기 어려운 사람들이었다.

"나는 집에 돌아갈 수 없어. 순례를 못 마쳤으니까."

여기서 2년째 지내고 있다는 준은 자기가 순례를 마치지 못했기 때문에 집에 돌아갈 수 없다고 했다. 도대체 그게 무슨 말인지는 모르겠는데 아무튼 돌아갈 수 없단다. 사랑하는 아내와 딸이 너무 보고 싶은데, 어쩔 수 없단다. 순례를 못 마쳤으니까. 계속 돌아갈 수 없다는 말만 하길래 화제를 돌렸다.

"준이라는 이름, 남자 이름 치고 참 특이하네요."

"패트릭이 지어준 이름이야. 6월에 여기 왔거든."

6월을 의미하는 영어 June에서 따온 이름인가보다. 이 꼬뮨에는 모종의 이유로 가명으로 생활하는 사람도 많은 것 같았다. 이런저런 사연이 있는 거겠지. 처자식에게 돌아가지 못하는 것과 마찬가지로.

프링이라는 이름의 스님은 수련을 하기 위해 이 곳에 머물고 있다고 한다.

"무슨 수련을 하시나요?"

"장풍"

"예?"

"장풍 몰라?"

"그, 손에서 나가는 그거 말이죠? 손오공이 쏘는 것 같은."

그러자 프링은 몹시 기뻐했다.

"오 당신도 드래곤볼을 아는군. 맞아. 거기 나오는 스님들처럼 기에 통달해서 장풍을 쏘려고."

프링은 괜찮다는데도 굳이 장풍 시연을 보여주겠다며 캠프파이어를 향해 손바닥을 날려댔다. 그런데 뭐가 잘 안 되는지 끙끙거리며 몇 번을 시도하다가 외쳤다.

"오! 방금 봤어? 불꽃 흔들리는 거?"

초등학생이냐? 나와 아저씨는 무표정한 얼굴로 박수를 쳤고, 프링은 더욱 기뻐서 장풍 발사에 매진했다.

브라이언이라는 사람은 자기가 다른 별에서 왔다고 주장했다. 참고로 여기 주민들은 모두가 엄청 진지한 얼굴로 이런 정신 나간 소리를 한다. 브라이언은 자기가 마사다 행성계 386에서 왔다고 주장했는데, 좌표 설정을 잘못하는 바람에 워프에 실패해서 지구에 표류 중이라고 했다. 모성에 신호를 보내 언젠가 구조되는 게 목표란다. 그는 고철 더미를 모아 안테나 같은 걸 만들고 있었다.

이렇듯 여기 꼬뮨에서 머물고 있는 사람들은 대부분 제정신이 아니었다. 간혹 멀쩡해 보이는 사람도 있었는데, 조금 이야기를 나누다 보면 그 멀쩡함이 여기서 상대적인 개념일 뿐, 일반 사회에서 곧바로 정신병원에 보내질 수준이라는 걸 알 수 있었다. 패트릭은 멀쩡하지 않느냐고? 아니, 그런 부류가 가장 위험하다. 행동거지나 외모는 훈훈하다고 할 수 있을 정도로 매력적인 사람이고, 일상에서의 말과 행동도 굉장히 반듯한데, 그렇게 가드를 내리면 함정에 빠져든다. 용석, 차크라가 흐트러져 있는데 요가라도 하면서 기운을 정리해야겠어요. 소망, 관상이 참 좋은데 요즘 허리가 아프지 않아요? 이리와요, 특효약이 있어요. 이런 식이다. 다른 주민들은 자신의 믿음을 설득하거나 강요하지는 않는데, 패트릭 같은 부류는 전도를 하려고 해서 참 무섭다.

환영회가 끝나고 다음 날 우리는 노동을 하게 됐다. 패트릭은 이 꼬뮨에는 위계 질서가 없다고 자랑하듯 강조했는데, 실질적 리더는 분명 그였고, 그를 중심으로 관리직 같은 사람들이 존재했다. 패트릭과 함께 꼬뮨을 시작했다는 써니라는 여자가 우리를 안내했다. 패트릭과 마찬가지로 히피스러운 장신구로 멋을 부린 여자였는데, 그 생머리마냥 길게 자란 겨드랑이 털이 인상적인 사람이었다. 써니는 이 곳에 머무는 모든 사람은 어떤 형태이든 노동을 해야 한다며 우리를 밭으로 안내했다. 안나는 다른 곳에 배정된 듯 했다. 나와 아저씨는 그 곳에서 하루 종일 곡괭이로 밭을 갈았다. 필요한 만큼 일하는 곳이라고 했는데, 상상 이상의 중노동이었다. 한국에서 일당 없이 이렇게 일을 하면 고용노동부가 나설 것이다.

물을 마시며 잠시 쉬는 사이, 아저씨가 말했다. 이곳이 워낙 소규모라 원시사회의 공동 생산 공동 분배 원칙이 어쨌든 굴러는 가고 있는 것 같단다. 나는 잘 모르는 이야기라 아저씨의 말에 귀 기울였는데, 인류가 부족을 이루고 살던 원시 시절이 그랬단다. 그런데 아저씨는 이 꼬뮨이 모든 일원이 평등을 누리는 이상사회라는 말에는 동의하지 못하는 것 같았다.

"용석 씨, 모두가 평등한 사회는 상상에만 존재해요. 인간이 평등하지 않게 태어나기 때문이에요. 그리고 세상은 불평등을 원리로 돌아가죠. 그런데도 평등을 강조하는 곳에서는, 그 평등을 앞세워 더 많은 것을 누리려는 계층이 탄생하기 마련이에요. 조지 오웰이 동물농장에서 그랬어요. '동물농장의 모든 동물은 평등해졌다. 하지만 어떤 동물들은 더욱 평등했다.'"

아저씨는 하룻동안 관찰한 꼬뮨을 자신의 관점으로 분석했다. 패트릭을 중심으로 한 지배 그룹이 있고, 그 그룹이 적극적으로 나서면서 이 사회가 유지된다고 한다. 그러고보니 패트릭 측근들이 게으름을 피우는 사람에게 은근슬쩍 눈치를 준다거나, 음식을 너무 많이 가져가는 사람에게 농담인 척 가시 돋힌 말을 하는 걸 본 것 같다. 어떤 사회든 기본적인 질서가 있어야 하기 때문에 지배 그룹이 등장하는 게 당연한데, 그 현실을 애써 부정하는 이상사회가 그래서 위험한 거란다.

"그런 사회는 명문화된 규칙이 지배하는 게 아니라, 분위기를 주도하는 카리스마적 소수 집단이 지배해요. 마치 학창 시절에 인기 많은 친구를 중심으로 반 분위기가 만들어지던 것처럼요. 그리고 이런 권력은 그 실체가 인정된 적 없기 때문에 다른 사람들이 비판하거나 문제 삼기도 어렵죠."

물자의 배분 문제도 그랬다. 패트릭은 모두가 필요한 만큼 일하고, 필요한 만큼 가져간다고 했지만, 생각해보면 전혀 현실적이지 않은 이야기다. 모두의 필요가 충족되지 않는 상황에서는 결국 분배를 해야 한다. 과연 이 분배가 얼마나 공평하게 이루어질까. 아저씨는 이렇게 말했다.

"인간의 마음은 물과 같이 항상 낮은 곳으로 흘러요. 친한 사람에 대한 작은 호의, 나를 위한 작은 욕심이 항상 큰 불의로 이어지죠."

앉아서 대화를 나누는데, 써니가 지나가며 잘 쉬고 있느냐고 물었다. 그 말에 아저씨와 나는 다시 곡괭이를 잡았다.

그래도 해가 진 후 시작되는 공동 식사와 교류에 비하면 차라리 낮 동안의 중노동이 나은 편이었다. 이 꼬뮨의 주민들과 어울리느니 차라리 노동을 하는 게 낫다는 말이다. 어제 환영회 때와 마찬가지로 나와 아저씨는 사람들에게 시달렸다. 땀을 흘렸으니 목욕을 해야 한다며 레게머리 노숙자에게 끌려가 억지로 수치를 당하고, 아저씨는 목욕에서 도망치다 마녀에게 강제 치료까지 받았다. 안나는 뭐가 그리 바쁜지, 패트릭을 따라다니며 꼬뮨에 대한 이모저모를 알아보는 것 같았다. 그렇게 녹초가 된 나와 아저씨는 사람들이 잘 오지 않는 한적한 곳에 도망쳐서야 간신히 휴식을 취할 수 있었다. 아저씨는 고맙게도 배낭 속에 있던 초코파이를 가져와 나눠줬다. 초코파이가 이렇게 맛있는 거였나? 풀숲 위에 누워 별을 올려다보며 먹는 초코파이는 정말 환상적이었다. 배가 고픈 탓도 있었겠지만. 나는 혼잣말처럼 중얼거렸다.

"안나는 여기가 좋은가 봅니다."

"그러게요. 패트릭 씨랑 마음이 잘 맞는 것 같았어요. 계속 여기 머무르겠다고 할지도 모르겠네요."

침묵. 우리의 복잡한 심경을 대변하듯 밤하늘의 별들이 어지러웠다.

"그러면 어떡하죠?"

"안나 씨가 여기서 행복을 찾았다면, 우리는 친구로서 축하해줘야겠죠."

작별을 하게 될지도 모르겠구나. 그래, 생각해보면 우리는 순례자일 뿐이다. 여정이 달라진다면 그저 '부엔 까미노'하고 인사하며 헤어질 뿐이다. 그래도 아쉬운 마음이 드는 건 어쩔 수 없다. 그새 정이 든 거겠지. 그 말괄량이 PC충에게. 아저씨도 어쩐지 쓸쓸한 얼굴이었다.

"혹시 너희도 다른 별에서 왔니? 나도 밤하늘을 보며 고향을 그리곤 해. 이제는 닿을 수 없게 됐지만…"

어느새 소리없이 다가온 브라이언이 옆에 누우며 말했다. 여러모로 심란한 밤이었다.

＊

다음날 아침, 빈 판자집에서 일어난 나와 아저씨는 이대로 출발할 것인지, 아니면 더 머물 것인지를 의논하고 있었다. 그때 누군가가 노크를 했다. 안나였다. 그녀는 배낭을 메고 있었다.

"떠날 준비들 됐어요?"

나와 아저씨는 다소 의아했지만 떠난다는 말이 구원처럼 들렸을 정도로 기뻤고, 군말없이 배낭을 쌌다. 우리가 떠난다는 말에 몇몇 노숙인이 나와 인사했지만, 어째서인지 패트릭은 보이지 않았다. 우리는 그렇게 갑작스럽게 꼬뮨에 도착했던 것처럼, 갑작스럽게 떠나게 됐다. 순렛길로 돌아왔을 때쯤, 안나는 그간의 이야기에 대해 들려줬다.

안나는 이틀간 패트릭과 그 측근들과 붙어 다녔다고 한다. 유토피아를 꿈꿨던 안나는 패트릭의 꼬뮨이 어떤 방식으로 운영되는지 궁금했고, 그들은 관심을 가지고 이것저것 물어보는 안나를 보며 내심 기쁜 눈치였다고 한다.

"내가 일손이 되어줄 수 있을 거라고 생각했을 거야. 알다시피, 뭐랄까, 좀 특이한 사람이 많은 곳이었잖아. 사람이 절실했겠지."

안나는 리더 그룹 곁에서 꼬뮨 운영을 지켜봤는데, 여기서 문제가 발생했다. 그 써니라는 여자와 언쟁이 벌어진 것이다.

"고철로 뭔가를 만드는 사람이 있었는데, 마침 수레가 고장 나서 필요한 부품이 그 사람 작품에 있었어. 써니는 그 사람에게 부품을 달라고 했는데 그 사람이 거절한 거야. 자기 고향에 연락하려면 그 부품이 필요하다나?"

"아, 누군지 알겠다 그 사람."

"써니는 곧바로 그 부품을 빼앗아버렸어. 그 사람이 만들던 걸 부수면서 말야. 그 사람이 자기가 힘들게 찾은 부품이라며 울면서 하소연하는데도 아랑곳하지 않더라고."

어젯밤 브라이언이 우수에 젖어 밤하늘을 보던 이유가 그거였구나. 써니가 그 안테나를 부쉈나 보다. 안나는 브라이언을 대하는 써니의 그 강압적인 태도에 문제를 느꼈고 브라이언을 편들었다. 그런데 써니는 이 곳에서는 그 누구도 무언가를 소유하는 게 허용되지 않는다면서, 부품을 내놓지 않을 거면 여기서 당장 나가라고 소리쳤다. 브라이언은 그 위협에 아무 말도 하지 못했고, 결국 부품을 내놓을 수밖에 없었다. 써니가 떠나가고, 브라이언은 바닥에 널부러진 고철들을 주워 안테나를 수습했다. 안나가 브라이언을 돕는데, 그는 가엾게도 내내 눈물을 멈추지 못했다.

"분명히 좀 더 나은 방식이 있었을 거야. 그렇게 상처 주는 방식이 아니라. 나는 이 이야기를 하려고 곧바로 패트릭에게 찾아갔어."

이 문제에 대해 패트릭과 상의하고자 안나는 그가 머무는 천막에 찾아갔다. 그런데 패트릭은 대낮부터 술을 마시고 있었다. 어디서 났는지 꽤 고급스러워 보이는 위스키를 말이다. 패트릭은 오늘은 자신이 쉬는 날이라고 했고, 안나에게도 한 잔 하라며 술을 권했다. 술을 받아 든 안나는, 써니의 행동에 대해 이야기했는데, 패트릭은 안나의 말을 무관심하게 흘려 들었다. 꼬뮨을 운영하려면 가끔은 질서 유지를 위해 어쩔 수 없을 때도 있다며 같은 말만 반복할 뿐이었다. 무성의한 태도에 짜증이 밀려오는데, 패트릭이 결정적인 행동을 했다. 갑자기 안나의 곁에 다가와 어깨에 팔을 올리고는 이렇게 말한 것이다. 너무 심각하게 생각할 것 없어. 가끔은 분위기대로 따라가는 것도 중요해. 지금처럼 말이지. 그러면서 안나에게 입술을 들이댄 패트릭.

"이런 고약한!"

이야기를 듣던 아저씨가 분노를 참지 못하고 소리쳤다. 생각 이상으로 무거운 이야기라 나도 조심스럽게 물었다.

"너 괜찮아?"

그런데 정작 안나는 아무렇지도 않다는 얼굴이다.

"뭐가? 패트릭이 들이댄 거? 그런 건 익숙해. 나처럼 예쁜 여자가 이런 일 겪는 게 한두 번인지 아니?"

안나는 곧바로 패트릭을 밀어내며 말했다. 나는 당신에게 로맨틱한 관심은 없어. 이렇게 거절했는데 또 그러면 그건 범죄야. 그러자 패트릭은 피식 웃으며 능글맞게 말했다고 한다. 우리 꼬뮨에 그런 법은 없어. 자기 성욕에 솔직한 게 뭐가 나쁘지? 너도 자기 욕망에 솔직해져. 그게 여기 규칙이야. 패트릭은 그러면서 다시 한 번 안나에게 들이댔다.

"이런 고이약한!!"

아저씨는 분노를 참을 수 없다는 듯 또 한 번 소리쳤다. 안나는 그런 아저씨를 보며 한참 웃은 후 말을 이었다.

"패트릭 그 새끼는 꼬뮨 내에서 자기 지위를 이용해 그렇게 지냈던 것 같아. 사실상 독재자였던 셈이지."

안나는 곧바로 패트릭의 천막에서 나왔고, 꼬뮨 주민들을 한 명 한 명 만나서 그동안의 이야기에 대해 물었다. 그들의 실제 생활이 어떤지, 어려운 점은 없는지, 패트릭이나 그 측근들이 부당하게 행동하지는 않는지 말이다. 외부인이 그런 질문을 해오자 꼬뮨 주민들은 불편한 모양이었다. 안나는 그들이 패트릭과 그 측근들에게 겁을 먹은 것 같다고 했다. 그들을 거스르면 쫓겨날 게 분명할 테니까. 그리고 그 날 밤, 써니가 안나에게 찾아왔다.

"해가 뜨면 나가라고 하더라고. 더이상 환영하지 않는다고. 내가 꼬뮨의 평화를 해친대. 모르긴 몰라도 그 여자 패트릭이랑 자는 사이일 거야."

안나가 주민들에게 이것저것 캐묻고 다니자, 불화의 소지라고 생각하고 곧바로 잘라낸 것이다. 어쩌면 그들은 그런 방식으로 신입들을 가려 왔는지도 모르겠다. 패트릭의 말대로 '분위기'에 순응하는 사람들은 받아들이고, 그렇지 못하는 사람들은 쫓아내는 식으로. 그렇게 그 꼬뮨은 안에서부터 천천히 썩어가겠지. 그 꼬뮨은 지옥이 될 것이다. 이미 지옥이 아니라면 말이다. 안나는 나름 분위기를 잡으며 진지하게 말했다.

"유토피아는 존재하지 않는 걸지도 모르겠네. 그 곳에 인간이 사는 이상 그들의 마음에 의해 더럽혀질 테니까."

나름대로 멋진 대사라고 생각하는 모양이었는데, 나와 아저씨는 한숨을 쉬었다.

"야, 너, 그러니까 결국 그거야? '공산주의는 실패한다.' 고작 그런 일반 상식을 깨달으려고 우리를 그 지옥으로 끌고 간 거냐, 이 똥멍청아?"

그런데 아저씨는 다른 게 문제였던 모양이다. 아저씨는 충격 받은 얼굴로 물었다.

"잠시만요? 안나 씨? 그러니까, 우리가 거기서 쫓겨난 거였다고요?"

아저씨는 그 상황이 믿어지질 않는지 혼란스러운 얼굴이었다. 곧이어 얼굴에 분노가 퍼지더니 소리치기 시작했다.

"그러니까, 우리가 그 거지촌에서 쫓겨난 거였다고? 나, 나이 쉰 다 되어서 거지촌에서 쫓겨난 전력이 있는 사람이 된 거야? 그런 사람들조차 나를 거부했다고?"

아저씨의 이런 얼굴을 본 건 처음이다. 동안인 그 얼굴에 갑자기 나이 쉰 가까이 된 중년 남성의 분노와 슬픔이 한꺼번에 피어올랐다. 말 그대로 얼굴이 썩어버렸다. 우리는 터덜터덜 나라 잃은 애국지사 마냥 허무하게 걷는 아저씨의 눈치를 보며, 다시 순롓길에 올랐다. 늘 그랬듯, 셋이서 말이다.

돌을 두고 가다

"돌은 거기서 각자 줍는 게 좋을 것 같아요. 뭔가 느낌이 오는 걸로."

출발 전, 아저씨는 준비해둔 유성 매직을 나와 안나에게 하나씩 건네며 말했다. 레온에서 미리 사둔 거라고 한다. 매번 느끼는 거지만 준비성이 참 철저했다.

오늘 우리는 '철의 십자가'라는 곳을 지난다. 몰리나세카로 향하는 산길에 있는 언덕인데, 순례자들의 명소다. 아저씨의 가이드북에 따르면 원래 이 언덕의 정상에는 로마 시대 상인의 신 메르쿠리우스를 모시는 사제들의 제단이 있었다고 한다. 여행자나 상인들이 이 제단을 지나가며 메르쿠리우스에게 동물을 제물로 바쳤다. 이 풍습은 후대로 이어졌는데, 어느 날 한 수도원장이 이 곳에 십자가를 세웠다고 한다. 그때부터 중세 시대 순례자들은 이 곳을 지나며 십자가에 기도를 하고, 고향에서 가져온 돌을 두고 간다. 이 돌은 두고 가고 싶은 죄나 이루고 싶은 소망을 의미한다고. 순례 내내 그 돌을 가지고 다니다가 철의 십자가 밑에 두고 가는 것이다. 오늘날 순례자들은 근처에서 주운 돌에 무언가를 적은 후 두고 가거나, 고향에서 가져온 의미 있는 물건을 두고 간다. 아저씨가 이 부분을 설명하는데 안나가 궁시렁댔다.

"역시 기독교. 다른 종교 전통이나 관습은 죄다 빼앗아서 자기 걸로 만들어버리지."

안나는 크리스마스가 사실은 이교도의 명절이었다, 일요일이 주일이 된 건 정치적인 판단이었다 등등 백인들의 제국주의적 야욕이 어떻게 기독교와 섞여 이 세상을 불행하게 만들었는지 열변을 토하기 시작했고, 나와 아저씨는 자연스럽게 이를 무시하며 길에 나섰다. 쉼없이 재잘대는 안나의 백색 소음 속에 나는 철의 십자가 언덕에 무엇을 두고 갈지를 고민했다. 누군가는 자신의 죄를 두고 간다. 누군가는 자기 삶에서 버리고 싶은 것을 두고 간다. 또 누군가는 이루고 싶은 소망을 새겨두고 간다. 나는 무엇을 두고 갈까.

비가 내리는 날이었다. 출발할 때만 해도 이러다가 금세 그치겠지 싶은 보슬비였는데, 그런 비가 하루 종일 내렸다. 우리는 본격적인 산악 지형으로 들어가고 있었는데, 비구름이 산능선에 부딪쳐서 가루같은 비를 뿌려대고 있었다. 우리는 그렇게 부드러운 비를 맞으며 완만한 경사를 올라갔다. 몸이 젖어서인지 유독 처지는 기분이었다.

그런 날은 고요하다. 비가 나뭇잎에 부딪치는 소리만이 사방을 채운다. 우리의 걸음 소리도, 짧은 대화도 모두 빗소리 속에 산산이 흩어진다. 비옷을 뒤집어 쓰고서 안개같이 농밀한 빗속을 걸어가는 우리 일행은 각각의 상념에 파묻혔다.

나는 엄마를 생각했다. 그렇게 하루 종일 비가 내리는 날이면 엄마 생각이 난다. 어둑어둑한 아침에 아직 이불 속에서 자고 있는 나를 위해 밥상을 차려놓고 일하러 나가는 엄마. 가방 안에 여벌의 양말을 넣고, 낡은 우산을 들고서 문을 나선다. 버스 정류장까지 가파른 내리막길을 한참을 걸어가면서 그녀의 싸구려 운동화는 지저분한 구정물에 완전히 젖어버린다. 양말을 갈아 신는다고 얼마나 나아질까. 그녀는 그런 발로 하루 종일 서서 김밥을 말고 음식을 나른다. 그렇게 나를 키웠다.

아빠는 내가 다섯 살 때 집을 나갔다. 바람이 났다. 그 이후로 아빠에게 연락을 받은 기억은 없다. 어릴 적 엄마에게 아빠 소식을 물어본 적이 있는데, 그 때 엄마는 즉답을 피하며 아빠가 어디에 있든 나를 많이 사랑한다고 했다. 애써 표정 관리를 하며 슬픔을 감추는 엄마의 얼굴을 보고, 그녀도 아빠가 어디에서 어떻게 지내고 있는지 전혀 모른다는 걸 눈치챌 수 있었다. 우리는 남보다도 더 먼 남 사이가 된 것이다. 그 이후 나는 다시는 아빠 이야기를 꺼내지 않았다.

나는 아빠와 그런 관계가 된 게 차라리 잘 된 일이라고 생각해왔다. 어느 날 누가 초인종을 눌러서 문을 열었는데, 거기에 과일 바구니 같은 걸 들고서 멀뚱멀뚱 서있는 낯선 사람이 있다고 생각해보라.

"네가 용석이구나, 많이 컸네."

"많이 큰 수준이 아니라, 저 이제 공식적으로 아저씬데요."

이런 대화를 주고받으며 어색한 인사를 나누는 건 서로에게 몹시 곤혹스러운 일일 것이다. 물론 일평생 연을 끊고 산 나의 생물학적 아버지가 나나 엄마를 이런 불편한 상황에 처하지 않도록 하기 위한 배려 차원에서 연락을 끊었던 건 아니겠지. 그건 아마도 비겁함이었을 것이다. 자신의 과거를 마주할 용기가 없어서 도망친 거다. 자기가 저지른 잘못에 대해 죄책감을 느끼고 있을지도 모르겠지만, 그래서 더욱 마주하고 싶지 않은 거겠지. 바로잡을 수 없는 잘못이란 것도 있으니까. 분명 그런 것일 거다. 결국 아빠는 이기적인 인간이었으니까. 유감스럽게도 내가 그 사람을 닮았기 때문에 그 심정을 이해하는 걸지도 모르겠다.

학창 시절 철없던 친구들은 편모 가정에서 자란 나를 애비 없는 놈이라고 놀렸다. 철이 들 때쯤 내 가정 환경을 알고 있는 주변 사람들은 내게 종종 동정의 눈길을 보내곤 했다. 나는 그런 태도들이 정말 싫었다. 나를 놀리거나 불쌍하게 여겨서가 아니라 그런 태도가 우리 엄마에게 모욕적이기 때문이었다. 엄마는 다른 부모들보다 훨씬 더 좋은 부모였다. 부모. 말 그대로 혼자서 아버지와 어머니의 역할을 다 했다. 치열하게 돈을 벌어 가정 경제를 책임지고, 자식을 길러내고 가르쳤다. 그 덕분에 나는 부족함 없이 자랄 수 있었다. 그런데 사람들은 우리 집 환경이 다르다는 이유만으로 나와 엄마를 부족한 사람 취급했다. 나는 그런 평가들이 폭력적이라고 생각한다.

하지만 엄마는 그런 부당한 태도에 맞서기보다 순응하는 길을 택했다. 아버지 없이 자식을 키운 게 죄라도 되는 것처럼 스스로 죄인처럼 행동한다. 같은 이유로 엄마는 마치 내게 보상이라도 해줘야 한다는 듯 무리하곤 했다. 나는 어렸을 때 무언가를 얻기 위해 엄마에게 떼를 써본 기억이 없다. 내가 요구하는 건 엄마가 어떻게든 다 사주고 들어줬기 때문이다. 그런데도 엄마는 내 앞에서 여전히 죄인이다. 내 삶의 모든 어려움과 실패가 전부 당신 탓이라고 생각하는 것 같다. 고백하자면, 내가 이렇게 제멋대로 살아올 수 있었던 것도 사실은 엄마의 그런 태도에 기대왔기 때문일 것이다. 나는 그저 무책임하고 게으른 인간일 뿐인데, 엄마는 잔소리 한 마디 없이 이를 모두 자신의 짐으로 받아들였다. 엄마 혼자서 그 모든 짐을 지고 걸어온 것이다.

철의 십자가는 안개 속에서 갑자기 나타났다. 완만한 오르막길이 평탄해지나 싶더니 수많은 돌로 이루어진 언덕이 드러났고, 그 가운데에 마치 전봇대 같이 생긴 거대한 막대기가 세워져 있었다. 꼭대기에는 십자가가 있었다. 그동안 순롓길을 걸으며 순례자들이 물건을 두고 가는 곳들을 종종 지나쳤다. 주로 이정표 옆이나, 사람들이 쉬어가는 곳에 그런 장소들이 마련되어 있었다. 신발이나 지팡이 같은 순례용품부터, 사진이나 편지, 국기 등 순례자들이 다른 이를 위해, 혹은 흔적을 남기기 위해 두고 간 물건들이 쌓여 있다. 그런데 철의 십자가는 그런 곳들과는 차원이 다른 규모였다. 수많은 돌멩이가 철의 십자가 아래 쌓여 언덕을 이루고 있었다. 순례자들이 두고 간 물건들이 언덕 위 여기저기 흩어져 있어 언뜻 보면 거대한 쓰레기 산처럼 보이기까지 한다.

우리 일행은 그 언덕 위를 올라갔다. 비 때문에 돌들이 미끄러웠고, 몇 번 휘청거린 끝에 철의 십자가 아래에 도달했다. 그곳에는 수 천, 수 만 개의 사연이 쌓여 있었다. 누군가의 사진이 코팅되어 돌더미 사이에 끼워져 있다. 세상을 떠난 사랑하는 사람을 기리는 게 분명했다. 목걸이나 팔찌 같은 장신구도 있었다. 낡은 개목걸이는 죽은 애완견의 것이었겠지. 바닥에는 다양한 언어로 제각각의 이야기를 담은 돌들이 흩어져 있다. 그 중에서도 한글로 쓰인 돌들이 눈에 들어온다.

'우리 두 뭉치 늘 건강하길.'

'사랑하는 딸 슬기를 추억하며.'

'승주 정일 정훈 성호, 우리 가족 언제나 행복하게, 그리고

사랑하면서 살자.'

  셀 수 없이 많은 돌이 있었지만 그 돌들은 하나같이 가족에 대한 마음을 담고 있었다. 다들 가족을 그리워하고, 생각하고, 그들을 위해 소원을 빌었다. 순례자마다 걷는 길이 다 다르다고 했던가. 그런데 이 장소에서 사랑하는 가족을 생각하는 마음은 다 똑같은가 보다. 갑자기 뜨거운 눈물이 볼을 타고 흘렀다. 다행히 비옷 후드에 가려져 아저씨와 안나에게 우는 모습을 들키지는 않은 것 같다. 둘은 각자 돌을 찾아서 무언가를 쓰느라 정신이 없어 보였다. 나도 언덕 근처에서 평평한 돌을 하나 찾았다. 소매로 빗물을 닦아내고 그 위에 아저씨가 준 매직으로 글을 썼다.

최효숙의 아들 최용석

이 곳에서 엄마의 사랑을 되새기다

그리고 다짐하다

  꽤 큰 돌을 들고 뒤뚱거리며 언덕에 오르자 아저씨가 와서 손을 건넸다. 아저씨는 돌 위 글을 보고 싱긋 웃고는 옮기는 걸 거들었다. 우리는 십자가 바로 아래 잘 보이는 곳에 돌을 놨다. 그 돌을 내려보며 분위기를 좀 잡으려는데, 어느새 옆에 다가온 안나가 이를 방해했다. 돌에 쓰인 글의 의미를 끈질기게 물어보는 거다. 비밀이라고 해도 아랑곳하지 않고 계속 보채는 안나. 순례 끝날 때까지 내내 이럴 것 같아 실토할 수밖에 없었다.

"엄마한테 받은 사랑을 갚겠다는 다짐이야. 엄마 혼자 고생하면서 나 키웠거든. 엄마 행복하게 해주자는 그런 다짐."

30대가 엄마 이야기 하며 이제 와서 효도하겠다는 식의 말을 하는 게 어쩐지 부끄러워 얼굴이 붉어졌다. 안나는 내 말에 눈을 동그랗게 뜨더니, 갑자기 내 어깨를 치며 꺄르르 웃기 시작했다.

"용썩! 너 의외로 귀여운 구석도 있네!"

"너는 뭐라고 썼는데?"

"나? 당연히 비밀이지. 이런 건 각자가 간직하는 순간이야."

"뭐? 그럼 나는? 아저씨, 안나 돌 어디 두는지 봤어요? 잠깐만. 아저씨는 왜 도망가는 겁니까? 다들 비밀로 하는 거예요? 나만 이렇게 능욕하고?"

* 철의 십자가는 Foncebadon 지역에 있는 실제 장소입니다.

폰페라다의 만찬

목적지인 폰페라다로 향할 때까지 우리는 산길을 걸어야

했다. 첫째 날 걸었던 피레네 산맥의 경사에 비하면 완만한 길이었지만 유독 좁고 험한 게 문제였다. 순례자들이 걷는 길은 차가 다니는 길과 분리되어 있었는데, 저 아래 골짜기를 따라 아스팔트가 깔린 넓은 차도가 있고, 순례자들은 그 위 산 능선을 타고 등산로를 따라 걷게 되어 있었다. 그러다 보니 마치 세상을 발 아래에 두고 걷는 것 같은 기분이었다. 걷는 게 즐거운 길은 아니지만 말이다. 크고 작은 돌들이 가득 깔려 있는 좁은 산길은 난이도가 높은 코스다. 게다가 축축하기까지 해서 넘어지지 않도록 항상 주의해야 한다. 아저씨의 말에 따르면 이 지역에는 비가 많이 내리고 안개가 자주 낀단다. 발을 디딜 때마다 조심해야하는 상황이라 일행들의 신경이 날카로워질 수밖에 없다.

그간 걸어왔던 길 중에서도 난이도가 꽤 높은 편에 속하는 길이었는데, 사방에 절경이 펼쳐져 있어 우리 일행은 거친 숨을 몰아 쉬면서도 제법 유쾌하게 이 지역을 통과할 수 있었다. 길게 이어진 산 능선 위에서 내려다 보는 풍경은 장관이다. 메세타 평원의 평면적인 길과는 다른 매력이 있다. 하늘 위에 떠 있는 길이랄까. 지평선까지 주욱 펼쳐진 산 등줄기를 따라 구불구불 등산로가 놓여 있다. 저 멀리 보이는 길은 아예 구름 속에 들어가 있다. 양 옆으로는 가파른 경사가 있고, 그 골짜기와 계곡에 마을들이 자리잡고 있다. 고소공포증이 있는 사람이라면 식은땀이 흐를 만한 풍경이다. 우리는 그 아찔한 광경을 즐기며 자주 휴식을 취했다.

"아저씨, 초코파이 좀 주세요."

내 말에 안나도 좋아하는 음식 소리를 들은 개 마냥 귀를 쫑긋하며 아저씨를 쳐다본다. 아저씨는 두 사람의 눈빛으로부터 배낭을 지키려는 듯 끌어안은 채 말했다.

"이제 없어요. 용석 씨는 초코파이 촌스럽다고 그렇게 뭐라고 하더니 저보다 더 드신 것 같아요."

"군대에서 먹던 초코파이랑 비슷한 맛이 나서 그럽니다. 더 있는 거 아는데 쫀잔하게 그러지 마시고 나눠드시죠. 나눠 먹는 정! 그게 바로 초코파이의 철학 아닙니까."

아저씨와 이렇게 옥신각신하고 있는데 안나가 혀를 굴리면서 말했다.

"소망, 허니버러 알몬드는 있어요?"

아저씨가 배낭에서 반쯤 남은 허니버터 아몬드 봉지를 꺼내 건네자 안나의 얼굴에는 화색이 돌았다. 안나는 이 아몬드에 환장한다. 아몬드를 이렇게 섭취하는 방식이 있다는 걸 지금껏 몰랐다는 게 인생의 낭비란다. 한국에 온 외국인 관광객들이 많이들 사간다고 들은 적이 있는데, 이유가 있나 보다.

결국 나와 안나는 아몬드를 놓고 다투게 되었다. 너는 한국인이니까 돌아가면 많이 먹을 수 있는 거 아니냐, 따라서 외국인인 나에게 양보하는 게 마땅하다는 괴상한 논리를 펼치는 안나는 기어이 아몬드를 독점했고, 대신 본인 배낭에 있던 먹다 남은 크로와상을 내게 건넸다. 얼마나 오래된 건지도 모르겠는데다, 심지어 베어먹은 이빨 자국까지 있는 크로와상. 그런데 순례자가 되면 그런 것조차도 먹게 된다. 늘 배가 고프니까.

　나중이지만, 안나에게 아몬드를 양보했던 건 잘한 일이라고 생각하게 되었다. 우리는 그 휴식을 끝으로 본격적인 내리막길에 접어들었는데, 올라올 때에 비해 꽤 가파른 내리막길이 많았다. 게다가 돌이 많은 산악길이고, 비까지 내려 젖어있는 상태. 이 조합, 그야말로 지옥의 코스다.

　독자들은 뭘 그리 엄살을 피우느냐고 하실 수도 있겠지만, 생각해보시라. 무거운 배낭을 짊어지고 평탄한 길을 걷는 것만으로도 꽤나 지치는 일이다. 그런데 그런 배낭을 짊어지고, 가파르고 미끄러운 내리막길을 장시간 내려가는 거다. 비를 맞으면서 말이다. 양손의 등산용 스틱으로 균형을 잡아가며 이동하는데, 긴장한 상태로 온 몸의 근육을 쓰게 된다. 체력 소모가 엄청난 건 물론이고, 이미 몸 여기저기가 쑤시는데 그 고통을 배가시킨다. 이렇게 몇 시간을 느릿느릿 내려가는 건 고문이다.

안나의 상태가 급격히 나빠진 것도 그때부터였다. 안나는 비 때문에 후드를 뒤집어 쓴 채 고개를 숙이고 걷고 있었는데, 그래서 나와 아저씨는 안나의 상태가 이상하다는 걸 금세 알아차리지 못했다. 솔직히 나와 아저씨에게도 벅찬 구간이었기에 남을 신경 쓸 여유가 없었다. 한참을 내려가는데 안나가 자꾸 뒤쳐지기 시작했고, 그제서야 아저씨는 안나에게 다가갔다. 그 때 고개를 든 안나의 얼굴을 보고 아저씨는 히익! 하며 괴상한 소리를 냈다. 사람의 얼굴을 보고 '파랗게 질렸다'라고 하는 말이 꽤나 정확한 표현이라는 걸 안나의 얼굴을 보고서 알게 됐다. 하얀 안나의 얼굴은 핏기가 사라지자 꼭 시체처럼 보였다. 흐릿해진 파란 눈동자. 보랏빛 눈두덩과 입술. 만약 저 상태로 갑자기 아저씨를 물려고 했다면 나는 안나가 좀비라고 확신했을 것이다. 그런데 안나는 좀비처럼 힘차게 달려들기는커녕, 눈에 보일 정도로 온몸을 덜덜 떨고 있었다.

"안나 씨, 왜 그래요?! 아파요?"

"괜찮아요, 소망. 문제 없어요."

안나는 애써 웃으며 말했다. 오히려 그 모습이 너무 괴로워 보여서 나와 아저씨는 안나의 상태가 많이 안 좋다는 걸 확신할 수 있었다.

"다 죽어가는 얼굴로 그렇게 말하면 누가 믿냐? 어디 아파? 언제부터 그랬어?"

"오늘 컨디션이 좀 안 좋네. 비 맞고 추워서 그런가 봐. 아직 괜찮아. 더 갈 수 있어."

안나는 애써 별 일 아닌 듯 말하고는 다시 걸음을 옮겼다. 자세히 보니 걸음이 영 휘청거리는 것 같았다. 멋 부린답시고 기능성 옷 똑바로 안 챙겨 입으니 저러지. 배낭을 열어서 여벌의 옷을 꺼내려는데 아저씨가 만류했다.

"여기서는 비 피할 곳도 없고, 일단 다음 마을까지 가요. 몰리나세카까지 30분 정도 남았을 거예요."

예상과는 달리, 우리는 한 시간이 족히 지나서야 몰리나세카에 간신히 도착했다. 체감상으로는 훨씬 길게 느껴진 시간이었다. 길은 험하지, 비는 내리지, 안나는 아프지. 우리 중 제일 기운 넘치던 안나가 그 상태니까 나도 아저씨도 신경이 많이 쓰이는 건 당연하다. 그런데 또 고집은 어찌나 부리는지, 배낭 들어주겠다, 하다못해 안에 무거운 거라도 하나 달라, 우리가 부축해줄 수도 있다, 나와 아저씨가 갖가지 제안을 했지만 한결같이 거절하며 홀로 걸어갔다. 당장 쓰러져도 이상하지 않을 것처럼 걷는 주제에 말이다.

몰리나세카는 산자락 끄트머리에 있는 마을이었다. 지긋지긋한 산길이 끝날 때쯤 작은 강을 건너 몰리나세카가 나왔다. 큰 다리와 성당이 있고, 그 사이에 작은 집들이 모여 있는 마을이었는데 지난 수백 년 동안 크게 변한 게 없었을 것 같은 모습이었다. 우리는 가장 가까이에 있는 카페로 들어가 차를 주문했다. 비옷 안의 옷은 생각보다 마른 상태였고, 그래서 곧바로 안나를 자리에 앉히고 쉬게 했다. 안나는 신경써줘서 고맙다고 인사한 후, 그대로 테이블 위에 엎드렸다.

"병원에 데려가야 하는 거 아닐까요?"

"안나 씨한테 병원이나 약국에 가는 건 어떻겠냐고 물어봤는데 그럴 필요 없대요. 가끔 피곤하면 저러는데 푹 쉬면 괜찮아진다고."

"그럼 여기서 숙소를 잡는 게 좋겠습니다."

"네, 푹 쉴 수 있게 개인실이 있는 좀 괜찮은 곳으로 알아봐요."

아저씨는 본인이 마을을 둘러보고 오겠다며 나에게는 안나의 간호와 숙소 검색을 부탁했다. 그런데 생각만큼 일이 잘 풀리지 않았다. 숙소 예약 사이트들을 아무리 뒤져봐도 몰리나세카에 개인실이 있는 숙소가 나오지를 않는 것이다. 전부 기숙사형 다인실 뿐이었다. 시설도 허름했고. 한참 후에 비를 뚝뚝 흘리며 돌아온 아저씨가 자초지종을 설명했다.

"비수기라 휴업에 들어간 숙소가 많대요. 개인실이 있는 숙소들은 전부 문을 일찍 닫았나봐요. 바로 옆에 훨씬 큰 도시인 폰페라다가 있어서 순례자들은 다들 거기로 향하나 봐요. 걸어서 한 두 시간 거리래요."

안나는 잠든 것처럼 테이블 위에 조용히 엎드려 있었는데, 워낙 움직임이 없어서 혹시 죽은 게 아닐까 싶어 나도 아저씨도 숨쉬는 걸 가만 지켜보고 나서야 안심했을 정도였다. 나와 아저씨는 두 가지 선택지를 놓고 상의했다. 시설이 안 좋더라도 여기 몰리나세카의 다인실에 바로 체크인 할 것인가, 아니면 폰페라다로 갈 것인가. 안나의 상태를 고려하면 당연히 폰페라다까지 걸어가는 건 논외였고, 콜택시를 이용할 생각이었다. 크게 고민할 필요도 없었다. 검색을 해보니 폰페라다에는 수많은 숙소가 있었고, 마침 각 방을 쓸 수 있는 편안한 주택형 알베르게가 있었다. 혹시 안나의 상태가 더 안 좋아져 병원이나 약국을 가더라도 어차피 폰페라다에 가야 할 상황. 우리는 지체없이 카페 점원에게 부탁해 택시를 불렀다. 택시가 오고 안나를 깨웠는데, 안나는 차에 타려는 우리에게 뭐라 항변하려 했지만 몰리나세카에 숙소가 없다는 말에 어쩔 수 없이 수긍했다. 하여간 고집은.

우리 일행은 그렇게 방금 예약한 숙소로 차를 타고 곧바로 이동했다. 폰페라다는 걸어가면 한 두 시간 거리라고 했는데, 차를 타고 가니 10분 정도 되는 굉장히 짧은 거리에 있었다. 나는 차창 너머 휙휙 지나가는 풍경들의 속도감에 당황했다. 이렇게 빠르다니. 그러고보니 차를 탄 게 얼마 만이지? 벌써 한 달쯤 됐다. 아저씨와 버스를 타고 생 쟝에 도착한 이후 우리는 줄곧 걸었다. 그 과정에서 많은 것을 보고, 많은 사람을 만나고, 참 많이도 걸었지. 차라는 편리한 이동 수단을 두고서 굳이 걸어왔기 때문에 경험할 수 있는 것들이었다. 하긴, 난생 처음 생긴 외국인 친구의 건강을 걱정하는 지금 이런 나 자신조차도 순렛길에 와서야 발견한 것이다.

우리가 도착한 숙소는 큰 가정집처럼 보였다. 오바노스의 카사 라이츄처럼 말이다. 방이 많은 큰 주택이었는데, 주인은 다른 집에서 살고 그 빈 집의 방들을 순례자에게 대여해주는 식이었다. 체크인을 한 우리는 곧바로 안나를 방으로 안내한 후 침대에 눕혔다. 안나는 꽤 많이 지쳤는지 평소와 달리 고분고분했다. 문을 닫고 나온 우리는 집을 둘러본 후, 안나와 상의도 없이 이 곳에서 하루 더 묵기로 결정했다. 꼭 안나가 아프지 않았더라도 우리 일행 모두에게 휴식이 필요한 시점이었다. 그리고 무엇보다 그 숙소에 묵는 사람들이 우리 일행뿐이라 큰 집을 사실상 독차지하며 편히 쉴 수 있는 상황이었다.

"저는 보고 싶은 영화 개봉해도 한참 기다리는 주의예요. 인기 떨어진 후에 심야 시간 표를 사면 상영관을 독차지 할 수 있거든요."

왜 저런 말을 군이 저렇게 잘난 척 하는 얼굴로 하는 거지? 아무튼 아저씨는 그런 유럽풍 가정집을 내 집처럼 독차지하는 게 얼마나 귀한 경험인지 설명하며 말했다.

"그렇지! 주방이 있으니까 안나 씨 보양식이라도 만들어야겠어요."

아저씨는 집안일의 정점을 찍은 가정주부 같은 몸짓으로 주방과 집기를 둘러본 후, 장보따리를 하나 찾아서 둘러메고는 그대로 장을 보러 나가버렸다. 앞치마까지 두르고서 말이다. 나보고는 안나를 지키고 있으란다. 덕분에 나는 간만에 느긋한 샤워를 하고, 손톱 발톱을 깎고, 밀린 유튜브를 보는 등 혼자만의 공간과 시간을 즐길 수 있었다.

그 날 저녁 아저씨는 닭 국물 요리를 만들었다. 큰 냄비에 생닭을 통째로 집어넣길래 삼계탕을 끓이는 줄 알았는데, 감자와 당근 같은 야채가 들어가고 육수도 좀 달랐다. 그때까지만 해도 긴가민가했는데, 국수를 집어넣는 걸 보고서야 삼계탕이 아니라는 걸 확신할 수 있었다. 야채까지는 조금 특이한 삼계탕이라고 주장할 수 있겠지만 국수는 좀 심했지. 그런데 안나는 아저씨가 뭘 만드는지 알고 있었다. 자고 일어나 부시시한 얼굴로 눈을 비비며 방에서 나온 안나는 주방을 보고 깜짝 놀라며 말했다.

"치킨 누들 숲이네요!"

아저씨는 자랑스러운 얼굴로 대답했다.

"미국 사람들은 아플 때 이거 먹는다면서요? 한국에서도 기운 내야 할 때 삼계탕이라는 닭 국물 요리를 먹어요. 고기가 더 많이 들어가는 한국식으로 치킨 누들 숲을 만들어봤어요."

"정말 고마워요, 소망."

안나는 어찌나 감격했는지 눈물을 글썽이면서 식탁에 앉았다. 아저씨가 안나에게 건넨 삼계탕과 치킨 누들 숲의 혼종에는 닭다리가 들어 있었다.

"왜 저는 퍽퍽살이고 안나는 다리입니까."

"용석 씨, 남자가 치사하게 아픈 사람 상대로 그러면 안 돼요."

"그 와중에 아저씨 그릇에도 닭다리가 들어 있네요."

"요리하는 사람의 특권이죠."

안나는 여전히 상태가 좋지는 않은지, 나와 아저씨의 대화에 웃기만 할 뿐 별다른 말이 없었다. 식사 때마다 이스라엘 팔레스타인 문제, 동남아 아동 노동 문제, 중동 여성 인권 문제, 지구 온난화 문제 등등 이 세상 존재하는 모든 문제에 대해 한 번씩은 다 떠들어보겠다는 목표가 있는 사람처럼 재잘대던 안나가 이리 조용하니 영 분위기가 어색했다. 다만 그대로인 것도 있었는데, 설거지는 자기가 하겠다고 나서는 모습과, 아프니까 들어가서 쉬라고 해도 끝까지 고집을 피움으로써 모두를 피곤하게 만드는 행동이었다. 결국 다 같이 자리를 정리하고 나서야 안나는 먼저 자겠다며 잘 자라는 인사를 하고 방으로 향했다. 아저씨는 안나의 등을 향해 말했다.

"아참, 안나 씨, 저희도 좀 피곤해서 멋대로 내일 하루 쉬기로 했어요. 괜찮을까요?"

그러자 안나는 왠지 슬픈 눈으로 아저씨와 나를 쳐다보더니 고맙다는 말을 하고는 방으로 들어갔다. 얼마 후 나도 아저씨도 각 방으로 흩어졌다.

그렇게 조용한 밤이 찾아왔다. 순롓길에 오르고 나서 이렇게 조용한 시간이 있을 때마다 나는 길을 잃어버린 기분이다. 무엇을 해야할지 모르겠다. 한국에서는 어떻게 보냈더라. 컴퓨터 앞에서 정처 없이 온라인 세상을 떠돌았지. 그런데 여기서는 할 게 없다. 방에서 나와보니 불 꺼진 거실과 주방이 어쩐지 쓸쓸해 보였다. 아무런 취향 없이 투숙객을 위해 기계적으로 놓여 있는 가구들. 사람이 사는 가정집과는 확실히 다른 위화감이 느껴지는 생활 공간들. 늘 순례자들과 옹기종기 붙어 있는 생활을 하다가, 이렇게 텅 빈 공간에 잠옷 바람으로 홀로 앉아 있으니 기분이 이상했다. TV라도 켜서 허전함을 채울까 싶었는데, 스페인어도 모르는 내가 스페인 방송을 봐서 뭐하겠는가. 갑자기 찾아온 혼자만의 시간. 우리 일행은 뭘 하고 있을까. 조용한 걸 보니 안나는 자고 있는 것 같다. 아저씨는 아마 가이드북을 읽거나 휴대폰을 뒤적이며 무언가 계획을 세우고 있겠지. 나는 뭘 해야 할까. 나는 뭘 해왔을까.

*

뭔가가 부시럭거리는 소리가 들린다. 눈을 떠보니 앞에 안나가 서 있다. 이상한 얼굴로 나를 쳐다보고 있는 안나. 뭐라고 하길래 습관적으로 번역기를 켰다.

"용썩, 너 변태야?"

"뭐?"

"왜 좋은 방 내버려두고 거기서 자고 있니?"

깜짝 놀라 주위를 둘러보니 아침이었다. 오, 맙소사! 제기랄! 우라질! 간만에 나만의 방에서 넓고 편안한 침대에 파묻

305

혀 꿀잠을 잘 수 있는 기회였는데! 그 대신 이딴 불편한 소파에서 자버린 거다. 나는 내 멍청함을 저주하며 절망의 괴성을 질렀고, 안나는 더욱 수상한 눈빛이 되었다. 그러더니 갑자기 뭔가 깨달았다는 듯 말했다.

"너 내가 걱정돼서 거기서 잔 거니?"

이건 무슨 개소리야? 엄청난 절망과 엄청난 황당함이 섞여 뭐라 말을 못 하고 있는데, 안나는 갑자기 인상을 쓰며 혀를 쯧하고 차더니 말했다.

"너 혹시 나 좋아하냐?"

안나는 기가 찬다는 표정을 지으며 시비걸 듯 물었다.

"고소한다, 미친년아?"

딱히 자랑스러운 말은 아니었지만 많이 참은 말이기는 했다. 내 절망과 분노에 공감하는 독자라면 이해해주실 거라 믿는다. 물론 안나는 내 폭언에 아주 다행스럽다는 듯 크게 기뻐했다.

"너 아침부터 정신 나간 소리 하는 거 보니까 원 상태로 돌아온 것 같다?"

안나는 엄지 손가락을 치켜세우며 말했다.

"100%!"

평소보다 더 기운 넘치는 따봉이었다. 안나는 콧노래를 흥얼거리며 커피를 끓였고, 잠시 후 아저씨가 방에서 나왔다. 아저씨는 멀쩡해 보이는 안나를 보고 기뻐했다. 안나는 우리에게 커피잔을 건네며 말했다.

"하루 쉬기로 한 이상 우리 제대로 쉬어요!"

안나는 오늘 하루를 어떻게 보낼지에 대해 제안했다. 계획은 간단했다. 1) 각 방에서 뒹굴거린다. 2) 배가 고플 때쯤 음식을 배달시켜 먹는다. 3) 더 뒹굴거린다. 4) 근처에 있는 폰페라다 기사단 성을 구경하고 온다. 이상이다. 4번이 추가된 이유는 하루종일 뒹굴거리기만 하면 죄책감이 들 테니 이를 방지하기 위함이란다. 마침 걸어서 10분 거리에 폰페라다의 명소인 이 성이 있다고 한다. 안나 나름대로 전략적으로 세운 계획이었다.

"딱 그런 휴식이 필요한 참이었어요. 최고예요, 안나 씨. 그런데 여기 배달이 돼요?"

안나는 씨익 웃으며 아저씨에게 배달앱을 보여줬다. 점포 수가 많지는 않았지만 놀랍게도 폰페라다에서는 배달앱으로 음식을 시켜먹는 게 가능했다. 그렇게 아저씨는 오전 내내 행복한 얼굴로 배달시킬 음식을 고민했다. 기껏 배달시켜 먹은 건 별로 특별할 것 없는 피자였지만 말이다.

휴일은 이상하다. 시간이 너무 허무하게 흘러간다. 내내 기대하던 휴일이어도 막상 닥치고 나면 하는 것 없이 지나가버릴 때가 많다. 그렇게 시간은 흘러가는데 이 황금같은 휴식이 이렇게 허무하게 흘러가고 있다는 생각 때문에 어딘가 불만족스러운 기분이 든다. 그런 면에서 진정한 의미에서의 휴식은 휴일 전날 밤에 즐기는 그 해방감과 기대감이 아닐까 생각해왔다. 나는 그 소중한 밤을 멍청하게 소파 위에서 졸아버린 바람에 날려먹었지만 말이다. 우리는 각자 빨래를 하고, 소셜 미디어를 뒤적거리고, 멍하게 천장을 바라보며 시간을 보냈다. 걷지 않으면 할 게 참 없는 게 순렛길이다. 관광이라도 다니면 되지 않느냐고? 그러면 다리를 움직여야 한다. 휴일에도 다리를 움직이면 언젠가 다리 근육들은 파업에 나설 것이다.

이대로 휴일이 끝난다는 불안감이 몰려올 때쯤, 우리 일행은 외출을 했다. 계획대로 폰페라다 기사단 성을 보러 간 거다. 꽤 큰 규모의 도시인 폰페라다의 중심부에는 구시가지가 있다. 수백 년이 된 나무집과 벽돌집들이 상가로 쓰이고 있다. 그리고 이 곳의 하이라이트는 역시 누가 뭐라해도 성이다. 12세기에 지어졌다는 성기사단의 성. 이 지역을 지나는 순례자들을 보호하기 위해 교황의 이름으로 이 성이 지어졌고, 정예의 십자군 기사들이 이 성에 살며 사람들을 지켰다고 한다.

과연 웅장한 모습이었다. 성은 마치 홀로 언덕 위에 있는 것처럼 다른 구조물들에 비해 고지대에 있었다. 그 모습이 판타지 영화나 게임에서 보던 성들과 상당히 비슷해서 왠지 낮이 익은 것처럼 느껴질 정도였다. 다시 말하면, 우리가 흔히 상상하는 그런 멋있는 성의 실제 모델이 내 눈 앞에 있는 거다.

"〈반지의 제왕〉 2탄에 나왔던 성같이 생겼어요."

아저씨는 높은 성탑을 바라보며 입을 쩍 벌린 채 말했다. 당장 저 위로 드래곤 한 마리가 날아가도 어색하지 않을 것 같은 모습이었다. 안나도 신이 난 얼굴이었다. 성에 입장하기 위해서는 해자와 도개교를 건너 성 정면 대문에 있는 사무소에서 표를 사야 했는데, 그렇게 입구까지 가는 것만으로도 이미 〈반지의 제왕〉 공성전의 한 장면을 보는 것 같은 기분이 들었다. 입장권을 산 우리는 소풍 나온 초딩마냥 설레는 걸음으로 성벽을 따라 성을 둘러봤다.

"궁수들, 조준! 발사!"

성벽 위 난간에 올라간 안나는 갑자기 적으로부터 성을 지키는 지휘관이 되어 가상의 궁수들에게 명령했다. 그녀가 힘껏 손짓하자 뒤에서 수 천의 화살비가 성벽을 넘어 날아가는 것 같았다. 이게 배경의 힘이구나.

"오늘 안나 텐션 유독 높은 것 같죠?"

피식 웃으며 아저씨에게 말하는데, 아저씨는 대노하며 대답했다.

"네 이놈! 장군께 그게 무슨 말 버릇이냐. 곤장을 맞고 싶은 게냐!"

"저, 그건 조선 시대 같은데요. 여기는 유럽이고."

아저씨는 그대로 안나에게 달려가서 그녀의 놀이에 동참했다. 둘이서 성벽 위를 올라오는 적들을 처치하나 싶더니 문으로 달려간다. 저건 뭐하는 거지? 아, 성 문을 뚫는 거구나. 둘은 가상의 통나무 같은 걸 들고서 성벽 문을 부수려 하고 있었다. 아니, 그래서 지키는 쪽인 거야 쳐들어온 쪽인 거야? 그러더니 갑자기 안나는 화살에 맞은 듯 쓰러졌고, 아저씨는 쓰러진 전우를 부둥켜안은 채 절규했다. 나는 몇 걸음 떨어져서 다른 사람들과 마찬가지로 그들의 동영상을 찍었다.

폰페라다 성은 거대한 박물관이자 놀이동산 같은 곳이었다. 웅장한 성 그 자체로도 멋진 구경거리였지만, 그 안에는 기사들의 무기나 갑옷, 생활상을 보여주는 전시물들이 있었다. 이런 박물관 같은 곳이 지루하지 않게 느껴진 건 처음이었다. 우리는 구경을 마친 후 순례자 여권에 도장을 찍은 다음 그 곳을 빠져나왔다. 안나가 말했다.

"두 사람은 먼저 돌아가세요. 오늘은 제가 저녁거리를 사올게요."

　우리도 동행하겠다고 하자 안나는 애써 만류했고, 아저씨는 알겠다며 나와 함께 먼저 숙소로 걸음을 옮겼다. 아저씨는 돌아가는 길에 말했다.

　"안나 씨는 우리한테 빚이 있다고 생각하는 것 같아요. 안나 씨 나름대로 그걸 갚으려는 게 아닐까요?"

　"우리가 어제 챙겨준 거 때문에 저런다는 말이에요?"

　"네, 안나 씨는 의외로 고지식하잖아요. 빚을 갚아야 마음이 편할 거예요."

　하여튼 피곤한 성격이다. 우리가 숙소로 돌아가고 얼마 후 안나가 돌아왔다. 그녀는 곧바로 주방에 가서 요리를 시작했는데, 나와 아저씨가 도울 일 없느냐고 물었지만 이번 저녁 만큼은 자기가 준비하겠다며 주방에서 우리를 쫓아냈다. 그리고 한 시간쯤 지났을까. 안나가 불러서 나가자 식탁에는 근사한 만찬이 차려져 있었다. 접시 세 개에 근사하게 올려져 있는 연어 스테이크, 아스파라거스, 통감자 구이. 다양한 야채가 듬뿍 들어 있는 스프도 있었다. 고급 레스토랑에서나 나올 법한 모습의 음식들이었다.

　나와 아저씨가 놀란 표정을 짓자 안나는 쑥스러운 듯 우리를 자리로 안내했다. 그녀는 우리에게 잔을 건네며 따로 준비한 화이트 와인을 따라줬다. 모두가 자리에 앉자 안나가 말했다.

"저, 사실은 여러분께 꼭 할 말이 있어요."

안나는 평소와 다르게 어딘가 조심스럽게 입을 열었다. 이 말을 하기 위해 이 자리를 마련한 게 분명했기에, 나와 아저씨는 잠자코 안나의 말을 기다렸다. 그런데 갑자기 수도꼭지가 터지듯 안나가 눈물을 터뜨리는 게 아닌가.

"미안해요. 정말 미안해요. 나 때문에 여러분 순례를 망쳤어요."

아픈데 잘 챙겨줘서 고맙다, 이 정도의 말을 기대하고 있었는데, 안나는 갑자기 닭똥같은 눈물을 쏟아내며 사과를 하기 시작했다.

"나만 아니었어도 다들 걸어서 산티아고까지 갔을 거예요. 그런데 나 때문에 택시를 타버렸어요."

안나는 미안해서 얼굴을 못 들겠다는 듯 고개를 푹 숙이고는 굵은 눈물을 뚝뚝 떨어뜨렸다. 물론 나와 아저씨는 여전히 당황 중이다. 저게 도대체 무슨 소리람. 아저씨도 무슨 영문인지 도저히 모르겠다는 얼굴이었다. 그래서 내가 총대를 메고 물었다.

"저, 분위기 깨서 미안한데. 그래서 택시 탄 게 왜?"

"택시 타고 오느라 도보 완주에 실패했잖아."

안나는 코까지 훌쩍이며 말했다. 잠시만, 이게 무슨 소리지?

"택시 타면 완주로 안 쳐주는 거였어?!"

나는 당황해서 물었다. 아저씨도 뭐가 뭔지 모르겠다는 표정이었고, 그래서 안나는 더 당황했다.

"응? 그게 무슨 말이야?"

"택시 타면 산티아고에서 순례증서 못 받는 거야? 고작 10분 탔는데?! 아저씨 그런 겁니까?"

"처음 듣는 이야기인데요. 도장 개수만 안 모자라면 증서 받는 건 상관 없을 텐데. 애초에 그 사람들이 우리가 택시 탄 걸 어떻게 알겠어요? 게다가 우린 생 장에서 풀코스로 왔잖아요."

결과적으로 우리 셋은 다 멍청한 얼굴이 되었다. 지금 서로가 무슨 말을 하는지 이해를 못하고 있는 상황인 듯 했다. 안나가 정리에 나섰다.

"잠깐만. 순례증서는 택시하고는 아무 관계가 없어요. 우리 다 증서는 받을 수 있어요."

나는 다행이라는 표정을 지었고, 아저씨는 당연하다는 반응이었다.

"그럼 왜 미안하다는 건데?"

"지금까지 걸어왔는데 택시를 타버렸잖아. 내가 아픈 바람에."

잠깐 침묵. 안나는 우느라 빨갛게 부은 눈으로 우리 눈치를 살피고 있었고, 나와 아저씨는 그제서야 안나의 의도를 이해했다. 아저씨가 말했다.

"그러니까 안나 씨는 저희가 생 쟝에서부터 계속 걸어오다가 중간에 차를 탄 게 안나 씨 때문에 생긴 실패라고 생각하는 거군요?"

안나는 고개를 끄덕였다. 그러자 아저씨가 웃기 시작했다.

"안나 씨 저희는 그런 거 전혀 신경 안 써요. 고작 10분 택시 탄 거 때문에 순례의 의미가 퇴색될 리가 없잖아요."

그러자 안나는 나를 바라봤다. 같은 생각이냐고 묻는 듯한 얼굴.

"너 바보냐? 10분 택시 탄 게 뭐가 그리 큰 문제야?"

그제서야 안나의 얼굴에는 안도감이 돌았다. 그러더니 또 질질 울기 시작한다. 다행이라면서 말이다. 그래, 그러고 보니 안나는 실수로 앙굴라 조금 먹었다고 채식주의자로서 신념을 저버렸다며 울고불고 난리였었다. 그리고 플렉시테리언이 되었지. 스스로와의 약속이나 다짐 같은 걸 되게 중요시하나 보다. 각자의 삶의 방식이 있다지만, 참 피곤하게 산다. 아니, 그 와중에 증서를 못 받는다는 줄 알고 걱정했던 내가 속물적인 걸까?

안나는 잠시 후 눈물을 그치고는 밝게 말했다.

"그럼 사과하지 않을게요. 대신 감사 인사를 할게요. 고마워요. 좋은 친구들이 되어줘서."

안나는 잔을 들어올렸고, 우리는 그 잔에 건배했다. 그리고 마침내 저녁식사를 시작했다. 나는 근사한 연어 스테이크부터 한 조각 썰었다. 그리고 말했다.

"야, 너는 사과하려면 음식 재료한테 사과해라."

어떻게 생선을 이따위로 굽지? 상식이 있는 사람이면 이렇게 생선을 굽지는 않을 것이다. 표면만 멀쩡할 뿐 속은 그냥 생연어 그대로다. 아저씨는 핀잔을 하는 내게 헛기침을 하며 정중하게 말했다.

"용석 씨. 열심히 준비하셨는데 그런 말은 예의가 아니죠. 안나 씨는 우리 동양인 입맛을 배려해서 연어 타다키를 만드신 겁니다. 회라고 생각하고 드세요."

아저씨는 아직 생명이 느껴지는 듯한 연어 살을 썹다 말고 스프를 들이켰다. 목구멍으로 억지로 넘기려는 게 분명했다. 그런데 숟가락을 입에 넣고 꿈틀하는 걸 보니 스프 상태도 영

좋지는 않은가 보다. 나는 한숨을 쉬며 말했다.

"너는 어떻게 잘하는 게 하나도 없냐."

발끈한 안나는 여자에게 요리 실력을 기대하는 건 가부장적 사회의 성 차별적 선입견의 결과라며 문제가 있는 건 자기 음식이 아니라 우리의 사고방식이라는 억지 주장을 하기 시작했다. 정작 본인도 음식에 손을 대기는 싫은지 와인 잔만 비우면서 말이다. 여느 때처럼 화기애애한 저녁 식사였다.

초코파이와 양초

세브레이로를 거쳐 트리아카스텔라로 향하는 날. 우리는 아스팔트 도로를 따라 산지를 통과하고 있었다. 그동안 비를 맞으며 험한 산길을 오르내렸기에 완만한 포장도로는 걷기에 훨씬 편안한 느낌이었다. 그런데 함정이 있다. 그런 포장도로 위를 오래 걷는 건 몸에 더 부담을 준다. 비포장도로의 흙길이나 돌길은 걸을 때 바닥에서 오는 충격을 흡수해주는데, 포장도로의 아스팔트는 그 충격이 그대로 걷는 사람의 몸에 쌓이기 때문이다. 발바닥, 관절, 근육 등에 통증이 심해지는 이유다. 순례를 와서 알게 된 의외의 사실이다.

사방이 산으로 둘러싸인 이 곳에는 언덕을 하나 넘을 때마다 작은 마을들이 등장한다. 이 마을들이 어찌나 예쁜지 감탄하지 않을 수 없었다. 나와 아저씨는 한국인으로서 이런 이야기를 가끔 나눈다. 순례를 하면서 처음 본 유럽의 시골은 우리가 그간 판타지 영화 같은 것들을 통해 간접적으로 접해 온 모습 그대로였다. 물론 시골이다 보니 경제적으로 낙후된 동네 특유의 거친 인상은 있었지만, 마치 영화나 게임 속으로 걸어 들어온 것처럼 묘하게 친숙하고 멋있게 느껴지는 모습이 많았다. 게다가 인공 구조물이라고는 허수아비 정도뿐인 넓은 들판, 나무가 빼곡히 자라 있는 짙은 초록의 산, 눈부시도록 깨끗한 파란 하늘, 이런 멋진 자연 풍경들이 배경이다. 이런 아름다운 곳에서 사는 사람들이 부럽다고 얘기하자, 아저씨는 잠시 고민에 잠기더니 자신의 생각을 얘기했다. 그건 우리가 이 곳을 그저 잠시 지나가는 여행객일 뿐이기에 느끼는 미화된 인상이라고 생각한단다. 분명 자연 경관이 멋진 건 사실이지만, 사람들이 사는 도시라는 관점에서 보면 현대 사회치고 굉장히 열악한 환경이라는 게 아저씨의 설명이었다. 대중교통을 비롯해 제대로 된 공공 시설이라고는 없다. 심지어 시청이라는 곳이 낡은 성당보다도 좁고 허름한 벽돌집이다. 어디가 아파서 병원에라도 가려면 큰 도시까지 한참을 가야 한다.

식당, 상점, 서비스, 이런 기본적인 인프라가 없는 사실상 오지라는 거다.

"이런 곳에서의 삶이라는 건, 우리처럼 잠깐 스쳐 지나가는 사람들에게는 소박하다며 칭송할 수 있는 것이겠지만 계속 살아가야 하는 사람들의 입장에서는 대단히 척박한 게 아닐까요?"

아저씨의 말을 듣고 보니 그동안 왠지 무시해왔던 결점들이 다시 보이기 시작했다. 대표적인 게 냄새다. 어딜 가든 소똥 냄새다. 그런데 차라리 그건 낫다. 인가가 몰려있는 곳에서는 늘 하수구 냄새가 난다. 중세 시대 때부터 쓰였던 멋진 벽돌길은 중세 시대 때부터 쓰였던 하수도를 탑재하고 있다. 무려 중세 시대부터 쌓여온 냄새라는 거다. 하나하나 뜯어보면 한국의 시골과 비교해도 낙후되어 있는 곳인데, 왜 그렇게 아름답게 느껴졌던 걸까? 고민하고 있는데 안나가 갑자기 야유를 하며 끼어들었다.

"우우! 백인 우월주의자! 서구 문명 숭상주의자!"

이런 마을들에서는 더이상 사람이 살지 않는 버려진 건물들을 종종 볼 수 있었다. 이유가 있어서 버려진 거겠지. 그런데 재미있는 건 이런 건물들이 폐건물 특유의 음침한 인상이 아니라, 어쩐지 신비롭게 느껴진다는 점이다. 한국에서 폐가

같은 걸 보면 귀신이라도 나올 것 같은 음침한 분위기이지 않은가? 그런데 여기에는 마치 요정이라도 나올 것처럼 멋스러운 느낌의 폐가가 많다. 이것도 일종의 유럽 뽕인가?

"아주 오래 됐기 때문 아닐까요? 얼마 전까지 사람이 살다가 버려진 게 아니라, 한 수백 년은 이 상태로 있었을 것 같은 모습이잖아요. 한국의 폐가는 기껏해야 한 두 세대 정도 지난 곳이고요."

아저씨의 설명이다. 그러고 보면 이 곳의 버려진 건물들은 마치 한국의 유적지 같은 모습이다. 지은지 족히 수백 년은 되었을 법한 건물들. 지금 보는 이 폐가는 평평한 돌들을 벽돌처럼 쌓아 올려 지은 건물인데, 버려지고 얼마나 많은 세월이 지났는지 주변 풍경에 완전히 동화되어 있었다. 돌 틈에서 자라난 이끼와 풀들이 벽 전체를 뒤덮고 있다. 지붕은 형체가 사라져 마치 언덕처럼 보인다. 인류 멸망 후 수 세기가 지나 자연에 집어삼켜진 인류의 흔적을 보는 것만 같다.

"생명이라는 건 참 대단하네. 저렇게 식물들이 집을 완전히 뒤덮을 때까지 얼마나 많은 시간이 걸렸을까?"

잠깐 휴식을 취하는 동안 폐가의 모습을 스케치하던 안나가 말했다.

"나는 그 세월 동안 무너지지 않고 저렇게 형체를 유지하고 있는 건물이 더 대단한 것 같은데. 저 집을 지은 사람이 존경스러워. 수백 년이 지나도 사라지지 않는 무언가를 남긴 거니까.”

우리의 대화를 듣고 있던 아저씨가 일어나 건물에 다가갔다. 허리까지 자란 풀숲을 헤치며 건물을 한 바퀴 둘러본 아저씨는 벽 틈 사이에서 자라고 있던 풀 하나를 꺾어왔다.

“이거 봐요. 민들레 잎이에요.”

아저씨가 들고 있는 톱니 모양의 잎은 길가에서 자주 봐온 익숙한 풀이었다. 저게 민들레 잎이었구나. 늦가을이라 노란 꽃은 없었지만 말이다.

“어렸을 때 이거 반찬으로 많이 먹었어요. 사실 민들레의 본질은 꽃이 아니라 잎이거든요.”

“민들레를 먹을 수 있어요?”

“그럼요. 살짝 데쳐서 무쳐 먹으면 꽤 맛있는 나물이에요. 지금 생각해보면 어머니가 생활비 아끼려고 여기저기서 많이 꺾어 오셨던 것 같아요.”

아저씨는 안나를 바라보며 말했다.

“한국에는 민들레를 주제로 한 유명한 이야기가 있어요. 상심한 한 아이가 자살하려고 아파트 옥상 위에 올라갔는데, 옥상 틈에서 힘겹게 피어난 민들레를 본 거에요. 그 모습에 위안을 얻고 집으로 돌아간다는 그런 이야기에요. 민들레는 끈질긴 생명력을 상징해요. 어디에든 뿌리를 내리고 자라거든 요."

아저씨는 손에 들려있던 민들레 잎을 안나에게 건네며 말을 이었다.

"저 집도 민들레랑 닮았네요. 이 험한 산 한 가운데에 누군가가 돌을 하나하나 쌓아 올려서 저 집을 지었겠죠. 저 집에서 얼마나 많은 사람이 살았을까요? 지금도 이렇게 외딴 곳에서 사는 건 힘들 텐데, 옛날에는 더 고되었을 거에요. 그래도 하루하루 웃고 울며 살아갔겠죠. 그 흔적이 수백 년을 지나서도 여기에 남아 있어요."

아저씨는 가끔 이렇게 감상에 젖어 이야기를 한다. 어려운 말을 많이 해서 그렇지 종종 느끼는 거지만 나름 감성적인 구석이 많은 로맨티스트 중년이다. 아저씨의 말을 조용히 경청하던 안나는 손에 있던 민들레 잎을 스케치북에 끼워 넣었다. 기억하고 싶은 이야기였나 보다. 나도 감상에 잠기는 척 먼 산이라도 바라볼까 싶었는데, 관둬버렸다. 아직 갈 길이 멀다. 나는 장난스레 말했다.

"그래서, 우리 설명충 아저씨의 결론은?"

당황한 아저씨는 쑥스러운 듯 배시시 웃으며 말했다.

"어… 살아간다는 건 위대하다?"

그러자 안나가 꺄르르 웃으며 이어받는다.

"꼭 모든 대화에 교훈이나 결론 같은 게 있을 필요는 없어요. 그래도 멋진데요? '살아간다는 건 위대하다!'"

아저씨의 목소리를 따라하는 안나. 아저씨는 민망한지 배낭을 메며 슬슬 출발하자고 했다.

＊

우리는 갈리시아 지역으로 들어갔다. 우리의 목적지인 산티아고 데 콤포스텔라가 있는 지역이다. 순롓길의 마지막 스테이지. 그러고보니 길가에 있는 순롓길 이정표 밑에 새겨진 지역명이 어느 샌가 갈리시아로 바뀌어 있었다. 남은 거리는 150km. 산티아고까지 일주일 정도 남았다. 우리의 여정도 슬슬 끝이 보이기 시작했다.

일주일이라는 구체적인 시간을 실감하자 어쩐지 복잡한 기분이 들었다. 아저씨와 안나도 마찬가지인 것 같았다. 우리는 평소보다 왠지 좀 더 조용한 분위기에서 걸어갔다. 세브레이로의 길은 탁 트인 산자락을 따라 놓여 있었는데, 길 옆으로 완만한 내리막을 따라 초원이 길게 펼쳐져 있다. 초원은 우리의 마음을 위로하듯 싱싱한 초록빛을 뿜어내며 물결치고 있었다. 소와 양이 바람에 흔들리는 풀의 파도 사이를 어슬렁거리고, 그 위로는 새파란 하늘과 새하얀 구름이 걸려 있다. 동화 속에나 존재할 것 같은 목가적인 풍경. 컴퓨터 윈도우 배경화면에서나 보던 걸 매일매일 두 눈으로 보는 이런 나날도 곧 끝이 나겠지. 이 여정이 끝나간다는 아쉬움과 함께 한편으로는 아직 일주일이나 더 걸어야 한다는 부담이 뒤섞여 복잡한 마음이 되었다.

세브레이로의 마을을 지나 한 시간 정도 더 걷자 언덕 꼭대기에 커다란 동상 하나가 등장했다. 고도 1270m라고 적혀있는 표지판 옆에 우뚝 서있는 거대한 순례자 동상. 사람보다 두어 배쯤 큰 동상은 순례자 목걸이를 걸고, 한 손에는 지팡이를 짚고 다른 한 손으로는 머리 위 모자를 누르고 있었다. 이 상한 포즈라고 생각했는데, 동상 옆에 다가간 순간 그 의미를 깨달았다. 세찬 바람이 불어 아저씨가 쓰고 있던 모자가 날아간 것이다. 동상 앞으로는 저 멀리 산과 산이 만나는 고개가 있었는데, 그 고개를 타고 강한 바람이 불어와 언덕 위를 휩쓸고 지나갔다. 한편 동상을 살펴보던 안나가 갑자기 깔깔 웃길래 뭔가 싶어 봤더니, 순례자 동상의 발에는 반창고와 물집 패드들이 잔뜩 붙어있었다. 이 곳을 지나간 순례자들이 붙인 게 분명했다. 철의 십자가에 돌을 놓고 가는 것처럼, 순례자들 사이에서 통하는 '그들만의 문화'다. 물론 나와 안나도 반창고를 꺼내 거기에 동참했다. 우리를 흐뭇하게 쳐다보던 아저씨가 말했다.

"저는 산티아고 순례라는 게 특별한 사람들만을 위한 거라고 생각했어요. 저랑은 사는 세계가 다른 그런 사람들요. 순례에 다녀온 성당 자매님의 이야기를 들은 후로 종종 순렛길에 모험을 떠난 제 모습을 상상하며 백일몽을 꾸곤 했었요. 저처럼 평범하고 소심한 사람이 실제로 그런 여행을 떠날 일은 절대 없을 거라는 걸 알면서도요."

"그런데 실제로는 생각보다 별 거 없죠? 물론 잊지 못할 사람들이나 사건들도 종종 있었지만. 아무튼 제가 상상했던 것과도 많이 달랐습니다."

그런데 아저씨는 내 말에 동의하지 않았다.

"아니에요. 저한테는 지금 매 순간이 특별한 걸요. 제가 상상했던 것처럼 특별한 사람들이 오는 특별한 곳이었어요. 용석 씨나 안나 씨 같은 멋진 분들이랑 함께 이 길을 걷고 있는 게 전 아직도 신기하게 느껴지는 걸요."

"무슨 소리에요 소망. 저는 소망이 없었으면 여기까지 못 왔을 거에요."

이번만큼은 안나의 말에 100% 동의. 나도 거들었다.

"아저씨가 안 계셨으면 어땠을지 상상하기도 힘듭니다. 솔직히 저나 안나는 아저씨가 이끌어준 덕분에 이렇게 편하게 순례하고 있는 거에요."

"용석 씨와 안나 씨를 만나서 참 다행이에요. 두 분 같은 사람들이 저를 동료로서 믿고 의지해준다는 건 정말 감사한 일이에요. 이럴 때마다 내가 제대로 도움이 되고 있구나, 쓸모 있는 사람이구나 하는 생각에 보람이 느껴져요."

아이고, 이 아저씨 오늘 왜 이래? 유독 감정 표현에 적극적인 느낌인데. 나는 이런 분위기 부담스럽단 말야. 아저씨도 민망한지 고개를 숙이고 머리를 긁적이며 말했다.

"이 나이에 이런 말 하는 게 부끄럽지만, 저는 두 사람 덕분에 깨달았어요. 그동안 나는 뭔가를 저지를 용기가 없었을 뿐이었구나, 라는 걸요. 특별한 사람이 된다는 건 주어지는 게 아니라 선택하는 거였어요. 어느 날 순례자가 되기로 결심하는 것처럼. 지금까지 그걸 몰라서 살아오면서 얼마나 많은 것을 놓쳐왔을까 후회되기도 해요. 고마워요."

안나는 아저씨의 옷깃을 잡고 동상 발 앞으로 끌고 갔다. 그리고는 반창고를 건넸다. 아저씨는 방긋 웃으며 우리와 함께 동상의 발에 반창고를 붙였다. 그러더니 순간 움찔하며 말했다.

"그런데 이거 반달리즘인데…."

*

　우리는 늦은 오후에 트리아카스텔라에 도착했다. 산길이라
고는 해도 포장도로가 많았고, 경사도 완만한 편이어서 몸이
피곤하지는 않았다. 하지만 계속해서 불어오는 바람을 맞으며
걸어온 덕분에 어쩐지 평소보다 더 노곤한 기분이었다. 트리
아카스텔라는 산 중턱에 위치한 만큼 도시라고 부르기엔 민
망한 작은 동네였는데, 나름 마트와 약국도 하나씩 갖추고 있
었고 버스 정류장도 있었다. 상주하는 주민들이 제법 있다는
뜻이다.

　우리는 식당에서 이른 저녁을 먹고 숙소에 체크인한 후 각
자 휴식하기로 했다. 나는 마트와 약국에서 필요한 물건들을
사고, 간만에 빨래방에서 세탁기와 건조기로 빨래를 한 후 2
층 침대에 올라가 적극적으로 빈둥거렸다. 매일매일 걷는 게
일과인 만큼 쉴 수 있을 때 적극적으로 쉬어주는 게 중요하
다. 그럴 때마다 느끼는 게, 스마트폰만 들면 어찌나 시간이
잘 가는지, 딱히 구체적으로 뭘 했는지도 모르겠는데 한두 시
간이 훌쩍 지나가 있다. 내가 평소 화면 앞에서 얼마나 많은
시간을 잃어버리고 있는지 순례를 와서 깨닫게 되었다. 낯선
사람 얼굴에서 피지를 짜내는 징그러운 유튜브 영상을 온 몸
을 뒤틀며 시청하며 무슨 변태같은 이유에서인지 자기 학대

를 하고 있는데 아저씨가 불렀다. 휴게실에서 맥주 한 잔 하자는 거다. 벌떡 일어나 숙소 휴게실로 가는데, 거기서 대기하고 있던 안나와 함께 아저씨가 외친다. 짜잔!

"저…, 가운데에 놓여진 저건 뭡니까?"

휴게실 탁자 위에 맥주와 과자들이 놓여 있었는데, 그 한가운데에 희한한 무언가가 있었다. 촛불을 밝히고 있는 큰 흰색 양초. 그런데 그 아래 촛농 받치는 접시 대신 이상한 물체가 있다. 자세히 보니 초코파이였다. 양초가 초코파이에 쑤셔 박혀 있는 거다. 가운데가 뚫려 링 형태로 되어 있어 바로 못 알아봤을 뿐이다. 안나는 뭘 당연한 걸 묻느냐는 식으로 능청스럽게 대답했다.

"뭐긴 뭐야, 케이크지!"

"어디 현대미술관에서 가져온 전위적인 예술 작품 같은데, 니 눈엔 저게 케이크로 보여?"

그러자 아저씨가 한숨을 쉬며 말했다.

"안나 씨, 거 봐요. 이상하다니까요."

알고 보니 두 사람은 나를 위해 생일 파티를 준비했단다. 마트에서 맥주와 안주를 사는데, 케이크가 없어서 마침 아저씨의 마지막 하나 남은 초코파이를 쓴 거라고. 아저씨는 이 이야기를 하면서 '마지막 하나 남은'이라는 말을 상당히 강조했다. 그래도 생일 파티에는 케이크 촛불 부는 퍼포먼스가 빠질 수 없기에 두 사람은 초를 찾아다녔는데, 초라는 게 여기서 상상 이상으로 구하기 어려운 물건이었단다.

"그래서 내가 나섰지!"

안나는 자랑스러운 얼굴로 본인의 영웅담에 대해 이야기했다. 초를 파는 곳을 찾지 못한 그녀는 훔치기로 작정했다. 어디에서? 무려 성당에서. 트리아카스텔라 전체에서 초를 볼 수 있는 곳이 성당뿐이었단다. 그래서 아저씨의 강력한 반대에도 불구하고, 성당에 들어가 예배당에서 타고 있는 이 흰색 양초를 가져온 것이다. 당연히 생일 초로 쓰기에는 터무니 없이 큰 양초였지만 안나는 초코파이에 그 양초를 박아 넣었다. 그 결과 그 기괴한 모습이 나온 것이다. 장담컨대 순례 중 성당에서 물건을 훔친 순례자는 천 년의 순례 역사 중에서도 손에 꼽는 인간일 것이다.

평소 같았으면 이 이야기를 들으며 두 사람의 발상과 센스에 대해 놀려댔겠지만 정말 생각지도 못했던 생일 파티에 나는 당황했다.

"제 생일은 어떻게 아신 겁니까?"

"숙소 체크인할 때마다 여권 주잖아요. 그때 우연히 봤어요. 당연히 축하해드려야죠."

그러더니 안나가 한 마디 덧붙였다.

"우리 이제 얼마 안 남았잖아? 서로 챙기는 마음, 적극적으로 표현하자, 우리."

얼마 만일까. 누군가가 생일 파티를 해준 일. 사실 그동안 생일이건, 결혼이건, 장례식이건, 이런 날들은 모두 형식적이라고 생각해왔다. 그리고 그렇게 대하는 게 어른이라고 생각했다. 기프티콘이나 계좌 이체는 이 형식적 예의를 갖추는 데에 유용한 도구다. 그런데 알고 지낸지 한 달밖에 안 되는 사람들로부터 실제로 깜짝 생일 파티라는 걸 받게 될 줄이야. 그것도 순롓길에서.

"어어, 용석 씨? 우는 거에요?"

사리아의 순례자들

"여기서부터 본격적으로 붐비기 시작할 거에요. 100km만 걸어도 순례증서를 주기 때문에 많은 사람이 사리아에서 출발하거든요."

출발하기 전 아저씨가 한 경고였다. 사리아를 거쳐 포르토마린으로 가는 오늘, 우리는 100km 지점을 지난다. 산티아고까지 100km 남았다고 알려주는 이정표 말이다. 아저씨의 설명에 따르면 많은 사람이 버스를 타고 사리아까지 와서 순례를 시작한다고 한다. 순례자 여권에 매일매일 도장 최소 두 개를 찍어서 100km를 걸었다는 걸 증명하면 순례자 사무소에서 순례증명서를 준다고. 프랑스길 800km 완주자와 똑같은 증명서를 말이다. 사실 대부분 사람은 한두 달씩 순례를 할 시간적 여유가 없다. 그런 면에서 사리아에서 출발해 일주일 동안 걸어 산티아고에 도착하는 순례 여정은 꽤 멋진 휴가라고 생각한다. 이런 설명을 들을 때만 해도 별 생각이 없었는데, 길을 걷다 보니 아저씨가 왜 경고를 했는지 알게 됐다.

"이건 뭐, 줄을 서서 걷는 기분입니다."

내 말을 시작으로 우리는 각각 불평을 쏟아냈다. 우리라고 해봐야 아저씨는 거의 듣기만 하고 나와 안나가 주도적으로 성질을 부렸지만 말이다. 길을 걷는 내내 사람들이 가득했다. 과장 좀 보태서 정말 줄을 서서 단체 이동을 하는 기분이었다. 돌이켜보면 그동안 걸어왔던 길 중 가장 붐볐던 건 첫 날 피레네였다. 순롓길 전체를 놓고 봐도 둘째 가라면 서러운 환상적인 풍광이 있는 곳이다 보니 등산을 하기 위해 오는 사람도 많았기 때문이다. 그런데 사리아 이후의 순롓길은 그 피레네보다도 훨씬 붐볐다. 항상 주위에 사람이 있고 대화 소리가 들린다. 어이없게도 가장 먼저 느꼈던 불편은, 더이상 노상 방뇨를 할 수 없게 됐다는 점이다. 이전에는 적당히 눈치 봐서 뒤에 오는 사람 없으면 수풀 속에 들어가 볼 일을 보는 게 가능했는데, 이제는 주위 10m 안에 반드시 우리 일행을 제외한 다른 누군가가 있었다.

한편 안나는 새로 합류한 순례자들의 복장에 불만이 많았다.

"어머, 저 여자 좀 봐. 완전 풀메이크업이야. 저대로 클럽에 가도 되겠네."

"저 남자는 무슨 순례 중에 향수를 뿌린대? 알베르게에서 민폐라구."

"쟤들은 패션쇼 왔나? 멋 부린다고 신발도 저런 걸 신어서는. 생 장에서 출발했으면 메세타도 못 가서 낙오했을 걸."

꼰대 안나님이 되셨다. 자기도 순례자 치고 상당히 멋을 부리는 편에 속하면서 말이다. 동족 혐오인가? 새로 합류한 순례자들은 확실히 이전에 만났던 순례자들에 비해 차림새에 신경을 쓴 사람이 많았다. 보통 사흘에서 닷새 안에 산티아고에 도착하니까 가벼운 여행자 차림으로도 소화가 가능하다. 짐 운송 서비스를 이용해 옷가지들을 미리 부친 사람도 많은지, 작은 가방에 물병 하나 넣고 산책하듯 걷는 사람들도 제법 보였다. 이들에게는 공통점이 있는데, 하나같이 밝고 생기 넘친다는 거였다. 딱 나들이 나와 기분 좋은 사람들의 모습이다.

한편 우리 일행을 비롯해 이미 한 달 이상 걸어온 사람들의 모습은 어떤가. 그나마 비주얼적으로 가장 나은 안나조차도, 새로 합류한 순례자 한 명을 전자레인지에 1분쯤 돌린 모습이다. 싸구려 바비 인형 머리털마냥 푸석푸석한 머리, 건조한 얼굴로는 코를 질질 흘리고 있고, 입술은 못 먹은 애 마냥 허옇게 텄다. 군데군데 얼룩과 흙이 묻은 옷은 다 헤져서 원래 근사한 모습을 잃어버리고 잘 관리한 걸레처럼 보인다. 기능성 옷이 이 상태면 그나마 봐줄 만한데, 안나는 평상복 같은 디자인의 옷을 입어왔으니 유난히 지저분해 보인다.

"안나야, 미안한데 너 지금 되게 노숙자 같아 보여."

"지는, 북한 피난민처럼 생겨가지고는."

"너 지금 인종 차별한 거냐?"

"니 모습이 인종차별적이야. 모든 동양인에게."

무슨 말인지는 모르겠는데 아무튼 나도 안나도 정강이 뼈를 걷어차인 사람들 마냥 서러운 얼굴로 멋 부린 신규 순례자들 사이를 걸어갔다. 용모만 보면 사실 생 장에서나 여기서나 크게 달라진 게 없는 것 같은 아저씨는 계속 우리와 거리를 두고 걸었다. 주위 사람들 험담을 중얼거리면서 걷는 두 노숙자와 일행처럼 보이는 게 싫었던 거겠지.

이미 신경질이 나있는 나와 안나를 폭발시킨 건 스콧이라는 놈이었다. 야구 모자를 거꾸로 쓰고 있는 20대 남자였는데, 우리는 그를 보자마자 이미 뒷담화를 시작한 상황이었다.

"용썩, 저 똥멍청이는 왜 모자를 거꾸로 쓰고 있대?"

"자외선으로부터 목 뒷부분을 보호하려나 보지. 아니면 지능이 떨어져서 모자의 목적을 모르는 거거나. 후자라고 본다."

"저 아방가르드한 후드티 보면 힙합 되게 좋아할 것 같은 느낌인데, 분명 랩 가사는 다 못 외우겠지. 똥멍청이니까."

그런데 웬 걸, 똥멍청이 스콧과 우리의 눈이 마주친 거다. 끈이 풀어진 나이키 패션 운동화를 덜 떨어진 놈처럼 묶고 있다가 뒤에서 오던 우리를 본 것이다. 유치원생보다 느린 속도로 마침내 매듭을 묶는 데 성공한 스콧은 곧바로 우리를 향해, 아니 정확히는 안나를 향해 다가왔다. 헤이, 하면서.

"그런데 두 사람은 애인?"

반가워, 오늘 날씨 죽이지? 나는 스콧이라고 해. 나와 안나가 만남에 대한 거절 의사를 표하기도 전 몇 초 만에 자기 소개까지 마친 스콧은 우리 둘 사이에 대한 질문을 했고, 길에서 만나 동행하는 사이라는 말을 듣자마자 거리낌없이 작업에 착수했다. 안나를 꼬시려는 작업 말이다. 발정난 동물마냥 노골적인 태도에, 이미 스콧을 증오했던 우리는 그에 대한 적극적인 적개심을 느끼게 되었다.

"순례 말이야, 생각보다 너무 별 거 없더라구. 그냥 이렇게 계속 걷기만 하잖아. 난 말이야 좀 더 액션 넘치는 게 좋거든. 운동 선수 지망생이었어서 말야. 너는 어때? 안나? 너도 격렬한 거 좋아해?"

순례 이틀차인 스콧 선생님의 순례에 대한 평이시다. 어찌나 그리 훌륭한 혜안과 통찰을 제시하는지, 그의 주옥같은 말씀들을 들어보자.

"순례를 해보니 과거를 반성하고 미래를 고민하게 됐다, 우리 같이 미래를 고민해보지 않겠느냐"

"걷는 건 루저나 하는 거다. 나는 경보로 간다. 제대로 마음먹고 뛰면 기록도 세울 수 있을 것이다. 그럼 먼저 가라고? 무슨 소리, 동료 순례자를 만나 이야기를 나누는 것도 귀중한 경험 아니냐"

"그런 식으로 걸으면 허리에 무리가 온다. 내가 도와줄 테니 이렇게 걸어봐라. 만지지 말라고? 자세를 교정해주려는 것 뿐이다."

조금 더 듣고 있다간 멍청함이 옮을 것 같은 이야기들. 어떻게 청자가 노골적으로 불쾌해 하는데 저렇게 주절주절 떠들 수 있는 걸까. 부끄러움도 없이 말야. 이런 극도의 공감 능력 부족은 질환 아닌가? 다행스럽게도 스콧은 마치 내가 투명인간이라도 된 것처럼 나를 전혀 인식하지 못하는 상태였고, 그가 대화하는 대상은 안나 뿐이었다. 나는 이 기회를 틈타 두 사람에게서 이탈해 조금 떨어져 있는 아저씨에게 합류하려고 했다. 머저리처럼 순렛길에서 야구모자를 거꾸로 쓰고 있으니 뒤로 슬쩍 빠지면 챙에 가려서 보지도 못하겠지. 똥멍청이 놈. 그렇게 스윽 뒤로 빠지는데, 맙소사. 안나가 내 팔목을 붙잡았다. 아주 강한 힘으로.

"너 지금 어디 가냐?"

살기등등한 눈으로 나를 쳐다보는 안나. 순순히 보내줄 것 같냐는 얼굴이었다. 그 와중에 스콧 놈은, "우리 손 잡고 가는 거야?" 하면서 아주 기쁘고 밝은 톤으로 안나의 손을 잡았다. 순간 안나의 얼굴은 악마처럼 일그러졌다. 쯧하고 혀를 찬 그녀는, 힘껏 스콧의 손을 쳐냈다. 충격을 받은 스콧은 약간 멍해서 걸음을 멈췄다가 종종 걸음으로 따라왔다.

"어, 이런. 기분 나빴으면 미안해."

스콧은 얼얼한 본인의 손을 매만지며 사과했다. 그런데 안나는 아무래도 심기가 안 풀린 모양이다.

"꼬맹이. 너 말야. 길에서 똥 쌀 뻔한 적 있어?"

"응?"

"똥 싸기 직전까지 참다가 이러다 바지에 지리느니 길바닥에 싸지르겠다는 용감한 선택을 해본 적이 있느냐고."

스콧은 영문도 모른 채 입만 벙긋거리고 있다. 저 얼굴이 더 멍청해질 수도 있구나.

"얘는 해본 적 있어. 벨트까지 풀었다가 기적처럼 화장실을 찾아서 구원받았지. 진정한 순례자란 그런 거야."

아니 왜 가만 있는 나를 걸고 넘어지지? 그런데 안나는 아직 끝난 게 아닌 것 같다.

"너 갈아입을 속옷 없어서 뒤집어 입어본 적은 있어? 먹을 게 없어서 통조림으로 끼니 때워본 적은? 다른 사람 방구 냄새 맡으며 자면서 나도 방구 낄 수 있어서 차라리 잘 됐다는 생각 해본 적은 있어? 동행하려고 따라붙는 사람 두고 도망쳐본 적은?"

얘 말을 이렇게 빨리 할 수 있었던가? 숨도 안 쉬고 따진다.

"순례가 어쩌고 저째? 남들보다 걸음마도 느렸을 것 같은 놈이, 생 장에서 여기까지 걸어온 사람한테 걷는 방법을 가르치고 있어? 너 딱 보니까, 순례 오면 여자 만날 수 있을 것 같아서 왔지? 왜 니 동네 클럽에서는 너무 찐따 같다고 안 받아주던?"

안나는 계속 쏘아댔다. 스콧의 안구에 습기가 차오르는데도, 이 가엾은 청년을 향해 가슴 속 깊은 곳에 묵혀둔 모든 분노를 쏟아내는 것 같았다. 잘못 걸린 건 우리가 아니었다. 스콧이었다. 결국 스콧은 제자리에 서버렸는데, 안나는 걸음까지 멈추고 서서 지금 이 순간, 이 순롓길 위의 최고의 미친년은 자기라는 걸 만천하에 알리기 시작했다. 아저씨가 급하게 달려와 안나를 끌고 갈 때까지 안나는 말로 된 대량 살상 무기를 휘두르며 스콧의 멘탈을 분해시켰다.

"괜찮아요? 무서웠죠? 생 장에서 온 사람들은 이미 정신줄을 한 두 번씩은 놓은 사람이 많으니까 조심하셔야 해요. 쌓인 게 많거든요. 게다가 아직 점심도 못 먹어서 더 짐승같은 상태. 아참, 여기서 누구 만나고 싶으면 가급적 점심 시간 직후에 접근하세요. 그게 안전해요. 부엔 까미노!"

급 불쌍해진 스콧에게 나름대로 진심 어린 조언을 한 후 나는 급하게 일행을 따라갔다. 뒤를 슬쩍 돌아보니, 스콧은 소매로 눈가를 닦고 있었다. 모자 제대로 써서 우는 얼굴 가릴 생각은 못하겠지. 똥멍청이 놈.

사리아 이후 우리는 모든 것에 대해 심통을 부리고 있었다. 마지막 100km의 순렛길은 그동안 걸어왔던 순렛길들과 모든 게 달랐다. 그간 지나왔던 작은 마을들에 비하면 도시라고 할 수 있을 정도로 큰 지역들. 알베르게나 호텔부터, 에어비앤비 같은 아파트에 이르기까지 수많은 숙소가 있고 심지어 시설도 좋다. 식당과 상점이 곳곳에 있고, 순례자들을 위한 각종 서비스는 또 얼마나 많은지 모른다. 여러 명이 밴을 타고 이동하는 투어 형식의 순례 관광 상품까지 있었다. 메세타 지역에서 마땅히 식사를 할 곳이 없거나 생필품을 살 곳이 없어서 이리저리 찾아다니고 미리 계획해야 했던 시절과는 완전히 달라진 상황. 아저씨는 수요가 공급을 과잉시켰다는 알듯 모를 듯한 말로 설명했다. 우리 일행은 뭔가 달라져버린 순렛길에 대해서 투덜거리고 있었다.

사리아 이후 길 위에서 수많은 사람을 스쳐 지나가며 우리는 자연스럽게 생 장에서 출발한 사람들과 최근에 출발한 사람들을 구분하기 시작했다. 가끔 헷갈리는 경우도 있었지만, 자세히 보면 행색과 태도에서 차이가 느껴지는 것 같았다. 별것 아닌 것 같아도 어쨌든 여기까지 700km가 넘는 그 긴 길과, 시간과, 사색을 걸어본 사람과 걸어보지 않는 사람 간에는 차이가 있다.

그러던 중 우리는 인상적인 순례자 한 명을 만났다. 뚱뚱하다는 설명이 실례가 되지 않을 수는 없겠지만, 누구라도 그 설명에 동의할 정도로 체구가 큰 할머니였다. 건강이 좋지 않아 보였는데, 무릎이 아픈지 조금 걷다 멈추고, 조금 걷다 멈추고 하는 식으로 느릿느릿 걸음을 옮기고 있었다. 우리보다 훨씬 앞서 있던 할머니는 우리에게 금세 따라 잡혔는데, 안나가 다가가 말을 걸었다.

"오늘 날씨가 맑아서 좋죠?"

밝게 인사하는 안나를 보며 할머니는 따뜻한 미소를 지었다.

"그러네요. 지난 주에는 비가 그렇게 오더니, 해가 나온 것 같아서 다행이에요."

"저도 지난 주에 비 맞고 아픈 바람에 고생깨나 했어요. 얼마나 걸어오셨어요?"

"몇 달 됐어요. 생 장에서 출발했는데, 보다시피 걸음이 느려서… 무척 더웠는데, 이제는 춥네요."

이 말을 듣고 내심 놀랐다. 생 장에서부터 왔다니. 오만한 생각인지는 모르겠지만, 비교적 젊고 건강한 나도 이렇게 힘든데 할머니는 오죽했을까 싶다.

"그래도 이제 곧 산티아고네요! 며칠 안 남았으니까 우리 힘내요."

안나의 말에 할머니는 작게 웃으며 답했다.

"며칠이 될지, 몇 달이 될지 모르겠지만요. 조금만 걸어도 금세 지쳐버려서 느긋하게 가고 있어요. 그래도 매 걸음마다 가까워지고는 있잖아요? 늙은이한테 괜히 속도 맞추지 말고 먼저들 가요. 목적지는 같으니까 나도 언젠가는 도착할 거에요."

할머니는 인자한 얼굴로 말했고, 우리는 부엔 까미노라고 인사하며 그녀를 앞질러갔다. 안나는 말했다. 자기도 저렇게 멋있게 늙고 싶다고.

통성명조차 하지 않은 아주 짧은 만남이었지만, 어쩐지 이 할머니가 기억 속에 강렬하게 새겨졌다. 거북이같은 순례자였다. 토끼와 거북이 이야기에 나오는 그 거북이 말이다. 느릿느릿, 하지만 확실하게 한 걸음 한 걸음 나아가 경기를 완주한다는 거북이. 사실은 토끼한테 이기고 지고가 중요한 게 아니다. 거북이는 느리더라도 경주에 나갔다. 그리고 남의 시선이나 평가 따위 신경 쓰지 않고 그저 자기 페이스대로 엉금엉금 걸어갔다. 목적지를 향해, 자기가 할 수 있는 만큼, 최선을 다

해서.

나는 할머니를 만난 후 어쩐지 뒤통수를 맞은 것처럼 정신이 얼얼한 기분이었다. 인생의 목적지 없이 방황하는 청춘. 이런 클리셰 같은 표현이 나를 가리킨다는 걸 새삼스럽게 깨닫게 됐기 때문이다. 생각해보면 나는 그저 꿈을 꾼다는 것만으로 내가 무언가 의미 있는 걸 하고 있다는 착각 속에 살아왔다. 사실 처음부터 그랬던 건 아니다.

나도 남들 뛸 때 뛰고, 달릴 때 달렸던 때가 있었다. 남들보다 더 빨리 달리지는 못했지만 그래도 대충 따라가기는 했다. 그 대열에서 벗어나는 게 두려워 적당히 남들 하는 만큼은 했다는 거다. 꼬박꼬박 학교에 다니고, 친구들 학원 간다니까 학원도 가고. 별로 관심도 없었지만 어디서 취직에 좋다는 말을 듣고 지원해 성적에 맞는 대학도 가고. 편한 알바로 조금씩 저금도 하면서 20대를 보냈다. 군대 다녀와서는 친구들 따라 열심히 취업 준비도 했다. 지금 생각해보면 당최 뭘 한 건지 기억도 안 나는 대외 활동 같은 것도 하면서 말이다. 그런 걸 스펙 쌓는답시고 했으니 지금 생각하면 참 우습다. 그냥 남들하니까 나도 한 거일 뿐인데. 아무튼 그렇게 친구들 따라 도서관, 카페 다니며 자격증도 따고 취업 준비도 하고 그랬다. 그나마 열심히 했던 친구 승원이는 그렇게 20대 중후반에 첫 직장에 들어갔다. 두 달 만에 만난 그가 다크서클이 가득한 얼굴로 말하는 월급 액수를 듣고, 나는 그 경주에서 이탈했다. 그건 차디찬 현실이었고 환멸이었다.

대신 나는 꿈을 꾸기로 했다. 인플루언서가 되는 꿈. 박튜브 같은 초대박까지는 아니어도, 평범한 직장인보다는 벌면서, 여유롭게 희희낙락하며 살 수 있는 그런 삶을. 하루 종일 일하고 야근까지 해야 하는 직장인 월급 수준은 당연히 아니었지만, 그간 해왔던 블로그 광고로도 알바비 정도는 충분히 벌고 있었고, 나는 그걸로 납득했다. 수익이 당신이 지불한 노동 강도와 삶의 질에 비례하는가? 대부분 사람은 아니오라고 답하겠지만, 나는 예라고 답할 수 있었다.

언젠가 한 분야에서 인플루언서로 자리를 잡으면 내 인생은 행복해질 것이다. 나는 그런 꿈을 핑계로 매너리즘에 빠진 일상을 보냈다. 오해는 마시라. 그래도 이것저것 벌려보고 시도해본 건 많으니까. 다리털 깎고 여장하고서 지하철 탈 수 있는 사람은 그렇게 많지 않다. 외국 중년 남성들에게 속옷을 판매한 경험을 해본 사람은 더 적을 것이라고 확신한다. 게다가 나는 남자다. 이렇듯 나는 나름대로 할 때는 열심히 하면서, 크고 작은 돈을 벌어가며 일상을 살아갔다. 그렇게 무언가를 계속 하는 것만으로 내 인생은 전진한다고 믿었다.

　시간은 흘렀고, 나이를 먹었다. 그리고 나는 이제 와서야 내심 깨닫게 되었다. 승원이는 한 길을 걷고 있었고, 나는 목적지 없이 떠돌고 있다는 걸. 아무리 열심히 걷는다고 한들, 구체적인 방향없이 아무렇게나 나아가는 걸음에는 의미가 없다. 천천히 걸어가더라도 방향성은 필요하다. 그래야 한 발 한 발 어딘가로 나아갈 수 있다. 나는 별로 구체적이지도 않은 헛된 꿈을 꾸며, 경주에 나선 사람들을 비웃으며, 현실을 부정하며 살아왔다. 그래서 나는 어디로도 가지 못했다.

　이건 분명 옳고 그름에 관한 이야기는 아닐 것이다. 인생에 그런 건 없다. 각자의 삶만이 있을 뿐이다. 정처없이 떠도는 것도 하나의 여정이고 이야기다. 그 경험에는 누구도 부정할 수 없는 가치가 있다. 모든 인간의 목숨이 존귀한 게 맞다면 분명 그럴 것이다. 그래서 나는 내가 살아온 삶과 경험의 가치를 부정할 생각은 없다. 내가 걸어온 길이 글러먹었다고 생각하지도 않는다. 생각해보라. 불과 10년, 20년 전만 하더라도 유튜브를 직업으로 삼는다고 하면 농담처럼 여겼다. 그 10년 만에 유튜브로 기업보다 더 큰 가치를 창출한 사람들이 나타났고, 유튜버는 초등학생들이 전문직보다도 더 꿈꾸는 직업이 되었다. 그렇기에 누군가의 삶에 대해 정답과 오답, 옳고 그름에 관해 이야기 하는 건 잘못된 접근 방식이다.

하지만 분명 방향성이라는 건 존재해야 한다. 길에서 만난 할머니는 자신이 어디로 향하는지 알았기에, 느리더라도 계속 나아갈 수 있었다. 언젠가는 목적지에 도착할 테니까. 아니, 어쨌든 목적지를 향해 나아가고 있으니까. 뚜렷한 목적지 없이 그저 마음가는 대로 여기저기 걸어 다닌다는 건 길을 잃은 것일 뿐이다. 그리고 이 생각에 이르러서야 나는 깨닫게 되었다. 나는 길을 잃고 방황하는 청춘이라는 걸. 나름대로 남들과는 다르게 살았다고 생각했지만, 사실은 별로 특별할 것 없는 그런 흔하디 흔한 청춘. 단 한 번도 어딘가를 향해 전력 질주해 본 적 없는 그런 욕구 불만의 청춘 말이다.

순례라는 사건은 그런 흔하디 흔한 내 인생 최초의 특별한 사건인지도 모르겠다. 스스로 결심을 하고, 나름대로 노력을 해서, 이 긴 여정의 완주를 앞둔 지금 이 순간, 나는 그런 생각을 하고 있었다.

마지막 밤

걷는 게 쉬워졌다. 아니, 쉬워졌다는 표현은 잘못됐다. 결코

쉽지는 않다. 무거운 배낭을 짊어지고 하루 종일 걸어가는 건 역시 고역이다. 그동안 쌓인 피로로 몸은 만신창이가 되었고, 특히 숙소까지 마지막 한 두 시간은 지옥 같다. 온 몸이 비명을 지른다. 내가 도대체 뭘 그리 잘못했길래 이런 고문을 하느냐고. 그래서 여전히 매일 아침 눈을 뜨면 오늘도 또 이만큼 걸어야 하는구나, 하며 구글 지도를 보고는 한숨부터 쉰다. 그래도, 확실히 나아졌다.

첫 날 피레네를 오르며 세상을 원망하고 있던 나와 아저씨에게 미하일이 그랬었다. 꾸준히 걸으라고. 그러면 분명히 지금보다 나아진다고. 조금씩 조금씩. 딱 그 말대로였다. 우리는 지난 한 달 반을 그렇게 걸어왔다. 처음 며칠은 앞으로 어떡하나, 정말 완주할 수 있는 걸까 싶었다. 아침에 눈을 뜨면 오늘 하루만 견뎌 보자는 걸 목표로 했다. 그런데 언젠가부터 이 하루 일과가 당연한 게 되었다. 우리는 여전히 힘겨워 했고, 투덜댔고, 징징댔지만 그래도 우리는 늘 하루 일정을 완수했다. 숙소에 가서 마실 시원한 맥주 한 잔을 상상하면서 말이다. 걷는 건 일상이 되고 습관이 되었다. 오히려 쉬는 날이 어색하게 느껴질 정도로. 그렇게 가속도가 붙었나 보다. 생각해 보면 메세타 지역부터는 휘리릭 지나가버린 것 같다. 걷는 속도가 빨라졌다는 게 아니라, 느끼는 시간이 빨라졌다는 거다.

카사 라이츄의 주인 아줌마가 했던 말이 떠오른다. '할 만하니까 하는 거다.' 딱 그 말대로였다. 여전히 기회만 있으면 어디 눕고 싶고, 숙소에 도착하면 너무나 행복하고, 다음날 아침 우울한 기분으로 배낭을 메지만, 그래도 할 만했다.

우리는 내일 산티아고에 도착한다. 이 말을 하는 나조차도 믿기지 않는다. 끝나지 않을 것 같은 여정이었는데, 어느새 끝에 다다른 거다. 우리는 약 800km를 걸어 마침내 우리가 도달하려던 곳에 도달한다. 시나브로라는 순우리말이 있다. 어딘가에서 누군가가 한국의 정서를 담은 예쁜 순우리말이라며 국뽕 양념을 쳐가며 알려줬던 기억이 난다. 아무도 안 쓰는 순우리말이라는 게 그렇게 중요한 건가 싶었는데, 문득 우리의 여정을 표현함에 있어 이 말만큼 적절한 게 없다는 생각이 들었다. 시나브로. 모르는 사이에 조금씩 조금씩이라는 뜻. 우리는 시나브로 산티아고에 도착한다.

"산티아고에 도착한 후 계획들이 어떻게 되세요?"

길에서 만난 노천 카페에 앉아 잠깐 휴식을 취하던 우리 일행. 휴대폰으로 숙소를 살펴보던 아저씨가 물었다.

"돌아가는 비행기표 아직 안 끊었다고 하셨죠?"

"네, 용석 씨도 아직이시죠?"

"예. 그럼 한국까지 같이 돌아가시죠."

아저씨는 반가운 얼굴이었다. 그리고 안나를 봤다.

"아쉽지만 저는 작별이에요. 오늘이 마지막 밤이 되겠네요."

안나는 담담하게 말했다. 우리 모두 내심 준비하고 있었던 작별의 순간이 예정대로 다가오고 있을 뿐이다. 작별. 아마도 다시는 볼 일이 없다는 걸 알면서 하는 그런 작별. 우리는 이런 대화를 한 적이 있다. 애써 핑계를 만들어 이 작별의 순간에서 도망치지 말자는 대화였다. 길을 걸으며 스쳐 지나간 수많은 대화 중 하나였다. 안나가 한 말이었는데, 헤어지는 게 아쉬워서 애써 연락처나 소셜미디어 친구 추가를 하고, 마치 지금처럼 매일매일 일상을 나누며 인연을 이어갈 것처럼 포장하는 건 서로에 대한 예의가 아니라고 생각한단다. 가끔 소셜미디어에 좋아요나 보내주고, 생일날 축하 메시지나 보내는 그런 아무 것도 아닌, 의례적이기만 한 관계가 되는 건 싫단다. 그저 작별의 순간에서 도망치려고 그 순간을 길게 늘려 언젠가 온라인에서 서로를 유령 대하듯 대하는 관계로 전락되는 건 우리 서로의 인연에 대한 예의가 아니지 않느냐고. 안나의 이 말에 아저씨는 감동받은 얼굴이었고, 나는 수긍했다. 그래서 이제 작별이라는 안나의 말에 어떤 표정을 지어야 할지 모르겠다. 잠깐 침묵이 흐르는데 안나가 갑자기 소리쳤다.

"오늘 우리 파티해요!"

아저씨는 환호성을 터뜨렸다. 물론 나도 웃었다. 그래 지금 생각할 가장 중요한 건, 순례 완주와 우리의 마지막을 기념할 이 밤을 어떻게 즐기느냐다.

우리는 실컷 먹고 마시기에 적당해 보이는 알베르게에 체크인했다. 기준은 단 둘. 마트가 가까운가? 그리고 주방이 잘되어 있는가? 그동안 식용유나 소금 같은 기본적인 것조차 없는 주방을 많이 봤기에, 우리는 인터넷을 뒤지며 인근 알베르게의 주방에 관한 리뷰들을 자세히 살폈다. 덕분에 근처에 큰 마트가 있고, 식기와 조미료가 잘 갖춰진 알베르게를 찾을 수 있었다.

근사한 파티가 시작됐다. 각자 양손 봉투 가득 식료품을 사온 우리 일행은 샤워를 하고 나오자마자 요리를 시작했다. 물론 실력 발휘는 아저씨가 하고 있고 안나는 조수다. 나는 뭘 하고 있느냐고? 밀려드는 다른 투숙객들의 줄을 세우고 있다. 언젠가 본 듯한 장면이다.

"잠깐만요! 거기 파란 셔츠. 익스큐즈미! 여기 기부 단체 아닙니다. 음식 드시고 싶으시면 술이라도 한 병 가져오십시오. 어어! 저기요, 무한 리필 뷔페 아니거든요? 다른 사람도 생각합시다."

아저씨가 요리를 끝내면 안나가 큰 접시에 담아 테이블 위에 올린다. 투숙객들은 줄을 서서 음식을 받아간다. 우리가 나눠준 종이 접시 위에 말이다. 하긴 이 모습만 보면 뷔페라고 해도 믿을 것이다. 알베르게에 머무는 다른 투숙객들과 함께 파티를 하려고 넘치게 재료를 사오긴 했지만 나의 강력한 주장에 의해 우리 일행은 대가를 받는 데에 동의했다. 술이든 먹을 거든, 뭐라도 가져오라고 한 거다. 덕분에 파티장이 되어버린 알베르게 휴게실에는 맥주와 와인과 이렇게 도수 높은 걸 가져와? 싶은 술과 각종 안주들로 가득했다. 순례자들은 그간 배낭 속 아껴왔던 간식 같은 것들을 죄다 들고 나온지라 그야말로 먹고 마실 게 넘쳐났다.

"이봐, 파티를 해도 되느냐길래 걱정했는데, 내가 고마워해야 할 지경이군. 여기서 십수 년째 알베르게 하면서 이렇게 근사한 자리는 처음이야."

얼마나 마셨는지 술에 취해 비틀거리던 알베르게 주인이 아저씨가 튀긴 한국식 치킨을 뜯으며 한 말이다. 그는 한 손에는 닭다리를 들고, 다른 한 손으로는 내 어깨동무를 하며 고맙다는 말을 했다. 잠시 후 그는 바쁘게 요리를 하고 있는 아저씨 옆에 가 동업을 제안했다. 여기서 일하지 않겠느냐고 말이다. 당신과 함께 알베르게를 하면서 이런 저녁을 대접하면 무조건 대박이 날 거라나.

어디서 소문을 들은 건지, 파티에 다른 알베르게에 투숙하는 순례자들까지 와버린 덕분에 우리는 한참을 일했다. 이왕 먹고 마시며 즐길 거, 다른 사람들도 함께 하자며 시작한 파티인데, 정작 우리 셋은 사람들이 빠져나갈 때까지 내내 일만 한 기분이다. 틈틈이 몇몇 순례자를 인터뷰 해보려고 했는데, 그럴 여유조차 잘 나지 않았을 정도였다. 우리는 밤 열 시가 지나서야 셋이서 앉아서 조용히 술잔을 기울일 수 있었다. 그래도 다른 사람들이 설거지와 청소를 해준 덕분에 뒷정리는 편했다.

"정말 정신 없었어. 스페인까지 와서 식당 알바를 한 기분이야."

내 말에 안나가 맞장구쳤다.

"그렇지? 생각지도 못한 중노동이었어. 이렇게 일이 커질 줄은…. 소망은 괜찮아요?"

기운이 다 빠져 휴게실 소파에 반쯤 누워 있던 아저씨는 홀짝이던 와인 잔을 들어올려 건배하며 말했다.

"살면서 이렇게 많은 요리를 해본 건 처음이에요. 배고픈 순례자들이라 그런지 정말 잘들 드시더라고요."

"죽이는 음식이긴 했어요. 여기서 한국식 치킨에 보쌈을 맛볼 줄이야. 피자는 솔직히 파는 것보다 훨씬 나았습니다. 다들 정말 맛있게 먹더라고요. 하긴, 우리 정 셰프 님 작품이니까."

"맛있게들 드시니까 신이 나서 오버해버린 것 같아요."

"여기 주인은 정말 많이 먹던데. 제일 신난 것 같았습니다. 안나, 너는 그 노래 무슨 노랜지 아는 것 같더라?"

술에 취한 알베르게 주인이 갑자기 노래를 부르기 시작했는데, 다른 사람들도 합창을 했었다. 안나도 따라 불렀고. 내 질문에 안나는 잠시만, 하며 휴대폰으로 그 노래를 찾아 재생한 후 말했다.

"'We are the world'라는 노래야. 술 취한 스페인인이 이 노래를 부를 줄이야. 그래도 여러 나라에서 온 순례자들이 이 노래를 합창한 건 꽤 멋있는 장면이었어."

우리는 안나가 튼 노래를 들으며 각자 술을 홀짝였다. 아저씨는 와인을, 나와 안나는 맥주를. 안나가 문득 말했다.

"멋진 파티였지?"

"응, 멋진 파티였어."

"잊지 못할 경험이었어요."

우리는 그렇게 음악을 들으며 술을 마셨다. 안나가 노래를 틀고, 가끔 아저씨가 신청곡을 요청하고. 잘 모르는 팝송들이었지만 어쩐지 좋은 느낌이었다. 나는 농담 삼아 산와머니 CM송을 찾아 틀었고 두 사람은 킬킬댔다. 그간 사진을 찍는 대신 스케치북에 그려온 그림들을 살펴보던 안나가 말했다.

"나 두 사람을 그리고 싶어요."

그러더니 안나는 테이블에서 의자 하나를 가져와 나와 아저씨가 있는 소파 앞에 놓고 앉았다. 그림 그리는 데에 동의해준 적도 없는데, 방해되니까 움직이지 말라며 구박하면서 나와 아저씨를 그리기 시작했다.

꽤나 괴로운 경험이었다. 안나는 편안하게 앉아 있으면 된다면서도, 계속 움직이지 말라고 했다. 아니 움직이지 못하는데 편안할 리가 없지 않은가. 뜨거운 아이스 아메리카노 같은 소리하고 있네. 안나는 나와 아저씨를 뚫어져라 관찰하고 있었고, 나와 아저씨는 어색한 자세로 굳은 채, 안나의 부담스러운 시선을 피해 딴 곳을 바라보며, 마치 그러면 움직이지 않는 게 되는 것처럼 팔을 천천히 움직이며 술을 홀짝였다. 새파란 두 눈이 나를 뚫어져라 쳐다보는데 솔직히 매우매우 부담스럽고 무서운 경험이었다.

"아저씨, 어째 숨소리가 편안해지셨습니다. 혹시 자요?"

아저씨는 어느새 잠들어 있었다. 하긴 유독 아저씨가 고생을 많이 한 날이다. 안나가 말했다.

"대단한 사람이야, 소망은."

"흔하지 않은 유형의 사람이지."

"소망이 지난 몇 년간 어머니 암 투병 간호한 거 알아?"

"그래?"

아저씨와 가족 이야기를 한 적이 있다. 아저씨는 내 평범하지 않은 가정사를 듣고서 본인과 비슷한 처지라며 어쩐지 동생처럼 느껴진다고 말한 적이 있다. 나는 동생보다는 조카로 하자고 반박했었고. 그런데 저 이야기는 처음 듣는다.

"회사도 다니면서 간병까지 했나 봐. 그래서인지 암에 대해서 되게 잘 알더라고. 어머니는 얼마 전 돌아가셨나 봐."

"그거 참…, 뭐랄까, 무거운 이야기네. 전혀 몰랐어. 그런데 그런 이야기는 어쩌다 듣게 된 거야?"

"나 암 환자거든."

으잉? 갑자기 이게 뭔 소리야. 내가 당황해서 입을 다물자 안나가 피식 웃더니 말을 이었다.

"나 매일 챙겨먹는 거 그거 항암제야. 고치는 쪽은 아니고, 악화되는 걸 막는 쪽. 어느 날 우연히 소망이 알아봤나 봐. 나 아팠던 날 소망이 알려줬어. 암인 거 알고 있다고. 병원에 가자고 설득하면서. 그런데 병원에 가봐야 수술을 하는 게 아닌 이상 지금 내가 먹는 약 똑같이 처방해주는 거 말고는 방법이

없거든. 그래서 거절했지."

갑자기 바보가 된 기분이다. 솔직히 화가 났다. 나만 모르고 있었구나. 어쩐지 안나에게 미안한 마음마저 들었다. 복잡한 얼굴로 뭐라 말하려고 하는데, 안나가 고개를 가로저으며 말했다.

"그런 반응이 싫어서 얘기 안 했던 거야. 그냥 대하던 대로 대해줬으면 좋겠어."

"많이 아픈 거야?"

"응. 수술 안 받으면 죽을 거래. 받아도 어떻게 될지는 모르고."

이 여자, 뭔가 날 배려할 생각은 조금도 없는 거구나. 하긴 죽을 병을 앓고 있는 안나에게서 내 기분에 대한 배려를 기대한다는 게 말도 안 되는 거긴 하지만. 아무튼 안나는 자신이 죽을 병에 걸렸다는 사실을 돌직구로 던졌다. 슬퍼하거나 안타까워하는 그런 반응은 하지 말라면서 말이다. 움직이지마라, 반응하지마라, 나는 도대체 어떻게 존재해야 하나. 그냥 얼어버렸다.

"너, 내가 기껏 털어놨는데, 무시하는 거야?"

"야, 이 여자야 나보고 어쩌라는 거야."

그러자 안나는 피식 웃어버렸고, 나도 웃어버렸다. 여전히 움직이지는 않고 있지만 말이다.

"수술은 왜 아직 안 받은 건데?"

"글쎄."

잠깐 침묵이 흘렀다. 음악은 꺼진 지 오래고, 안나가 연필로 사각사각 스케치북에 그림을 그리는 소리만이 들린다.

"너무 화가 나더라. 억울했어. 하고 싶은 것도 많고, 아직 하지 못한 것도 많은데. 어느 날 몸이 안 좋아서 병원에 갔더니 의사가 심각한 얼굴로 암이라고 하는 거야. 나는 처음에는 농담인 줄 알고 웃었다? 그런데 의사 표정이 그대로인 거야. 그래서 또 웃으면서 에이, 했지. 의사 얼굴이 더 굳어지더라. 제발 이 순간이 지나가길 바라는 얼굴이었어."

안나는 그 의사 얼굴이 떠올랐는지 웃기 시작했다. 남이 어쩔 줄 몰라 하는 반응을 즐기는 타입인 게 분명했다.

"좋지 않은 곳에 암이 있대. 증상이 거의 없어서 꽤 심각해질 때까지 몰랐던 거야. 이대로면 무조건 죽을 거고, 살고 싶으면 수술은 받아야 하는 상황. 그런데 수술해도 죽는 사람이 꽤 있더라? 구체적인 확률을 알려주더라구. 그런데 죽을 확률이라는 게 아무리 낮더라도, 그게 무슨 뜻인지 실감하면 무서워지거든. 수술을 받았는데도 악화됐다고 하면 그때는 진짜 어쩌지?"

"그래서 여행을 떠난 거야?"

"응. 남은 시간이 얼마나 있는지도 모르는데, 침대에 누워있기 싫었어. 그래서 무턱대고 여행을 떠난 거야. 늘 꿈꿔왔거든. 이런저런 핑계로 미뤄왔지만. 그렇게 순례까지 오게 된 거야. 이 순례가 끝나면 그대로 아프리카라도 가볼까 싶었지. 〈라이온킹〉 실사판을 보고 싶었거든. 그런데 최근에 생각이 바뀌었어."

"생각이 바뀌었다고?"

"나 집에 돌아갈 거야. 그리고 수술 받으려고. 더이상 도망치면 안 된다는 생각이 들었어. 그런다고 뭐가 바뀌는 건 아니니까. 뭐가 됐든 시도를 해보고 결과를 받아들일거야. 안 좋은 결과더라도 거기서 노력하면 되는 거지. 그게 사는 거잖아?"

안나는 연필을 놓고는 나를 쳐다보며 말했다.

"살고 싶어. 더 살고 싶어졌어. 그래서 앞으로 나아가려고. 분명 여기서 너희 일행과 함께한 덕분일 거야."

나는 후, 하고 한숨을 쉬었다. 안나의 그 묵직한 이야기에 적절한 반응이기도 했지만, 사실 나는 그때 심각한 경련에 시달리고 있었다. 분위기상 티를 내지 못했을 뿐이지, 다리에 심한 쥐가 난 상태였거든. 장시간 꼼짝없이 있었으니.

"완성! 슬슬 소망 깨워서 침대로 보낼까?"

"어…, 응. 네가 모시고 가. 난 잠시 앉아 있을게."

안나는 의아하다는 표정을 짓더니, 기특하다는 듯 씨익 웃으며 아저씨를 부축했다. 충격적인 소식에 내가 잠시 시간이 필요하다고 생각한 것 같은데, 물론 많이 놀라긴 했지만 사실 그것 때문에 못 일어나고 있는 건 아니었다. 안나는 그대로 소망을 일으켜 배정받은 방으로 데려갔다. 나는 그제서야 다리에 난 쥐에 본격적으로 괴로워하며 몸을 비틀 수 있었다. 안나가 앉았던 의자 위에는 그녀가 두고 간 스케치북이 있었다. 구석에 'My Santiago Friends'라고 적힌 그림에는 나와 아저씨가 있었다. 이게 그 피카소의 초현실주의 같은 건가? 저 형체가 소파고 저 덩어리가 나랑 아저씨인가. 아무튼 무시무시한 그림 실력이다. 그렇게 우리의 마지막 밤이 지나갔다.

 여행의 끝

길을 걸으며 우리는 추억을 이야기했다.

"안나 너는 모르겠지만 말야, 우리 피레네에서 진짜 힘들었거든. 토하고 난리도 아니었어."

"첫 날이 진짜 힘들었지? 그래도 구토는 좀 심했다."

"너도 앙굴라 때문에 토했잖아."

"소망 발 냄새 때문에도 토할 뻔."

"안나 씨 겨드랑이 냄새는 어떻고요!"

우리는 쉼없이 수다를 떨었다. 그동안의 여정을 떠올리는 것만으로도 할 이야기가 넘쳐났다. 다른 순례자들도 오늘 산티아고에 도착한다는 사실에 설레는지 전반적으로 들떠있는 분위기였다. 오늘은 길이 유독 짧은 느낌이다. 어느새 저 멀리 산티아고 데 콤포스텔라의 도시 전경이 보이기 시작했다.

산티아고 도시 입구에 위치한 작은 성당에서 마지막 도장을 찍고 다시 걸음을 옮기는데, 표지판에 익숙한 글자가 눈에 들어왔다.

"어라? 용석 씨 저거 돌하르방 아녜요?"

"맞습니다. '제주 올레'라 적혀 있고 옆에는 '우정의 길'이라 돼 있네요. 이거 뭐지?"

파란색 표지판은 이 언덕을 따라 500m를 가면 제주도 올레길의 돌하르방으로 갈 수 있다고 알리고 있었다. 산티아고 순렛길에 웬 제주도 올레길과 돌하르방이 있는 거지? 나와 아저씨가 의아해하고 있는데 안나가 말했다.

"두 사람 이 이야기 몰라요? 한국인이라 당연히 아는 줄 알았어요."

우리는 표지판이 가리키는 곳으로 향했다. 이 '우정의 길'이라는 건 원래 순롓길에서 약간 벗어났다가 다시 합류하게 되는 식이었다. 잘 깎인 잔디가 뒤덮은 언덕을 걸으며 안나가 설명했다. 알고 보니 제주도 올레길은 산티아고에 다녀온 한국인 순례자가 만들었다고 한다. 20년 넘게 언론인으로서 살아갔던 그녀는 일을 그만두고 산티아고 순롓길에 올랐다. 그리고 이 길 위에서 영국에서 온 순례자와 친구가 됐다. 두 사람은 함께 순례를 완주했고, 약속을 했다. 산티아고 순롓길과 비슷한 길을 각자의 나라에서 만들어 서로를 초대하자고. 그리고 그녀는 약속을 지켰다. 고향 제주도로 돌아가 옛 길들을 복원하며 올레길을 만들어낸 것이다. 그렇게 올레길은 산티아고 순롓길과 자매 결연 같은 걸 맺게 됐다고 한다.

푸른 잔디 위에 하얀 조약돌이 깔린 곳이 보였다. 두 분(?)의 돌하르방이 그 곳을 지키고 있었다. 이역만리 이 낯선 땅에서 불철주야 고생이 많으시다. 산티아고를 상징하는 마크가 노란 조개라면, 올레길을 상징하는 마크는 파란색 말 모양인가보다. 말 모양의 파란색 조형물 위에는 '제주올레'라는 한글이 적혀 있었다.

"여기서 보는 한글이라 그런지 더 반갑습니다."

"멋진 이야기가 담겨 있어서 감동적으로 보여요."

"언젠가 다 함께 올레길을 걷는 날이 오면 좋겠다."

안나의 말을 끝으로 우리는 다시 걸음을 옮겼다. 언덕을 내려가는데 두 개의 큰 순례자 동상이 있었다. 한 손에는 순례용 지팡이를 짚고서, 다른 한 손으로 저 멀리 무언가를 가리키는 두 순례자. 산티아고 데 콤포스텔라에서 콤포스텔라는 '별이 빛나는 들판'을 의미한다고 한다. 여행자들은 이 곳을 지나갈 때마다 밝은 빛을 목격했고, 이 지역은 별이 빛나는 곳이라는 별명으로 불린다. 이후 교회 주교가 그 빛에 대한 조사에 착수하는데, 이 과정에서 성 야곱의 무덤을 발견했단다. 그리고 그 곳에 산티아고 대성당이 지어졌다. 이 순례자 동상은 분명 그 별을 가리키고 있을 것이다. 우리 일행은 망설임없이 그 손길을 따라 산티아고의 심장부로 향했다.

산티아고는 생각보다 훨씬 큰 도시였다. 그간 순렛길에서 지나쳐온 도시 중에서도 상당히 도시다운 도시였다. 도시라는 말을 자꾸 반복하니 영 이상한데, 그만큼 우리가 여정 중 한국인의 시각으로 도시라고 부를 수 있는 곳을 본 일이 드물었기 때문이다. 팜플로나, 로그로뇨, 부르고스, 레온, 음…, 이 말고 더 있었나? 기억이 섞여 가물가물하다.

우리는 아이스크림 가게를 지나쳤고, 아저씨와 안나는 딱히 상의할 문제도 아니라는 듯 당연하게 안으로 들어갔다. 어쩐지 친구들과 하굣길에 샛길로 빠지던 생각이 나서 피식 웃어버렸다. 실실 웃고 있는 나를 안나가 변태 보듯 쳐다보며 기분 나쁘다고 하는 바람에 감상은 금세 깨져버렸지만 말이다. 우리는 이런 식으로 시간을 끌고 있었던 건지도 모르겠다.

흙이 잔뜩 묻은 등산복과 배낭 차림으로 도시를 통과하는 건 이상한 기분이었다. 양복을 입은 직장인, 패셔너블한 옷을 입은 학생, 이런 사람들 사이를 지나치기 때문이다. 그래도 그들에게는 익숙한 모습인지, 우리에게 부엔 까미노라고 인사해줬다. 거의 다 왔다며 응원하는 사람도 꽤 많았다. 그래 이제는 마침표를 찍을 때다.

구시가지로 접어드는데, 아저씨가 순례증서를 먼저 받으러 가자고 제안했다. 순례자 사무소는 순롓길의 종착역인 산티아고 데 콤포스텔라 대성당 근처에 있었는데, 곧 문을 닫는 시간이라 증서부터 받고 대성당으로 가는 게 나을 거라는 설명이었다. 줄이 꽤 길지도 모른다는 말에 우리는 괜히 긴장하며 순례자 사무소로 향했다.

그리고 우리 셋은 모두 얼떨떨한 얼굴로 그 사무소를 나왔다. 정말로 무미건조하고, 아무 감동 없고, 심지어 배신감마저 약간 느껴지는 경험이었다. 물론 사무소에 입장하면 폭죽이 터지고, 순례 완주를 축하한다며 누군가가 포옹을 건네고, 선물도 뭐 하나 쥐어주는 그런 분위기를 기대했던 건 아니었다. 그런데 최소한 동사무소에서 귀찮은 서류 처리하는 것 같은 기분이 들어서는 안 되지 않나. 사무소에 입장하자마자 배낭을 메고 들어오면 안 된다고 한 소리 들은 우리는 입구에 배낭을 세워놔야 했고, 그 이후 키오스크를 통해 신상 정보를 입력하고 번호표를 받아야 했다. 그렇게 대기실에서 기다리다가, 딩동 하고 번호가 나오면 창구에 가서 공무원을 만난다. 그 공무원은 무표정하게 축하한다는 말을 한 후 순례자 여권을 받아 도장을 확인하고, 빈 칸에 사무소의 마지막 도장을 찍는다. 그리고 증서에 볼펜으로 대충 사인을 해서 넘겨준다. 괜히 기대해왔던 순례증서라는 건 싸구려 종이에 라틴어가 인쇄된 문서였는데, 아까 키오스크에서 입력한 내 이름과 날짜가 적혀 나왔다. 이래서 느려터진 키오스크에 신상 정보를 입력하게 했던 거였구만. 행정 편의를 위해서. 글자만 써놓는 건 좀 민망했는지, 중세풍의 그림같은 것도 그려 놨는데, 가뜩이나 저화질 이미지를 싸구려 프린터로 뽑은 덕분에 오히려 역효과였다. 초등학교 상장만도 못한 퀄리티였다. 그렇게 순례자는 공식적으로 순례를 마치고 증서를 받은 거다. 그걸로 끝이었다. 우리는 뒤 사람을 배려해 빨리 자리에서 일어나야 했고, 그대로 출구로 나가 서류 비용을 약간 지불한 후 거리로 나왔다. 사무소 안에 얄밉게 들어앉아 있는 기념품 상점이 어쩐지 심기를 매우 거슬리게 했다. 내 인생에서 나름 하이라이트로 기억되었어야 할 순간인데 말이다.

우리 셋은 거리에 나와 손에 들린 순례자 증서의 하찮음을 보며 멍한 얼굴이 되었고, 잠시 후 어이를 찾아다니는 서로의 모습을 발견하고는 빵 터져버렸다. 증서를 내려다보던 나는 충동적으로 그 종이를 구겨버렸다. 그리고는 주머니에 대충 쑤셔 넣고는 배낭을 멨다. 내 모습을 본 안나와 아저씨도 약속한 것처럼 동참했다. 우리는 그렇게 기분 좋은 얼굴로 대성당으로 향했다. 순례자의 순례를 공식적으로 인정하고 증명한다는 증서. 생각해보면 내 여행에 인정이니 증명이니 하는 게 왜 필요하겠는가. 우리가 거쳐온 여정의 도장들이 찍혀 있는 순례자 여권 하나만으로도 기념품은 충분하다.

산티아고 데 콤포스텔라 대성당. 그 앞에는 거대한 광장이 있었다. 그 공간은 어쩐지 공항을 떠오르게 했다. 어디론가 향하는 사람들, 어디에서 돌아온 사람들. 만남과 헤어짐. 설렘과 반가움. 기쁨과 슬픔. 그 모든 것을 믹서기에 넣고 갈아서 하늘에 뿌려버린 것 같은 분위기가 공기를 떠다니고 있었다.

우리는 마치 본능처럼 광장 한 가운데로 향했다. 성당이라기보다는 성에 가까운 위용을 뽐내는 거대한 건물. 첨탑은 하늘을 가르며 우뚝 솟아 있었고, 화려한 조각 장식들은 어쩐지 비현실적으로 느껴지는 그 건물의 거대함과 화려함을 더욱 강조했다. 그 성당 한 가운데 앞에 서있는 우리 일행은 그 모습에, 그 의미에 짓눌려 한동안 아무 말도 하지 못했다.

그 때 안나가 소리쳤다.

"I did it! Fuck you Santiago! I fucking did it!"

안나는 성당을 향해 힘껏 소리치기 시작했다. 마치 역전승을 거둔 사람의 환호를 보는 것 같았다. 그걸 기점으로 나도 아저씨도 소리를 질렀다. 끝났다! 완주했다! 야호! 갈 곳 없이 방황하는 모든 감정을 끌어내 목소리로 토해냈다. 주민 여러분 미안해요. 그래도 이 순간만큼은 이해해달라고 감히 요구하겠어요. 해방감. 그리고 성취감. 나는 행복한 얼굴로 소리치고 있는 아저씨와 안나의 모습을 카메라에 담았다. 여기에 와서 찍은 영상들 중 가장 멋진 영상이었다.

후련할 정도로 소리친 우리는 서로를 바라봤다. 안나는 어느새 울고 있었다. 아저씨는 금방이라도 눈물이 뚝뚝 떨어질 것 같은 새빨간 얼굴이었다. 내 얼굴은 어떤지 모르겠다. 잠시 머뭇거리던 안나가 말했다.

"이 순간이 영원히 끝나지 않기를 바랐어요. 그래도 끝은 오네요."

눈물 콧물이 범벅된 얼굴로 애써 웃는 안나. 애 같다. 아저씨가 말했다.

"우리 셋이서 참 많은 걸 보고, 많은 걸 했죠?"

감정을 가다듬느라 자꾸 헛기침을 하며 말하는 아저씨. 내가 이어받았다.

"정말 멋진 시간이었습니다. 평생 잊을 수 없을 거에요."

안나는 아저씨와 나를 꼬옥 껴안았다. 그리고 말했다.

"두 사람과 순례를 할 수 있어서 참 감사했습니다."

그녀는 제대로 된 작별 인사를 하기 위해 무리를 하고 있었다. 엉엉 목놓아 울고 싶은 게 분명했는데도, 계속 미소를 보이려고 애쓰며 말했다.

"평소처럼 하자며, PC충아."

내 말에 안나는 씨익 웃으며 가운데 손가락을 올렸다.

"안나 씨, 건강해야 해요."

아저씨의 말에 안나는 문제 없다는 듯 힘껏 고개를 끄덕였다.

"부엔 까미노."

길 위에서 만나 길 위에서 헤어지는 순례자들의 인사. 서로의 여정을 축복해주는 말. 다시 만날 수도, 만나지 못할 수도 있겠지만, 그때까지 안녕히. 좋은 길 되시길. 안나는 그 말을 끝으로 떠나갔다. 우리는 말없이 그녀의 뒷모습을 바라봤다. 그녀는 평소처럼 힘차게 걸어가고 있었다.

그렇게 우리 삼총사의 순례가 끝났다.

순례에 오면 뭔가 특별한 일이 있을 줄 알았다.

세계 각지에서 온 매력적인 사람들과 우애를 다지고, 일상은 모험과 감동으로 가득할 줄 알았다. 그렇게 순례라는 거대한 사건을 경험한 나는 그에 걸맞는 결말을 얻고서 완성된 기분으로 이 길을 떠날 거라고 생각했다. 하지만 실제로 경험한 순례는 조금 달랐다. 이 여정에서 내 나름의 결말을 얻었는지도 잘 모르겠다.

모든 순례자는 제각각의 길을 걷는다.

이 말대로다. 나는 나의 길을 걸은 거다. 헬스장 한 번 꾸준히 다녀본 적 없던 내가 매일매일 걸어 스페인을 횡단했다. 나이 서른 넘어 거리낌 없이 친구라고 부를 수 있는 사람들을 만났다. 그들과 함께 다른 세계를 봤다.

부엔 까미노. 말 그대로 좋은 길이었다.

"용석 씨! 4번 테이블에 반찬 좀 더 가져다주세요."

"예, 지금 나갑니다. 아저씨 1번 테이블 연탄불은?"

"아, 맞다! 지금 가서 가져 올게요."

"가면서 찌개에 불 좀 올려주세요! 2번 찌개 추가!"

제주도의 게스트 하우스는 바쁘다. 일반적인 게하 운영만으로도 두 사람에게 벅찬데, 저녁 식사까지 제공하는 바람에 여간 정신 없는 게 아니다. 아저씨와 나는 제주도 올레길에서 숙소를 운영하고 있다. 이름하여 알베르게! 알베르게라는 센스 넘치는 상호명을 가진 숙소다. 정작 손님들은 뭔 말인지도 모르겠고 기억하기도 어렵다며 불만이지만 말이다. 우리는 올레길을 걸으러 온 사람들을 대상으로 장사를 하고 있다. 장사한 지 일 년쯤 됐으니까, 순례를 다녀온 건 벌써 일 년 반 전이다. 스페인 시골길을 걸어 다니던 그 시절은 이제 백일몽처럼 느껴진다. 그런 시기가 정말 있었다는 게 신기하게 느껴질 정도로. 발바닥의 물집은 흔적도 없이 사라졌다. 대신 손에 굳은살이 생겼다. 아저씨와 함께 일을 하면서 생긴 굳은살이다.

아저씨는 순례를 마치고 한국으로 돌아가던 비행기에서 게스트 하우스를 하고 싶다는 말을 꺼냈다. 그동안 휴대폰으로 이것저것 조사해봤다고 하는데, 충분히 가능한 계획이란다. 나는 반쯤 농담 삼아 직원 필요하지 않느냐는 말을 했는데, 아저씨는 또 그 특유의 소년 같이 기뻐하는 얼굴로 말했다.

"저 용석 씨랑 일하고 싶어요. 같이 즐겁게 일할 수 있을 것 같아요."

사실 이 때까지만 해도 농담 삼아 가볍게 주고받는 말인 줄 알았다.

한국에 돌아온 후 한 달도 채 안 되어서 아저씨가 연락을 해왔다. 제주도에 내려오라는 거다. 사실 그동안 나도 뒤늦은 취업에 대해 이것저것 알아보느라 바빴는데, 아무래도 아저씨는 나보다 훨씬 바쁘게 지냈던 모양이다. 그 사이 제주도에 게스트 하우스를 차릴 준비를 거의 마친 상태였다. 알고 보니까 아저씨는 고향이 제주도란다. 아무리 그래도 그렇지, 그렇게 빨리 준비될 줄이야.

아저씨는 폐업한 게스트 하우스를 샀다고 했다. 이유가 있어서 폐업을 했을 텐데, 걱정도 안 되나? 그런데 아저씨는 일단 저지르고 보는 행동파로 변한 것 같았다. 그리고 나를 부른 거다. 함께 여기저기 손 보고 인테리어를 한 후 오픈하자고. 내가 생활할 방도 따로 정해뒀다고 한다. 나는 망설임 없이 승낙했다. 아니, 솔직히 아저씨에게 고마운 마음이었다.

그 날 엄마와 나는 작별의 저녁을 먹었다. 돌아온 지 얼마나 됐다고 또 제주도로 떠나 뭔가 일을 벌인다는 말에 엄마가 걱정하지 않을 리 없었다. 그런데 엄마는 나와 떨어져 지내게 된다는 사실에 아쉬워하기는 해도, 내 결정에는 진심으로 기뻐하는 눈치였다. 엄마는 축하주라며 몰래 준비해둔 와인을 꺼냈다. 딱 봐도 고급스러워 보이는 병이었다. 내 술잔을 채운 엄마는 말했다.

"우리 아들, 어디론가 달려가보고 싶을 땐 힘껏 달려봐. 엄마가 응원해줄게."

그렇게 나는 제주도에 내려와 아저씨와 함께 게스트 하우스 인테리어를 시작했다. 독자 여러분은 유튜브에 검색해서 따라하는 것만으로도 얼마나 많은 일이 가능한지 알면 깜짝 놀랄 것이다. 평생 페인트 붓 한 번 잡아본 적 없는 내가, 국내외 유튜브 영상들을 뒤지며, 꽤 그럴싸한 인테리어를 하고 있었다. 나와 아저씨는 잠만 각 방에서 자고, 하루 종일 함께 일하고 같은 공간에서 생활했다. 꼭 순례 때처럼 말이다.

사실 이 모든 일은 아저씨가 모아둔 저금에 더해 빚까지 진 덕분에 가능했다. 그래서 나는 계속 월급을 주겠다는 아저씨의 말을 한사코 거절했다. 아저씨 덕분에 제주도에서 공짜로 생활하고 있기도 한 만큼, 월급은 장사 시작하고 나면 그때부터 달라고 했다. 하지만 아저씨는 계속 고집을 부렸고, 내가 계좌번호를 불러주지 않자, 기어코 돈봉투까지 만들어 내게 건넸다. 그래서 우리는 며칠 동안 서로 몰래 몰래 돈봉투를 각방에 돌려놓는 게임을 했다.

그렇게 반 년쯤 지나 우리는 장사를 시작했다. 혹시나 실패하면 어떡하나 걱정이 많았는데, 생각 이상으로 장사는 순조로웠다. 장사한 지 한 해쯤 지난 지금. 아직 대박까지는 아니어도, 이대로라면 충분히 사업을 키워나갈 수 있을 정도였다. 이미 여러 번 온 단골들도 꽤 된다. 아저씨는 내가 싫다는 데도 수익을 반으로 나눴고, 나는 대신 게스트 하우스의 확장이나 공사는 내 돈으로 하겠다고 선언했다. 이대로라면 곧 2호점을 내게 될지도 모른다. 이 곳에서 뿌리를 내리고 일하며 나는 뚜렷하게 보이는 꿈을 꾸곤 한다. 언젠가 제주도에 멋진 집을 사서 엄마와 함께 거실에서 아름다운 일몰을 감상할 것이다. 나는 그 꿈을 향해 매일매일 다가간다.

게스트 하우스 알베르게. 우리 숙소는 멋진 요리가 있는 곳으로 꽤나 입소문을 탔다. 아저씨의 솜씨 덕분이다. 게다가 아저씨가 발휘한 의외의 사업가적 기질 덕분에 우리 알베르게는 단순 게하가 아닌 그 이상의 무언가가 되었다. 지역 해녀들과 협업해서 투숙객들에게 해산물 채집과 시식 체험을 제공한다거나, 프리랜서 가이드들을 통해 비용을 받고 관광도 시켜준다. 물론 하이라이트는 파티다. 게스트 하우스 알베르게에서 매주 주말 멋진 바베큐 파티가 벌어진다는 말에 멀리서 찾아오는 사람들도 있다. 아저씨는 늘 무리하는 것 같았지만, 행복한 얼굴이었다.

나는 유튜브, 인스타그램, 틱톡 등에 게스트 하우스 먹방이라는 새로운 형식의 영상을 연재했다. 여러 나라에서 온 관광객들이 아저씨의 요리를 먹고서 요리왕 비룡에 나오는 오버액션을 보여주는 영상이다. 이게 국뽕 요소가 있어서인지 그간 내가 올린 어떤 영상보다도 더 대박을 쳤다는 게 아이러니라면 아이러니다. 역시 국뽕이 어그로에는 최강이다. 덕분에 우리 알베르게는 예약 만석이라 좋지만 말이다.

아참, 여행 유튜버가 되기로 한 그 거창한 계획은 어떻게 됐느냐고?

전시하지 않기로 했다. 나와 아저씨 그리고 안나의 순례 말이다. 그 이야기는 나만을 위한 이야기로 간직하고 싶다. 대중의 입맛에 맞게 편집하거나 각색하고 싶지 않다. 좋은 건 좋은 대로. 나쁜 건 나쁜 대로. 그대로 남겨두기로 했다. 나만을 위해서. 왠지 그게 옳은 일이라는 생각이 강하게 들었다. 박튜브처럼 되고 싶지는 않다.

그래, 박튜브 이야기가 나와서 말인데. 박튜브는 얼마 전 최진호에게 저격을 당했다. 직원한테 뒤통수를 맞은 거다. 최진호는 스스로를 '박튜브를 나락 보낸 저격 전문가'라고 부르며 '스나이퍼 최'라는 활동명으로 이런 저런 영상을 올린다. 박튜브를 저격한 이후 난리가 나서 잠깐 떴던 것 같은데, 그 이후로는 뭐 하는지 잘 모르겠다. 구독자가 몇 만쯤 되더라? 아무튼 자꾸 누구랑 싸우기만 하더라. 나와 아저씨는 최진호의 그 저격 영상을 보고 박튜브에게 연락을 했다. 산티아고 순렛길에서의 일화도 담겨 있었기 때문이다. 최진호는 박튜브가 어떤 식으로 구독자들을 속이고 여행을 연출했는지에 대해 설명했는데, 악의적인 과장이 섞인 그의 말만 들어보면 박튜브가 무슨 희대의 사이코패스처럼 들렸다. 정작 본인도 그 연출엔 함께 했으면서 말이다. 박튜브의 인스타그램에 안부를 물을 겸 메시지를 보냈는데, 금세 답장이 와서 대뜸 전화번호를 물어보더라. 그는 나와 아저씨와 전화 통화를 하면서 최진호 욕만 세 시간을 했다. 서로 소송도 주고받고 있는 모양이다. 그렇게 한참을 쏟아내더니, 의례적으로 우리 안부를 묻고는, 게스트 하우스를 한다는 말에 언젠가 가보겠다며 그닥 믿음직하지 않은 약속을 하고는 끊었다. 전화를 마친 아저씨가 말했다. 박튜브 씨는 스스로 만든 지옥을 즐기면서 살고 있는 것 같다고. 나는 그의 마음이 더 병들었다고 생각했다.

　박튜브와는 반대로 상태가 좋아진 사람도 있다. 미하일이다. 나와 아저씨는 스페인을 떠나던 날, 우연히 공항에서 미하일을 만났다. 놀랍게도 그는 페로와 함께 있었다. 메세타의 떠돌이 개 말이다. 어디 삼류 소설에서나 등장할 법한 이 기막힌 우연에 나도 아저씨도 깜짝 놀랐다. 다리가 조금 불편해 보일 뿐, 마치 우리가 피레네에서 처음 만났을 때처럼 멀끔한 모습의 미하일은 우리를 보자마자 손을 흔들며 다가왔다. 그는 우리에게 사과를 했다. 레온에서 자신의 무례를 용서해달라면서 말이다. 안나에게도 꼭 사과를 전하고 싶다고 했다. 알고 보니 미하일은 아저씨의 조언을 따랐다고 한다. 차를 빌려서 그간 거쳐온 길과 마을들을 돌아봤다고 한다. 한 마을에서 홀로 생각에 잠긴 채 앉아있는데, 웬 개가 와서 얼굴을 핥더란다. 그게 페로였다. 페로는 미하일을 따라다녔고, 미하일은 자신이 키웠던 개와 닮은 페로에게 마음을 빼앗겼다. 그래서 그를 입양해 독일에 있는 집으로 데려가는 길이란다. 아니 순렛길에서 낯선 개를 입양하는 게 쉬운 일이냐고 물었는데, 그는 물어 물어 페로의 유일한 가족이라고 할 수 있는 옛 주인의 이웃 할머니를 찾아가 허락을 받고, 그 이후 시 정부에 공식 진정서와 유기견 입양신청서를 제출했다고 한다. 소유권 문제 때문에 행정

절차가 지연되자 스페인 법정에 가서 소송전까지 했단다. 이 모든 과정을 별로 대수롭지 않은 일인 것처럼 가볍게 설명하는 미하일을 보며 나와 아저씨는 감탄하지 않을 수 없었다. 역시 텐션 찌는 분이네요. 아저씨의 평이었다. 페로를 껴안는 미하일은 행복해 보였다. 캡틴 저머니, 자신을 되찾은 모습. 아니 그 이전보다 더 멋있어 보였다. 모든 히어로는 암흑기를 겪은 후 각성하는 법이지. 그의 잘생긴 얼굴을 핥으며 영화의 한 장면을 연출하는 페로도 즐거워 보였다.

하지만 역시 나와 아저씨가 가장 많이 언급하는 사람은 안나다. 우리는 마치 순롓길에서 그랬듯, 일과를 마치고 쉴 때가 되면 함께 맥주잔을 기울인다. 그런 자리에서 아저씨는 종종 묻는다. 안나 씨는 어떻게 지낼까요? 하고 말이다. 그때마다 우리는, 그녀라면 분명 지금쯤 친환경 요법으로 암이 완치됐다면서 캠페인 같은 걸 하고 있을 것이다, 무슨 소리 팔레스타인에서 전쟁 반대 시위를 하고 있을 것이다, 아니다 누구도 알아볼 수 없는 심오한 의미가 담긴 그림으로 예술계에서 두각을 드러내고 있을 것이다, 어딘가에서 진짜 유토피아 꼬뮌을 만들었을지도 모르겠다, 그건 아니다 인간의 본성에 어긋난다, 갑자기 왜 또 그리 진지해지느냐, 이런 이야기를 주고 받으며 낄낄대곤 한다. 습관처럼 휴대폰 앨범을 열어 스페인에서의 사진과 영상을 보고, 추억을 기린다. 생각해보면 고작 한 두 달 밖에 안 되었던 기간이었는데, 우리는 꽤 오래 그 기억에서 벗어나지 못할 것 같다.

나와 아저씨는 언젠가 또 다른 순롓길에 가자고 약속했다. 비수기에 틈을 내서 휴가 차원으로 다녀올 생각이다. 언제가 될지도 모르겠고, 구체적인 계획도 없지만, 그냥 그런 이야기를 나누는 것만으로도 오늘 하루를 살아갈 기운이 난다. 우리는 여행을 생각하며 일탈을 꿈꾼다. 그건 현실을 살아가는 동력이 된다.

친구 승원이는 순례를 다녀온 후 내가 달라 보인다고 했다. "어딘가 늘 못마땅한 표정이었는데, 얼굴이 좋아졌어, 너."

그는 가끔 주말에 제주도에 내려와 술을 퍼마시고 진상을 부린다. 내가 즐겁게 살아가고 있는 것 같다며 부럽다면서 말이다. 정작 나는 손님 챙기랴 지 술주정 받아주랴 정신이 없는데 말이다.

내 삶은 규칙적이고 반복적이다. 자고 싶을 때 자고, 일어나고 싶을 때 일어났던 시절을 생각해보면 꼭 전생처럼 느껴진다. 나는 매일 아침 알람 소리에 투덜거리며 일어나고, 내일 아침이 오지 않았으면 좋겠다는 무책임한 망상을 하며 잠에

든다. 연중 무휴 게스트 하우스를 운영하는 건 꽤 노력이 필요한 일이다. 마치 훌륭한 숙소의 표상 같았던 카사 라이츄를 떠올리며, 그 주인의 미스터리에 대해 고민하곤 한다. 그 아줌마, 사실 분신술이라도 할 수 있었던 게 아닐까. 나도 우리 고객들에게 그런 좋은 인상을 남기고 싶어 나름대로 분발하고 있다. 물론 현실에 이상을 타협할 때가 대부분이지만 말이다.

언젠가 직장을 그만두고 제주도에 와서 살고 싶다는 투숙객이 물어본 적 있다.

"일은 어때요?"

"힘들죠 뭐. 정신이 하나도 없이 시간이 지나가요."

"그런데 왜 계속 하는 거예요?"

나는 왠지 웃으며 말했다.

"정답은, '할 만하니까'예요."

그는 내 미소를 보고 의아하다는 얼굴이었다.

고된 일이지만, 할 만하니까 하고 있다. 일이 노는 것만큼이나 좋아지는 그런 기적이 일어나지는 않았지만, 이런저런 불평을 늘어놓으면서도 매일매일 할 만은 하다. 아니, 가끔은 즐겁기까지 하다. 이렇게 할 수 있는 만큼 하면 되는 거 아닐까. 나는 그렇게 한 걸음 한 걸음 나아가고 있다.

그리고 어느 날, 휴대폰에 알람이 울렸다.

Facebook 메신저 :

Anna 님으로부터 메시지가 왔습니다.

(자동 번역)

이 계정 용썩 너 맞지?

혹시 아니라면 미안해요.

친구를 찾고 있어요.

소망은 페이스북에 없는지 아무리 찾아도 나오질 않네. 아무튼!

안녕! 잘 지냈어?

나 지금 공항인데 어디로 가는지 맞춰봐.

관종의 순례

초판 펴낸 날 2024년 5월 10일

저자 | 우원재
펴낸이 | 김현중
디자인 | 박정미
표지 디자인 | ART AND ALT
책임 편집 | 황인희
관리 | 위영희

펴낸 곳 | ㈜양문
주소 | 01405 서울 도봉구 노해로 341, 902호(창동 신원베르텔)
전화 | 02-742-2563
팩스 | 02-742-2566
이메일 | ymbook@nate.com
출판 등록 | 1996년 8월 7일(제1-1975호)

ISBN 979-11-986702-1-2 03810
* 잘못된 책은 구입하신 서점에서 교환해 드립니다.